U0089181

古典文學研究輯刊

初編

曾永義主編

第19冊

元代獄訟劇研究

王緯甄著

國家圖書館出版品預行編目資料

元代獄訟劇研究／王緯甄 著 — 初版 — 台北縣永和市：花木蘭文化出版社，2010〔民 99〕

目 2+196 面；19×26 公分

（古典文學研究輯刊 初編；第 19 冊）

ISBN：978-986-254-382-5（精裝）

1. 戲劇史 2. 戲曲藝術 3. 戲曲評論 4. 元代

820.94057　　99018489

ISBN - 978-986-2543-82-5

古典文學研究輯刊

初 編 第十九冊　　ISBN：978-986-254-382-5

元代獄訟劇研究

作 者 王緯甄

主 編 曾永義

總編輯 杜潔祥

出 版 花木蘭文化出版社

發行所 花木蘭文化出版社

發行人 高小娟

聯絡地址 台北縣永和市中正路五九五號七樓之三

電話：02-2923-1455／傳真：02-2923-1452

網 址 http://www.huamulan.tw 信箱 sut81518@ms59.hinet.net

印 刷 普羅文化出版廣告事業

初 版 2010 年 9 月

定 價 初編 28 冊（精裝）新台幣 45,000 元

元代獄訟劇研究

王緯甄　著

作者簡介

王緯甄，祖籍河南省睢縣，生長於雲林縣北港鎮。2010 年 6 月畢業於淡江大學中國文學研究所博士班，目前任教於吳鳳科技大學通識教育中心。已發表之主要學術著作有：〈從鄒族歌謠看鄒族的生命觀照〉、〈以真愛補情天的《牆頭馬上》研究〉、〈廣播短劇的教學與製作〉、〈鄭光祖雜劇中的婚戀情節研究〉、〈後代對《史記‧滑稽列傳》及倡優的評價——以明朝之前的歷代評價為例〉、〈試析韓愈〈毛穎傳〉之筆法及評價〉、〈兩漢時期諸子學說的轉變〉（《中國學術史論》）、〈唐人小說中的婚姻命定觀〉。另有文學創作〈最美麗的顏色〉（《故事魔法師 I》）、〈無語的觀音〉、〈繁華落盡〉……等篇，並編撰「警察廣播電臺」廣播短劇劇本，已發表之劇本計 126 篇。

提　要

本書以元雜劇中的獄訟劇為研究的對象，因此獄訟乃本文關懷的中心。元代獄訟劇的時代性與社會性已廣受肯定，但過於強調獄訟劇的正義世界，卻易使人忽略獄訟劇中以喜襯悲、以不法懲治不法、以不法宣揚人間正義的深層意涵；過於強調獄訟劇的現實意義，也易使人忽略元代獄訟劇中成熟的藝術價值。

為建立此研究課題的客觀基礎，於是本書先說明元代的獄政與司法。元代的獄政與司法基本上係由蒙古人的立國精神開展而出，此導致元代的律法、政治、取士途徑及社會生態，均瀰漫著種族歧視與缺乏法治觀念的兩大特色。此特殊的時代背景與社會環境即獄訟刻蓬勃發展的社會因素。

基於現實情境與劇作家個人的創作，元代的獄訟劇出現逾三分之一強的冤獄劇。但無論是否冤獄劇，劇情安排皆是符合民意之善惡有報的果報觀，「正義」始終得以伸張。劇中惡人的伏法與受害者的伸冤過程是獄訟劇的主旨所在，復因獄訟的重心係人與法，獄訟劇情均圍繞於人與法之上，「法」更因權豪勢要、清官良吏、綠林好漢的不同運用，而有各種不同的詮解，並因此形成獄訟的原因或使惡人得到應有的懲罰。唯此三種不同的運用方式，皆屬於不法的途徑，使披著正義之聲的結局在懲惡揚善之餘，突顯出對執政者的撻伐與對正統律法的諷刺。

作家在表達主題意識的同時，融入了以往的文學素材，以古喻今的方式與「錯認」、「巧合」的巧妙運用，成功地塑造元代獄訟劇的藝術性，使獄訟劇在傳達百姓的悲憤之外，尚能兼顧戲曲演出與劇情起伏的藝術性，而劇中的悲劇意識也加強了戲曲的感染力。凡此均是元代獄訟劇兼顧寫實意識與藝術性的證明，正因未失偏頗，元代獄訟劇方能成為血肉俱存的戲劇藝術。

目次

第一章　緒　論

第一節　研究動機

元劇之價值在其不屬於束之高閣或流傳文人之間的案頭戲，大凡參與劇本編撰的才人，都具有豐富的人生歷練，其中不乏深富舞台經驗者。對於戲劇創作，李漁在《閒情偶寄》中曾明白揭示：「塡詞之設，專爲登場。」〔註1〕王國維於《宋元戲曲考》中亦云：「元劇之作者，其人均非有名位學問也，其作劇也，非有藏之名山，傳之其人之意。」因此「但摩寫其胸中之感想，與時代之情狀。而眞摯之理，與秀傑之氣，時流露於其間。故謂元曲爲中國最自然之文學，無不可也。」〔註2〕王國維所讚揚之「自然」，即因元劇作家的中下階層身份，使劇作家能兼顧劇情演出與觀眾接受的現實需求。

如上所述，元劇作家必須考量當時觀眾的理解能力與接受程度，因此劇作家及觀眾共同的生活經驗與宗教信仰乃成爲戲劇的題材，以迎合觀眾的喜愛。如此一來，劇作家將社會與自身的體驗轉化爲劇情；觀眾又自舞台上感染當時社會的反映及劇作家的價值批判，如此相互影響之下，顯然元劇比其他文學藝術更足以反映時代的特色。而元劇中又以獄訟劇之社會性與時代性最強，由現存劇本中可見其深刻地反映出當時階級對立，與社會、法律等不公平的社會現象。藉由劇情與劇中人物的對白，對當時的特殊階層與獄政的

〔註1〕參見清李漁著，《閒情偶寄》，卷四〈演習部・選劇第一〉（長安出版社，民國64年9月臺一版，民國68年9月臺三版），頁69。

〔註2〕參見王國維著，《宋元戲曲考》，卷十二〈元劇之文章〉（藝文印書館，民國63年4月三版），頁120～121。

腐敗，做了最生動且嚴厲的批判。

元代獄訟劇不僅深具時代性與社會性，同時元代劇作家已能巧妙地安排劇情，使劇作能在悲喜交錯之下，深刻地描繪出當時群眾的不滿情緒，並成熟地運用各種藝術手法，強化獄訟劇的主題意識。民國 64 年，齊曉楓先生曾發表《元代公案劇研究》的碩士論文，其文以公案劇的主題、佈局、人物為主，對於劇中人因執「法」觀點的不同，所造成的戲劇效果較少論述，同時也未就劇情的轉化等藝術性加以探討，凡此皆本書所欲深入探究者。

第二節　研究範圍

一、取材標準

本書之研究主要以楊家駱先生主編、世界書局出版之《全元雜劇》為研究底本與研究範圍。

至於獄訟劇之認定，則視其劇中有關獄訟事件者，皆名之為「獄訟劇」。前人研究者如齊曉楓先生之《元代公案劇研究》，以為「有些劇本雖然有爭訟於官府的佈局，但是並不構成全劇的主要情節，只不過是劇情發展過程當中的一種陪襯與穿插；而另一種劇本的情節，則在主角人物的受冤屈、服冤獄、以及清官的決疑破案等情節方面用力描繪、加強刻劃，構成了全劇的重心。」合乎後者條件的方視之公案劇〔註 3〕。然筆者以為有些劇本之獄訟情節雖僅出現於劇末之收束，卻仍具有深層的意涵，因為既然劇情本身之發展與獄訟無直接的關係，為何劇作家非得以獄訟交代劇情的轉折？或以獄訟結束劇情的發展？凡此皆表示無論獄訟成份之輕微，一旦劇作家在劇中刻意安排獄訟情節時，獄訟必然對此劇情具有一定的影響與意義。

另外對於以往學者所認定的「水滸戲」，凡劇中有獄訟劇情者，亦秉以上原則列入研究範圍，此因梁山人物的「替天行道」正足以代表另一股反抗勢力，而人民對於梁山的依附與認同，也與劇中所描述的獄政極具關聯。尤其重要的是，此類劇作所表現的意識、情感與精神，其實與獄訟劇相通，唯一之差別在於將包待制、張鼎等清官良吏的典型人物，易為梁山等綠林好漢。〔註 4〕

〔註 3〕 參見齊曉楓撰，《元代公案劇研究》（輔仁大學中國文學研究所碩論，民國 64 年 5 月），頁 3。

〔註 4〕 參見張淑香著，《元雜劇中的愛情與社會》（大安出版社，1991 年 11 月第一版第三刷），頁 18。

因此，爲免掛一漏萬，並使劇情能有更深廣的研究，本書乃在《全元雜劇》爲底本的範圍之內，以廣義的方式選取獄訟劇。

二、現存元代獄訟劇目及其摘要

由於本書之元雜劇以楊家駱先生主編之《全元雜劇》爲主要底本，故以下所列之篇名、簡題與題目正名均引自《全元雜劇》。至於作者則參引孫楷第先生與青木正兒先生之意見，凡具爭議性之作者，採取保留態度，皆以無名氏表示。以下即爲本書所認定之元代獄訟劇篇目及摘要。

1. **感天動地竇娥冤**（旦本）——**關漢卿**（初編第一冊）

簡題：竇娥冤

題目：後嫁婆婆忒心偏　守志烈女意自堅

正名：湯風冒雪沒頭鬼　感天動地竇娥冤

摘要：竇天章以女竇娥爲質，典與許蔡婆爲童養媳。日後，許蔡婆向賽盧醫索債，險遭殺害，恰爲張驢兒父子所救，未料張驢兒父子意圖強娶婆媳二人爲妻。娥堅意不許，張驢兒計害許蔡婆以逼娥允婚，卻反毒殺親父，張驢兒逼婚不成乃誣告娥殺害公公。娥因不忍許蔡婆遭酷刑而認供，但心有餘恨遂許下臨刑三誓。後因竇天章至楚州刷卷，娥魂方得以訴父伸冤。

2. **望江亭中秋切鱠旦**（旦本）——**關漢卿**（初編第一冊）

簡題：切鱠旦

題目：洞庭湖半夜賺金牌

正名：望江亭中秋切鱠旦

摘要：楊衙內素喜寡婦譚記兒，不滿其再嫁白士中，乃誣奏白不任公事，並得皇命取勢劍金牌代斬白；幸賴譚記兒計取金牌，免夫白士中冤死。後因皇上獲悉實情，命李秉忠杖罰楊衙內，並奪其官職。

3. **趙盼兒風月救風塵**（旦本）——**關漢卿**（初編第一冊）

簡題：救風塵

題目：念彼觀音力　還歸於本人

正名：虛脾瞞俏倬　煙月救風塵

摘要：周舍與安秀實同時向歌妓宋引章求婚，宋爲周之虛情假意所迷而允婚，未料過門之後慘遭毒打，幸賴同伴趙盼兒計騙周舍休書。

周舍心有未甘告於官府，官員李公弼判宋歸秀才安秀實爲妻。

4. **包待制三勘蝴蝶夢**（旦本）——**關漢卿**（初編第一冊）

簡題：蝴蝶夢

題目：葛皇親挾勢行凶橫　趙頑驢偷馬殘生送

正名：王婆婆賢德撫前兒　包待制三勘蝴蝶夢

摘要：葛彪逞兇打死王老，王家長子乃打殺葛彪爲父報仇，當場遭祇候逮捕，送官法辦。包拯審案時，因王母爲保前妻二子而自願犧牲親生幼子之情所感，乃私以偷馬賊代其幼子死罪。

5. **包待制智斬魯齋郎**（末本）——**無名氏**（初編第二冊）

簡題：魯齋郎

題目：三不知同會雲臺觀

正名：包待制智斬魯齋郎

摘要：權要魯齋郎先後強占銀匠李四、都孔目張珪之妻，致李、張二家妻離子散。李、張之子女與父母失散之後，又分別爲包拯所收留並養大成人。事過十年，包拯計改「魯齋郎」之名爲「魚齊即」，始獲皇上批斬。

6. **山神廟裴度還帶**（末本）——**無名氏**（初編第二冊）

簡題：裴度還帶

題目：郵亭上瓊英賣詩

正名：山神廟裴度還帶

摘要：國舅傅彬記恨韓廷幹未曾付與起馬錢，而誣賴廷幹盜用官錢。廷幹之女瓊英借得玉帶償贓卻中途遺失，巧爲裴度拾還，廷幹感恩，遂於獄中許婚。廷幹終得雪冤升官，裴度亦因此積陰功延壽、狀元及第，與瓊英成婚。

7. **救孝子賢母不認屍**（旦本）——**王仲文**（初編第三冊）

簡題：救孝子

題目：送親嫂小叔枉招罪

正名：救孝子賢母不認屍

摘要：楊謝祖送嫂春香歸寧至村外即返家，春香一人獨行時恰遇賽盧醫誘殺懷孕之梅香，賽盧醫逼取其衣覆屍，並強佔爲妻，致春香之母誤告謝祖殺嫂。謝祖屈打認罪而楊母堅持不認，適兄返鄉遇春香與賽盧醫，方洗謝祖之冤。

8. **同樂院燕青博魚**（末本）——**李文蔚**（初編第三冊）

簡題：燕青博魚

題目：楊衙內倚勢行兇

正名：同樂院燕青博魚

摘要：燕青因眼瞎下山求醫而與楊衙內結怨，並與燕氏兄弟結義。事後，燕青巧見燕大之妻與衙內姦情，乃報知燕大抓姦，未料反遭衙內以殺人賊之名下獄。後燕大與燕青破獄而逃，燕二至梁山與宋江等人下山接應，擒住衙內與燕妻二人上山處死。

9. **江州司馬青衫淚**（旦本）——**馬致遠**（初編第四冊）

簡題：青衫淚

題目：一曲撥成鶯燕約　四絃續上鴛鴦會

正名：潯陽商婦琵琶行　江州司馬青衫淚

摘要：白居易與歌妓裴興奴私訂終身，居易貶江州司馬後，其母造假遺書強嫁與茶商。白、裴二人因緣再會，誤會乃解。居易並趁茶商酒醉之際攜裴回京，元稹並告茶商造僞，憲宗因而判裴歸居易。

10. **半夜雷轟薦福碑**（末本）——**馬致遠**（初編第五冊）

簡題：薦福碑

題目：三載謾思龍虎榜　十年身到鳳凰池

正名：三封書謁揚州牧　半夜雷轟荐福碑

摘要：文士張鎬落拓不得志，無意間又得罪龍神以致與功名無緣。其友范仲淹代其上奏萬言策，得任爲吉陽縣令，卻因姓名同音之誤，爲張浩所頂替，浩爲保其官職，派人殺害鎬。幸得范仲淹之助，鎬以此復任原職，並判浩冒充與意圖殺人之罪行。

11. **臨江驛瀟湘夜雨**（旦本）——**楊顯之**（初編第五冊）

簡題：瀟湘雨

正目：賞中秋人月團圓　臨江驛瀟湘夜雨

摘要：張天覺攜女翠鸞赴任途中落水失散，翠鸞爲崔老所救，並主婚與姪崔士甸。未料崔士甸得第之後，貪圖功名改娶貢官之女，翠鸞尋至反被誣爲逃婢，而刺配沙門島。押解途中巧遇已升官之父張天覺。張天覺因念崔老救女之恩，又顧及翠鸞不願改嫁，乃命崔士甸與翠鸞團圓。

12. **鄭孔目風雪酷寒亭**（末本）——**楊顯之**（初編第五冊）

簡題：酷寒亭

正目：後堯婆淫亂辱門庭　潑奸夫狙詐占風情
護橋龍邂逅荒山道　鄭孔目風雪酷寒亭

摘要：鄭嵩誤娶惡妓，妓入門之後便氣死正室、虐待前妻二子，並私通祇侯。鄭嵩公幹還家途中多有耳聞，問證於店小二，乃憤殺妓而自首。押解時遇嘗受嵩恩之盜，盜乃劫囚殺押解之姦夫，鄭嵩則攜子女隨盜共入山中。

13. **相國寺公孫汗衫記**（末本）——**張國賓**（初編第五冊）

簡題：汗衫記

題目：金山院子父再團圓

正名：相國寺公孫汗衫記

摘要：陳虎貪圖救命恩人張義一家之財富並覬覦義兄張孝友之妻，乃設計謀害孝友劫嫂爲妻。之後張家團圓，並巧遇當年張家所救之趙興孫，趙捉住陳虎送官法辦。

14. **羅李郎大鬧相國寺**（末本）——**張國賓**（初編第五冊）

簡題：羅李郎

題目：潑奴胎勒要從良子　老業人果有恓惶事

正名：賽曾參嶮釘遠鄉牌　羅李郎大鬧相國寺

摘要：蘇文順與孟倉士因無錢入京應試，乃各以子湯哥、女定奴質於友羅李郎家中。及長，羅使兩家子女完婚。羅家中有一惡僕侯興計獲從良文書與定奴爲妻，並佔有羅家錢財。後蘇、孟與羅三人因緣相會，侯興亦因偷馬送官法辦而與蘇等人相見，並供出罪行。

15. **便宜行事虎頭牌**（末本）——**李直夫**（初編第六冊）

簡題：虎頭牌

題目：樞院相公大斷案

正名：便宜行事虎頭牌

摘要：老千戶訪姪山壽馬家中，得知山壽馬陞任大元帥，乃求得接任原職金牌上千戶，惜未改貪杯之習，致失軍期，又倚仗爲元帥之叔拒聽將令，山壽馬秉公處斬，老千戶雖將功贖罪，得以免死，卻仍杖罰一百。

16. 包龍圖智勘後庭花（末本）——**鄭廷玉**（初編第六冊）

簡題：後庭花

題目：把平人屈送在黃沙　天對付相逢兩事家

老廉訪匹配翠鸞女　包待制智勘後庭花

摘要：劉天義於旅店與張翠鸞之魂相遇，以後庭花詞唱和，張母聞之控告劉天義私藏其女。包拯審案，查知翠鸞詞意，及其被殺之冤情，並牽扯出王慶與李順之妻因姦合害李順一案。

17. 宋上皇御斷金鳳釵（末本）——**鄭廷玉**（初編第六冊）

簡題：金鳳釵

題目：窮秀才暗宿狀元店　張商英私見小御階

正名：楊太尉屈勘銀匙筯　宋上皇御斷金鳳釵

摘要：趙鶚以謝恩失儀，還鄉賣詩營生，適解諫議大夫張商英爲無賴所困之圍，張爲感恩乃送趙金鳳釵十支，趙以一支付房資，餘則埋門後，時無賴殺楊衙內僕人搶銀湯匙十把，與金鳳釵對調，致楊誤認趙爲兇手，將行刑時，諫議大夫知其冤，故爲之覆審。

18. 崔府君斷冤家債主（末本）——**無名氏**（初編第六冊）

簡題：冤家債主

題目：張善友論土地門神

正名：崔府君斷冤家債主

摘要：武仙及崔子玉原爲天上神仙，因張善友奉道看經，乃與其結拜欲度之，張因難捨家中財物與妻子而未果；數年後滅門絕戶，張不服向崔告當地閻神與土地不公，武仙與崔令其夢中見因果輪迴之道。

19. 好酒趙元遇上皇（末本）——**高文秀**（初編第七冊）

簡題：遇上皇

題目：丈人丈母狠心腸　司公倚勢要紅妝

正名：雪裡公人大報冤　好酒趙元遇上皇

摘要：酒徒趙元為妻之姦夫臧府尹所陷，以耽誤公文三日為由理當處斬。趙元因而悶飲於店，恰遇宋太祖及石守信等人，並為太祖付酒錢。太祖知趙元之難處以後，乃書趙元手臂令宰相趙普觀而救之，並治趙妻等人之罪。

20. **黑旋風雙獻功**（末本）——**無名氏**（初編第七冊）

簡題：雙獻功

正名：及時雨單責狀　黑旋風雙獻功

摘要：孫榮之妻與白衙內私通，互約於上廟還願途中私奔。孫告官反遭白衙內下於死囚，李逵因奉宋江之命保護孫榮，故計入獄中救出孫榮、殺死白衙內與孫妻。

21. **大妻小婦還牢末**（末本）——**無名氏**（初編第七冊）

簡題：還牢末

題目：煙花則說他人過　僧住賽娘遭折挫

正名：山兒李逵大報恩　鎮山孔目還牢末

摘要：李逵奉宋江命下山招吏役劉、史二人，途中因救人而殺人，孔目李榮祖感佩義行而輕罰，李逵乃夜訪榮祖道眞名，恰為妾獲悉。適其妾私通趙令史，李妾與趙乃誣陷榮祖，李逵知情，乃與劉、史二人共擒姦夫淫婦上山正法，並帶榮祖及其子女赴梁山。

22. **河南府張鼎勘頭巾**（末本）——**陸登善**（初編第八冊）

簡題：勘頭巾

題目：趙令史為吏見錢親　王小二好鬥禍臨身
　　　望京店莊家索冷債　河南府張鼎勘頭巾

摘要：劉員外之妻私通道士，趁機殺夫，誣與王小二。王小二不堪酷刑，屈打成招，張鼎知其冤情以後，乃計令劉妻與王知觀認罪。

23. **李素蘭風月玉壺春**（末本）——**無名氏**（初編第八冊）

簡題：玉壺春

題目：甚黑子花鳴珂巷

正名：李素蘭風月玉壺春

摘要：玉壺生李斌與妓李素蘭相戀，後因乏金為鴇母所厭欲強嫁富人，妓斷髮以明志，與李私約爲母所遇，母怒而告官。恰友爲太守，斌亦因友人爲呈萬言策而授杭州本府同知，故命賦贈母恩養費、杖責富人，二人終成婚配。

24. **包待制智賺生金閣**（末本）——**無名氏**（初編第八冊）

簡題：生金閣

正目：依條律賞罰斷分明　包待制智賺生金閣

摘要：郭成爲避災應試，其父予家傳之物生金閣爲獻官之資。郭因見龐衙內之權勢乃贈與生金閣，未料龐反而奪妻、殺郭。隔夜中宵，郭化爲無頭鬼驚嚇龐衙內，恰遇包拯於途，包拯乃至城隍廟押魂問冤。

25. **包待制智賺灰闌記**（旦本）——**李行道**（初編第九冊）

簡題：灰闌記

題目：張海棠屈下開封府

正名：包待制智勘灰闌記

摘要：馬員外之妻私通趙令史，意圖殺害員外改嫁令史，乃設陷娼妓從良爲妾之海棠因姦毒死員外。海棠因屈打成招，適包拯疑案重審，冤情大白。

26. **張孔目智勘魔合羅**（末本）——**孟漢卿**（初編第九冊）

簡題：魔合羅

題目：小叔圖財欺嫂嫂　故將毒藥擺哥哥
　　　高山屈下河南府　張鼎智勘魔合羅

摘要：李德昌從商返家途中病臥於郊，託付高山傳信與妻，卻爲堂弟李文道先得訊息，並趕赴郊外毒害德昌，將罪行賴與堂嫂逼其允婚。因嫂不從乃告官判斬，幸因張鼎見疑，以魔合羅爲起點，查出高山，始知文道毒計。

27. **錢大尹鬼報緋衣夢**（旦本）——**關漢卿**（初編第十一冊）

簡題：緋衣夢

題目正名：王閨香夜鬧四春園　錢大尹智勘緋衣夢
　　　　　李慶安絕處幸逢生　獄神廟暗中彰顯報

摘要：王閨香之父以其未婚夫李慶安家貧而悔婚，後二人偶遇，香命侍女於午夜持財物相贈以爲迎娶之貲。適裴炎潛入王宅，臨時起意殺婢奪財。慶安後至，驚嚇之餘留下血手印。香以夜約一事稟父，官乃因此判斬。後因慶安寢語訴出眞兇線索，終使裴炎伏法。

28. **鯁直張千替殺妻**（末本）——**無名氏**（三編第一冊）

簡題：張千替殺妻

題目：悍婦貪淫生惡計　良人好義結相知

正名：賢明待制翻疑獄　鯁直張千替殺妻

摘要：無業漢張千與員外結爲兄弟，義嫂卻百般糾纏張千，張千假意應承，恰遇義兄返家，因醉臥倒，嫂令張千殺妻，張則憤殺義嫂。官府不明，誤抓員外，後因張千出面認罪與包拯重審，案情方明。

29. **王月英元夜留鞋記**（旦本）——**無名氏**（三編第二冊）

簡題：留鞋記

題目：賢尹府斷成匹配　小梅香說合和諧

正名：郭明卿燈宵誤約　王月英元夜留鞋

摘要：郭華與王月英夜約相國寺，英至見華醉臥乃遺鞋與帕爲證即返，華醒見物悔而吞帕。琴童尋華之屍體於寺，乃告該廟和尚與英殺人。待英至寺中抽出郭華嘴角羅帕，華因而復醒，包拯乃令二人成婚。

30. **王脩然斷殺狗勸夫**（旦本）——**蕭德祥**（三編第二冊）

簡題：殺狗勸夫

題目正名：楊氏女勸弟兄和睦　王脩然斷殺狗勸夫

摘要：柳、胡二名無賴因貪圖孫家財產，離間孫家兄弟之情，致孫大誤會其弟對己不利。孫大之妻乃設計使眾人誤以爲孫大殺人，欲趁患難之時，證明無賴漢的無情與親弟之友情，終使兄弟合好。未料兩名無賴以此爲由勒索，因未遂而告官，待孫大之妻解說，得以眞相大白。

31. **包待制智賺合同文字**（末本）——**無名氏**（三編第二冊）

簡題：合同文字

題目：狠伯娘打傷孝順姪男

正名：包待制智賺合同文字

摘要：劉天祥兄弟因荒年，議兄守家，弟他住，立下合同文字爲證，兄弟各執一半。弟夫婦於途俱亡，託子於友。子攜雙親骨灰欲埋家鄉，嬸恐姪分產，乃誣爲騙子，其伯亦因誤會而打傷親姪。適其指腹爲婚之岳丈路過，帶往包拯處控訴，終於眞象大白。

32. **砂擔滴水浮漚記**（末本）——**無名氏**（三編第三冊）

簡題：浮漚記

題目：鐵旛竿白正暗圖財　砂砂擔滴水浮漚記

摘要：王文用行商客宿旅店，遇惡徒白正於東嶽廟奪財害命。臨死之際，文用指簷前浮漚與廟中太尉爲證見。後白正又殺王父、強佔王妻，父魂訴諸天曹，冥判白正入地獄受苦。

33. **玎玎璫璫盆兒鬼**（末本）——**無名氏**（三編第三冊）

簡題：盆兒鬼

題目：哀哀怨怨瓦窯神

正名：玎玎璫璫盆兒鬼

摘要：盆罐趙夫婦夜殺投宿旅店之楊文用，並將屍骨和土作成瓦盆滅屍，此後家時現冤魂，並夢窯神欲殺害夫婦二人，故將楊罐交付前來取罐之張撇古。張返家之後，得知楊之冤情，乃攜盆魂告與包拯，終爲楊文用洗刷冤屈。

34. **包待制陳州糶米**（末本）——**無名氏**（三編第四冊）

簡題：陳州糶米

題目：范天章政府差官

正名：包待制陳州糶米

摘要：陳州大旱，上命糶米救民，劉衙內力舉其子及婿前往，私下交待二人因便斂財。百姓張撇古力爭遭殺，其子小撇古遵父命向包拯申告，爲張撇古伸冤。

35. **爭報恩三虎下山**（末本）——**無名氏**（三編第四冊）

簡題：爭報恩

題目：屈受罪千嬌赴法

正名：爭報恩三虎下山

摘要：梁山泊關勝等人分別與趙士謙之妻結爲姐弟。當花榮與趙妻結拜時，妾聞之而誣賴趙妻有私情，又因趙爲花榮所誤傷，趙乃告官，太守判斬。梁山泊等人聞訊而劫囚，並奉宋江之命處死趙妾及其姦夫丁總管。

36. **神奴兒大鬧開封府**（末本）——**無名氏**（三編第四冊）

簡題：神奴兒

題目：包龍圖單見黑旋風

正名：神奴兒大鬧開封府

摘要：李德義之妻王氏欲謀家產，勒殺親姪神奴兒，反誣兄嫂因姦殺害親夫幼子，賄官拷打。適包拯之役何正曾遇德義攜姪，王氏又因神奴兒冤魂之現而道出實情，終使德義夫婦伏法。

37. **逞風流王煥百花亭**（末本）——**無名氏**（三編第五冊）

簡題：百花亭

題目：花豔裏賀賞郊園憐

正名：逞風流王煥百花亭

摘要：王煥與妓賀憐憐相戀，金盡爲鴇母所逐，鴇母並令賀嫁與軍人高邈。其時官取軍急，王依賀意赴西延立功，伺機控高邈強佔有夫之婦。王投於种師道軍下，師道聞邈擅用軍需娶妓，拘訊之時，賀趁機陳訴己原爲煥妻，邈乃強佔者。適王回營，師道乃處斬高邈，王、賀二人團圓。

38. **十探子大鬧延安府**（末本）——**無名氏**（三編第六冊）

簡題：十探子

題目：八府相聚集樞密院

正名：十探子大鬧延安府

摘要：葛監軍之子葛彪因不滿劉彥芳母、妻未順從其意及出語不遜，乃殺劉妻及母。劉父令彥芳訴諸所事之官府，適主司爲葛之妻弟，彥芳反被下於死囚。劉父憤欲自盡，恰爲李圭所救並將葛彪繩之於法。

39. **魯智深喜賞黃花峪**（末本）——**無名氏**（三編第六冊）

簡題：黃花峪

題目：李山兒打探水南寨

正名：魯智深喜賞黃花峪

摘要：劉慶甫攜妻往泰安神州燒香回程中，遭蔡衙內強奪其妻幼奴於十八層水滸寨，因識楊雄而往梁山泊向宋江控告，並因梁山之助救回幼奴。

40. **玉清庵錯送鴛鴦被**（旦本）——**無名氏**（三編第六冊）

簡題：鴛鴦被

題目：張瑞卿寓宿會佳期

正名：玉清庵錯送鴛鴦被

摘要：李彥實向劉員外借一個銀子為盤纏，卻遲遲未歸，其女玉英亦無力償還，員外乃逼玉英為妻，約於玉清庵相諧，竟誤與張瑞卿相合。事後玉英因堅不從員外，被迫於酒店執壺，因此與瑞卿重逢，又恰值李父返鄉，為其主持公道。

41. **清廉官長勘金環**（旦本）——**無名氏**（外編第七冊）

簡題：勘金環

題目：仵作沈成錯檢屍

正名：清廉官長勘金環

摘要：解典庫員外李仲仁將金環含於口中，欲混賴王婆錢財而不慎噎死，臨死寫下遺書交代始末。其弟與弟媳卻誣告大嫂孫氏因姦殺夫、假造遺書。幸賴孫弟回鄉刷卷，確認遺書眞跡，復因王婆婆之助，孫氏之冤屈得以洗清。

42. **梁山五虎大劫牢**（末本）——**無名氏**（外編第八冊）

簡題：大劫牢

題目：李應酬恩韓伯龍

正名：梁山五虎大劫牢

摘要：宋江為招安韓伯龍，先後派李應等五人下山。李應因解韓難捨家財與妻子，乃計燒韓宅，欲逼韓上山，未料韓家三口卻因此下獄，李應五人因而劫獄，救出韓全家，齊赴梁山。

43. **梁山七虎大鬧銅臺**（末本）——**無名氏**（外編第八冊）

簡題：鬧銅臺

題目：廣府壯士遭囹圄

正名：梁山七虎鬧銅臺

摘要：宋江慕盧俊義勇武，計誘俊義上山，俊義雖堅拒返家，恰因義弟李固與其妻相好，而遭李固以其結交梁山賊為由陷於獄中，並賄太守處死。盧之另一義弟燕青為之奔梁山求援，救俊義共赴梁山。

第三節　研究方法

本書的研究方法，主要分為外緣與內在兩部份。

元代獄訟劇乃民間文學，其奠基於社會需求之上，劇作家必然無法排拒當時的社會環境與觀眾需求。於是本書先採取外緣研究的路徑，以元代的獄政與司法為基礎，探究元代獄訟劇所反映的司法現象，繼之佐以內在研究，探討獄訟劇的基本結構與藝術性。結合元代獄訟劇的時代意義與藝術性，深入探究元代獄訟劇的價值與意義。

一、外緣研究

文學創作的題材與思想根植於作家所處的社會情境之中，尤其是以獄訟為素材的元代獄訟劇，與當時的政治社會更具有密切的關聯性，因此必須對元代的政治社會有一番了解，方能深入探究獄訟劇形成的原因，及其對元代獄訟劇的影響。於是本書先於第二章部份介紹與獄訟劇有關的元代司法與獄政，如此當可明瞭獄訟劇形成與發展的基礎。

二、內在研究

在以元代的司法、獄政為基礎之下，將可進一步探究元雜劇中的獄訟劇，對元代獄政的描寫與轉化。因此，本書於第三章分就元代獄訟劇的基本結構——獄訟之形成、冤獄之形成與平反、與「法」的不一致性三部份加以討論。以上三種基本結構係元代獄訟劇中的特色，筆者將以此為基點，持微觀的角度探究元劇中的獄訟情節，並著重於獄訟的形成與審判。

第四章則專論獄訟劇的藝術性，並設定獄訟劇的劇情轉化、「錯認」與「巧合」的運用、獄訟劇的悲劇性等三個討論課題。元雜劇的藝術性已有前人論著，但專論獄訟劇的藝術性者，則甚為少見。尤其在元代獄訟劇中，此三者均為重要的課題與特色，經由此三種課題的討論，將有助於瞭解獄訟劇作家的編寫技巧與創作意識。

第二章　元代的司法與獄政

獄訟劇的主題意識以反映當時的政治社會爲主，尤其是揭發司法獄政的問題。因此探討元代獄訟劇時，絕不能輕忽其時代意義。於是在進行主要的研究課題之前，必須先了解元代當時的司法及典獄制度。

對於元代弊端叢生的社會政治現象，已有許多專門的論著討論，本文乃擇其與獄訟劇相關之要點論述。

第一節　元代的法典

元代的司法和獄政的制度，深受其立國精神所影響。蒙古人以強大的軍力入主中原，對於統治南方的中原，缺乏一種合理的政治理想，更不知所謂的政治責任。因此其政治要務僅有兩項：一是徵斂財賦，以滿足統治階級的慾望；一是防制反動，以維持繼續的徵斂。前者造成極爲繁重的稅賦制度；後者則形成的龐大的武力鎮壓及不平等的法律。〔註1〕

元朝以世祖爲例，其在外三十餘年間，幾乎年年征戰不休，及至入主中原，亦未更改嗜利黷武的本性，並不重視文治，而且蒙古人以戰勝者之姿入主中原，甚爲歧視異族，尤其對漢人、南人更爲輕視暴虐〔註2〕。元代諸帝多不習漢文〔註3〕，更有一行省之官吏無一人能識文墨〔註4〕。因此其政治生態

〔註 1〕參見傅樂成著，《中國通史》，第二十三章〈元帝國的組織〉（大中國圖書公司，民國 72 年 8 月三版），頁 60。

〔註 2〕參見錢穆著，《國史大綱》（下），第七編〈第三十五章暴風雨之來臨〉（臺灣商務印書館，民國 29 年 6 月初版、民國 63 年 11 月修訂一版、民國 79 年 3 月修訂十六版），頁 476～477。

〔註 3〕參見趙翼著，《廿二史箚記》，卷三十〈元諸帝多不習漢文〉（世界書局，中華

與中國歷來傳統政治迥然不同。元代之政治社會最為特殊者，即為階級之劃分，造成人民地位之不平等。元代將人民分為四等，依次劃分為：〔註5〕

1. 蒙古人：亦稱國人。

2. 色目人：包括西域各部族，共三十餘族。

3. 漢人：即黃河流域之中國人。

4. 南人：即長江流域及其以南之中國人，為南宋所統治者。

此四等人民在於政治、法律上之權利與刑罰上均有顯著的差異。無論中央或地方政府，正官必用蒙古人，次用色目人，而漢人、南人最多只能做到副貳。

此外又立里甲之制，以二十家為一甲，以蒙古人為甲主，對漢人嚴加提防，嚴格限制漢人的行動自由，其中又以南人為甚。如《元史・刑法志》即載有：

> 諸江南之地，每夜禁鐘以前，市井點燈買賣，曉鐘之後，人家點燈讀書工作者並不禁。其集眾祠禱者禁之。〔註6〕

此禁令便是專對南人所設，其目的無非防民眾藉宗教之名而陰謀叛亂。另外，亦禁止漢人持有與戰爭有關之物件〔註7〕，屢次搜括民間的馬匹，世祖一代，即搜括民馬達二十餘萬匹。

滅宋之初，元室曾將江南民戶分賜給諸王、貴戚、功臣數十人，每人所得之民戶，少則數十數百，多則數千數萬，甚至有多達十萬戶的，於是無數漢人淪為奴隸。蒙古人既擁有大批奴隸，更強佔田地以作為牧場，因此蒙古人不僅是享有政治、法律的優越權，同時也是經濟上的特權階級〔註8〕。而這種階級劃分與種族不平等乃元代執政者的立國精神，無論是政治、法律與社

民國77年4月十版），頁431。

〔註4〕參見《元史》，卷一七三〈崔斌傳〉，頁4038。

〔註5〕同註2，頁477。

〔註6〕參見《元史》，卷一五〇〈刑法志四・禁令〉，頁2682。

〔註7〕《元史》，卷十四《世祖紀》：「至元二十三年六月戊申，括諸路馬，凡色目人有馬者，三取其二，漢人悉入官，敢匿與互市者罪之。」又《新元史》，卷一〇〇〈兵志三・馬政〉：「聽除官員，色目人二品以上留二匹三品至九品留一匹。漢人一品至五品受宣官留一匹，受敕官不須存留。一、外路在閑官員，除受宣色目官留一匹，其餘受敕以下，并漢官馬匹，無論受宣受敕，盡行赴官印烙解納。」又《元史》，卷十四〈世祖紀〉：「至元二十三年二月己亥，敕中外，凡漢民持鐵尺手撾及杖之藏刃者，悉輸於官。」

〔註8〕參見李則芬著，〈宋遼金元歷史論文集〉（黎明文化事業有限公司，民國80年11月初版），頁607。

會地位，均不難發現此一立國精神所造成的影響。

自成吉思汗立國以來，元代最具代表性的法律成例書，計有成吉思汗時代之大札撒與至元新格、大元通例條格、大元聖政國朝典章、經世大典等五部。此五部律典融合了蒙古人的習俗與中原歷代的律法，但基本上仍以蒙古人立國的精神為主要依據。

一、《大札撒》

元代以成例為律令之習俗可遠溯自成吉思汗。成吉思汗於統一漠北之時，曾降旨曰：

> 把全國百姓分成份子的事，（和）審斷訟詞的事，（都）寫在青冊上，造成冊子，一直到子子孫孫，凡失吉忽突忽和我（大汗）商議制定，在白紙上寫成青字，而造成冊子的規範，永不都更改！凡更改的人，必予處罰。〔註9〕

日後成吉思汗為大蒙古國所制訂之大札撒〔註10〕即依此例編成。但此部法典一直深藏於宮廷大內，僅於大宴會時才指定人員宣讀〔註11〕，外人一概不得翻閱。因此，就其效用而言，不足以稱為法律，然而卻自此養成蒙古人重例的習慣。大札撒的編法之所以影響後世甚鉅，與蒙古人對此法典之重視自然有極大的關係。如元代立國以後所撰之《元典章》，便明言以大札撒為據：

> 至元元年八月十九日欽奉詔書，節該應天者，惟以至誠……賴天地之畀矜暨祖宗之垂裕……照依成吉思皇帝札撒已正典刑，訖可大赦天下。〔註12〕

此則說明元代執政者雖屢次因時制宜，增訂新的法典，卻仍以大札撒為其遵循的依規。但大札撒乃蒙古早期游牧社會之產物，無法適用於漢族的農業社會，於是窩闊台滅金之後，中原地區則沿用金朝之泰和律。

〔註9〕參見札奇斯譯著，《蒙古秘史新譯並註釋》，卷八〈第二〇三節〉（聯經出版事業公司，民國68年12月初版、民國81年9月第二次印行），頁305～306。

〔註10〕參見明宋濂等撰，《元史》，卷二〈太宗本紀〉（北京：中華書局出版，1976年4月第一版、1987年11月第三次印刷），頁29。

〔註11〕參見清陳衍撰，《元詩紀事》，卷十七〈宮詞十五首〉之一，柯九思云：「萬國貢珍陳玉陛，九賓傳贊卷珠簾。大明前殿筵初秩，勳貴先陳祖訓嚴。」自注：「凡大宴，世臣掌金匱之書，必陳祖宗大札撒以為訓。」（鼎文書局，民國60年9月初版），頁323。

〔註12〕參見《元典章》，卷一〈詔令一．世祖聖德神功文武皇帝〉「至元改元」，頁34。

二、《至元新格》

自窩闊台以降，元初因未有適於中原的律法，百官斷理獄訟率皆循用金律，以致過於嚴苛〔註13〕。待至元八年十一月，世祖方下令禁行金泰和律〔註14〕，並於十年十月敕伯顏、和禮霍孫以史天澤、姚樞所定之新格參考施行〔註15〕。十四年開國，至二十七年右丞何榮祖方以公規、治民、禦盜、理財等十事輯爲一書，名爲《至元新格》，於二十八年五月刻版頒行，成爲吏民遵行之準則〔註16〕。此書爲蒙古繼《大札撒》後的第二部、元代第一部成文的法律成例書〔註17〕。總而言之，蒙古習慣，凡事但援前例，故鄭介夫批評元代爲有例可援，而無法可守之世〔註18〕。尤其「例」多特殊，甚難一一符合時事，亦無足夠之前例，足堪百事援引。因此世祖初年所用之法，除了援用前例與蒙古習慣外，亦並行金泰和律。

《至元新格》大體上仍據金律斷案，「雖宏法大綱，不數千言」爲其特點，然此簡要之特點，卻造成時有無法可循之弊，反而形成治理上的嚴重紊亂。另外，世祖亦嫌其嚴苛，又令由吏員出身，精通法律的何榮祖另編《新編》。大德三年三月書成，名爲《大德新律》，上呈成宗。成宗命元老大臣聚議，但未及定論，何榮祖已然身亡，此部《大德新律》乃未頒行。武宗繼位之後，雖再度提出審議，惜朝中大臣無人懂律，未敢輕易決定，於是捨《大德新律》，再度彙編成例。〔註19〕

三、《大元通制》

傳位至仁宗時，仁宗依武宗時之議，依格例條畫關於風紀者，類集成書，號曰《風憲宏綱》。至英宗時，復命宰執儒臣取前書再加損益，此書成於延祐

〔註13〕參見《元史》，卷一二〇〈刑法志一〉，頁2603。
〔註14〕同註13，卷七〈世祖本紀〉，頁138。
〔註15〕同註13，卷七〈世祖本紀〉，頁151～152。
〔註16〕同註13，卷十六〈世祖本紀〉，頁348。
〔註17〕同註13，卷一六八〈何榮祖傳〉，頁3956。
〔註18〕詳參柯邵忞撰，《新元史》，卷一九三〈鄭介夫傳〉（上海古籍出版社，1989年12月第一版第一次印刷），頁780。
〔註19〕《元史》，卷二十二〈武宗本紀〉：「律令者治國之急務，當以時損益。世祖嘗有旨，《金泰和律》勿用，令老臣通法律者，參酌古今，從新定制，至今尚未行。臣等謂律令重事，未可輕議；請自世祖即位以來所行條格，校讎歸一，遵而行之。」頁492。

三年，由各司大臣審核。英宗至治三年又派完顏納丹、曹伯啓等增刪，最後決定刻版印行，定名爲《大元通制》。

此書之大綱有三：一曰詔制，二曰條格，三曰斷例。凡詔制九十四條，條格一千一百五十一條，斷例七百一十七條，共二千五百三十九條、二十一類。其中一部份延用前代和唐律篇名，另一部份則是元代新創，大體上仍以編纂世祖以來之事例爲主。〔註20〕

《大元通制》既承襲了唐、宋、金諸王朝法典的基本精神，但於內容上也多所增刪修訂，加入了蒙古貴族的統治意識和蒙古社會制度的特點，並反映了元代社會的現實生活。

據元人沈仲緯所撰《刑統賦流》的記載，《大元通制》的條格共有二十七個篇目：祭祀、戶令、學令、選舉、官衛、軍防、儀制、衣服、公式、祿令、倉庫、廄牧、關市、捕亡、賞令、醫藥、田令、賦役、假寧、獄官、雜令、僧道、營繕、河防、服制、站赤、榷貨。現存的《通制條格》已佚祭祀、宮衛、公式、獄官、河防、服制、站赤和榷貨等八目，甚爲可惜。但由現存的《通制條格》一書，猶可見元代社會生活及元代法典的具體內容。

一如中原歷朝的法典，以《大元通制》爲代表的元代法典，仍立基於統治階級的利益之上，於是隋唐以來的五刑、五服、十惡、八議，均爲元代法典所承襲。其中五服乃規定五種家族之間服喪的期限，以維護宗法制度。十惡係建立了父權家庭以至專制王朝的統治秩序。八議則保障對王朝有功或與統治階級有關係者的法律特權。至於五刑爲笞、杖、徒、流、死等。

元順帝於至正六年曾頒行《至正條格》，但僅就《大元通制》加以修訂、補充，今已不存。因此，當《大元通制》編成之時，元代的法典基本上即已定型。以《大元通制》爲代表的元代法典，前後執行了四十餘年，足見現存的《通制條格》具有相當高的價値。〔註21〕

四、《大元聖政國朝典章》

大致在編訂《大元通制》的同時，元廷尚纂修了《大元聖政國朝典章》（簡稱《元典章》）。前集約刊佈於英宗延祐七年，新集約刊布於泰定帝至治三年。《元典章》爲仿照《唐六典》編纂的元朝制度法令的大全，並非專門的

〔註20〕參見《元史》，卷一二〇〈刑法志一〉，頁2603～2604。

〔註21〕參見黃時鑑點校，《通制條格》（浙江古籍出版社，1986年3月第一版），頁1～3。

法典，但其中包括了許多法典的內容。〔註22〕

同時《元典章》也是一部諸法合體的法典，但它在體例的結構上，一變唐宋的舊例，按吏、戶、禮、兵、刑、工六部分類。這樣吏部律既包含有刑政法的內容，又有懲治職務犯罪的條款，是一部刑法與民法混雜的綜合體〔註23〕，對於當時律令的頒行與實施、運用上均有相關的記載，與《大元通制》一樣具有兼具記錄元代律令及司法、社會的雙層功用。

五、《經世大典》

明宗至順二年，元廷又纂成《經世大典》，是一部「會粹國朝故實」的大政書，其中的《憲典》也彙集了許多律令。《憲典》本文業已失傳，然其基本內容在據以編修的《元史·刑法志》中保存了下來。根據現存的《通制條格》，再參照《元典章》之有關條文和《元史·刑法志》，即可對元代之法典有大體上的了解。〔註24〕

小　結

蒙古人的法律觀念甚爲淡薄，對於懲罰禁令均遵循成例。此與當時儒者仍秉持以德化爲主之傳統觀念，以致輕視法律有關。由於蒙古人與漢人儒臣均不解律法，乃致有元一代，始終未曾頒佈正式之律令。〔註25〕

元順帝曾於至正六年又頒行《至正條格》，由於僅就《至元新格》及《大元通制》加以增刪，全書已佚，故《大元通制》編成之際，元代的法典即已定型。

以《大元通制》爲代表之元代法典是爲鞏固統治階級的統治而設。隋唐以來，列爲基本律文之五刑、五服、十惡、八議，爲元朝全盤接受，充份展現其維護統治秩序之用心。除此之外，元法典中亦不乏異於前代法典者，而此主要反映出蒙古貴族的統治意識，及蒙古社會制度的傳統習俗。由於元代法典屬於法律成例書，自《通制條格》與《元典章》之刑法部份，可見元代律令乃依當時事況，臨時加入的禁令與罰責，因此只是包含著許多法典的內

〔註22〕同註21，頁3。

〔註23〕參見李鐵著，《中國文官制度》（中國政治大學出版社，1989年7月第一版），頁443～444。

〔註24〕同註21。

〔註25〕參見李則芬著，《宋遼金元歷史論文集》，頁593。

容，並非專門的法典，因此皆無法避免「無例可援」的弊端。

第二節　任官的特色

蒙元入主中國之後，既以軍功爲尚，又著重於防制漢人反動，故其任官方面缺乏完備的制度，始終謹守階級制度，對於漢人、南人之任官有著明顯的防備。漢人、南人依法不得爲正官，更不得參與國家機密要事。又因其尚武輕文與注重實際效益，產生政治生態上之重吏輕儒，種族歧視與尚武輕文等立國精神，均導致元代官制之紊亂無章。

蒙古人與色目人等或因世襲，或因根腳（家世、出身）得以輕易入仕；漢人與南人則因科舉取士之途於元已名存實亡，欲謀得官職者，乃計取旁門左道而進，或以把筆司吏爲進身之階，或納粟、立功以取一官半職。凡此皆顯示出元代統治者之任才無道，因而，種族歧視、以吏爲重及任才無道等三大弊端，足堪爲元代任官上之三大特色。

一、種族歧視

元代之蒙古人擁有最高的政治特權，色目人次之，漢人與南人在任官上則有種種的限制。不但秉政的中書省樞密院御史臺長官必以蒙古人爲之〔註 26〕，漢人亦不得參與軍政〔註 27〕及機密大事〔註 28〕，此限不僅止於中書省、樞密院、御史臺，另如內外百官之長包括寺、監、衛、府，及外之行省、行台、宣慰司、廉訪司，及路府州縣亦然。《元史・百官志》之序，亦云任官以「蒙古人爲長，漢人南人貳焉」。〔註 29〕

〔註 26〕《元史》，卷二十六〈仁宗本紀〉：「故事，丞相必用蒙古勳臣。」頁 580。
又卷十六〈成帝本紀〉：「平章之職亞宰相也，承平之時，雖德望漢人，仰而不與」。賀惟一於至正六年拜御史大夫時，以故事，臺端非國姓不以授，順帝乃爲其賜姓改名曰太平（卷一四〇〈太平傳〉，頁 3368）。故可知臺端非蒙古人則不授。

〔註 27〕《元史》，卷一八四〈王克敬傳〉：「故事，漢人不得與軍政」，頁 4235。

〔註 28〕《元史》，卷一五四〈鄭制宜傳〉：「舊制：樞府官從行，歲留一員司本院事，漢人不得與。」頁 3637。
又卷一八四〈韓元善傳〉載：「至正十一年丞相脫脫奏事內廷，以事關兵機，而元善及參加政事韓傭皆漢人，使退避，勿與俱。」頁 4244，足見事關機密者，漢人皆不得與。

〔註 29〕參見《元史》，卷八十五〈百官志一〉，頁 2119～2120。關於地方民衙長官，至元二年二月甲子令，曾明定以蒙古人充各路達魯花赤，漢人充總督，回回考究元代史實，漢人與南人雖然曾經官授內外長官，甚至位居中樞首長〔註 30〕，但基本上蒙古人爲長之準則並未更改。漢人與南人雖偶有例外，畢竟仍爲少數。據箭內亙的統計，漢人爲中書令不過一人，丞相不過三人，樞密院則僅二人。故不能因曾有漢人任於高位，便否認蒙古人、色目人的政治優勢，及漢人、南人遭到排斥的事實。

趙翼於《廿二史劄記》中，曾論及元代任官上之種族歧視，其曰：

> 中書省爲政本之地，太祖太宗之時，以契丹人耶律楚材爲中書令，宏州人楊惟之繼之，楚材子亦爲左丞相，此在未定制之前。至世祖時，惟史天澤以元勳宿望，爲中書右丞相。仁宗時，欲以回回人哈散爲相，哈散以故事，丞相必用，蒙古勳舊故力辭。帝乃以伯荅沙爲右丞相。太平本姓賀名惟一，順帝欲以爲御史夫。故事臺端非國姓不授，惟一固辭。帝乃改其姓名曰太平，後仕至中書省左丞相。終元之世，非蒙古而爲丞相者，止此三人。哈散尚爲回回人，其漢人止史天澤，賀惟一耳。丞相之下，有平章政事，有左右丞，有參知政事，則漢人亦得爲之。然中葉後，漢人爲之者亦少。〔註 31〕

此處所指之漢人係北方人民，蒙元將中原人士分爲漢人與南人兩種，此因蒙古人之種族劃分以投降先後爲序，故最後投降之南人乃最受歧視。漢人之中雖曾有位居宰輔之士，然南人始終不得入於臺省。順帝時偶用南人，但能參政者亦僅危素一人〔註 32〕。此知漢人與南人限於種族地位之劃分，而影響其

充同知，永爲定制。又曾兩度下令，罷漢人及女眞契丹人之爲達魯花赤者，惟回回，畏兀，乃蠻，唐兀人仍舊（卷六〈世宗本紀〉，頁 106）。即若王駙馬分地之達魯花赤，亦須選用正蒙古人員。大德八年江浙行省准中書省咨達魯花赤須選擇蒙古人委付。如無蒙古人，則揀選有根腳的色目人委付，漢兒、女眞，契丹，達達小名裡做達魯花赤的都合革罷了。當時漢人，契丹，女眞人如冒用蒙古人名字充當達魯花赤，元政府曾爲此事屢下公文嚴禁，查出者追收敕牒永不敍用（《元典章》，卷九〈吏部三・官制三・投下〉，頁 142～143）；廉詔司查革實例，可參見同卷「革罷南人達魯花赤」、「有姓達魯花赤革去」）。

〔註 30〕楊惟中曾繼耶律楚材之後任中書令，史天澤，賀勝，賀惟一曾任左右丞相，趙壁，史天澤曾爲樞密院使，賀惟一曾爲御史大夫。此數人皆以漢人居中樞顯要。參見《廿二史劄記》，卷三十，頁 433～434。

〔註 31〕參見清趙翼編著，《廿二史劄記》（下），卷三十〈元制百官皆蒙古人爲之長〉（世界書局，民國 77 年 4 月十版），頁 433。

〔註 32〕參見清錢大昕著，《十駕齋養薪錄》（上），卷九〈趙世延楊朵兒只皆色目〉（世界書局，民國 52 年 4 月初版），頁 200。

任官與參政的資格。

若論選舉取士之途，亦無法免除種族不平等的侷限。如順帝至正二年之廷試名額爲十八名，蒙古六名，從六品出身；色目人六名；正七品出身；漢人、南人共六名，從七品出身。皆授進士〔註 33〕。由此可知同是太學生，而御試中式人數，以漢人南人之多，竟與蒙古人、色目人一樣均取六名。至於同授進士，三種人之授官又有等級區別，漢人、南人在任官上所受歧視，由此可見一斑。

二、以吏爲重

西漢之世，賢相名臣由吏出身者極多，蓋當時官與吏並無區分，故賢士大夫不惜以吏進階。隋唐以後，官與吏爲二途，流品漸分，至宋尤甚。儒士出身者多不願在地方爲吏，而爲吏者亦不能至中央爲官。加上吏胥之賢者亦不過奉行歷年之文書，其不肖者則舞文弄法，藉以漁利，不惜殘害良民〔註 34〕，致使儒者愈輕視吏員。

元初雖立學校，行考試之制，然而「士之進身，多由掾吏」〔註 35〕。此乃未能詳察唐宋以後的吏與漢世之吏的差異性，因此「國朝入官之制，自吏業進者爲多，卿相守令於此焉出」〔註 36〕。凡「簿書期會金穀營造之事，供給應對，惟習於刀筆者爲適用於當時，故自宰相百執事皆由此起，而一時號稱大人才者，亦出於其間，而政治繫之矣！」〔註 37〕且自至元以下，吏員不只可以位居大臣，即連「小民初識字，能治文書者」，亦「得入臺閣共筆箚。累日積月，皆可以致通顯。」〔註 38〕此輩不識大體，每欲生事，以顯其力，以致「號令不常，初降旋沒，遂致民間有一緊二慢三休之謠。京都爲四方取則之地，法且不行，況四方乎？」〔註 39〕國家之威信因而日漸動搖。

〔註 33〕參見《元史》，卷九十二〈百官志八・選舉附錄・科目〉，頁 2344～2347。出身官品之不同，早於仁宗延祐四年以前，即武宗至大四年已經如是，見《元史》及《新元史》之〈選舉志一・學校〉。

〔註 34〕參見薩孟武著，《中國社會政治史》（四）（三民書局，民國 64 年 10 月初版，民國 80 年 8 月五版），頁 305。

〔註 35〕參見《新元史》，卷六十四〈選舉志一〉，頁 315。

〔註 36〕參見《元文類》，卷四十〈經世大典序錄・補吏〉，頁 417。

〔註 37〕同註 36，〈入官〉，頁 416。

〔註 38〕參見清高宗敕撰、洪浩培影印，《續通典》，卷二十二〈選舉六・雜議論下〉（新興書局，民國 52 年 10 月新一版），頁 1251。

〔註 39〕參見《新元史》，卷一九三〈鄭介夫傳〉，頁 780。

世祖忽必烈曾對吏之竊權舞文有所規誡，其令「諸歲貢吏……以性行純謹，儒吏兼通者爲上；才識明敏，吏事熟閑者次之；月日雖多，才能無取者不許呈貢。」〔註 40〕此舉乃欲儒吏合一，期地方官吏不僅具吏事才能，亦無才德之弊。此因吏員係處理地方民事，與人民之關係最爲密切，吏之把筆弄法易招民怨。成宗繼位之初，也曾於元貞元年「詔諸路有儒通吏事，吏通經術，性行修謹者，各路薦舉，廉訪司試選，每道歲貢二人。」須經臺省官立法考試，通過者方許錄用〔註 41〕，卻依然未能扭轉情勢，以致八年之後，鄭介夫於成宗大德七年上《太平策》之時，猶力陳儒吏偏廢之弊與改革之道，其文曰：

> 吏之與儒可相有而不可相無者也。儒不通吏，則爲腐儒。吏不通儒，則爲俗吏。必儒吏兼通，而後可以蒞政臨民，漢書稱以儒術飾吏治，正此謂也。今吟一篇詩，習半行字，即名爲儒。檢舉式例，會計入出，即名爲吏。吏則指儒爲不識時務之書生，儒則詆吏爲不通古今之俗子。儒吏本出一途，析而爲二，遂致人員之冗，莫甚此時。久任於內者，但求速化，未知民瘼之艱難；久任於外至者，惟務苟錄，不諳中朝之體統。今朝廷既未定取人之科，當思所以救弊之策。百官自三品以下，九品以上，並內外互相注授。歷外一任，則升之朝；隨朝一任，則補之外。凡任於外者必由內發，任於內者必從外取，庶使儒通於吏，吏出於，儒儒吏不致扞格，內外無分重輕矣。〔註 42〕

鄭介夫以爲儒與吏必須同時兼備，缺一不可，矯正之法即內外官之互調，使其內外嫺熟，儒吏之間既不可偏廢也不應互輕。點出元代對於儒、吏之錯誤觀念，由於儒、吏不解二者實出一轍，而互相貶責較勁，導致儒、吏無法融合。因此至泰定四年，仍是「由進士入官者僅百之一，由吏致位顯要者，常十之九」。連泰定帝本人亦欲以吏出身之中書參議傅巖爲吏部尚書，後因韓鏞之諫言乃止〔註 43〕。由此可知元帝對於吏之重視，故俗有一官二吏九儒十丐之言，即儒之地位遠不及吏，且比丐只高一級而已。此說亦見《謝疊山集》之《送方伯載序》，其云：

> 今世俗人有十等，一官二吏。先之者貴之地。七匠八娼九儒十丐，

〔註 40〕同註 39，卷六十六〈選舉制三・銓法下〉，頁 326。

〔註 41〕同註 39。

〔註 42〕同註 39，頁 779。

〔註 43〕同註 39，卷二一二〈韓鏞傳〉，頁 837。

後之者賤之也。鄭所南集，又謂元制，一官二吏三僧四道五醫六工七獵八民九儒十丐。而無七匠八娼之說。蓋元初定天下，其輕重大概如此。是以民間各就所見而次之，原非制爲令甲也。〔註44〕

可知吏於元代之受重視。由於儒吏始終未能趨於協調，親民之官雖以守令爲急，卻因州縣正官之昏瞶無知或未嫻於吏事，致使都吏目典史之徒，往往恃其名役之細微，從中舞文弄法，不只傾詐庶民，尚且操制長官〔註45〕，胥吏之貪殘橫暴於元一代乃時有所聞。

三、任才無道

世祖忽必烈採漢法建立新的國家機構與職官制度，同時也將蒙古帝國原有的怯薛（宿衛）、達魯花赤（鎮守者）及札魯花赤（斷事官）等官職一併保留。因此，元朝的國家機構和職官制度具有雙重性，既沿襲中原傳統，也遺留了蒙古舊習。大體上，元代任官有以下五種途徑：

（一）世襲官位

蒙古顯貴多可世襲官職。其餘各族官員，正一品官之子蔭正五品，從一品官之子蔭從五品，下至從三品官之子蔭從七品。其中，色目人優進一級。地方上，蒙古、色目任達魯花赤，父死則子降一格承蔭，例如州達魯花赤之子可襲爲縣達魯花赤。武官亦爲世襲，陣亡者按原等，病故則降兩等。若無子弟可承襲，便以功選員授職。

與社會大眾最爲相關之地方行政長官，其先亦均由世襲。由於蒙古、色目二族之顯貴多爲馬上立功者，並不瞭解吏事〔註46〕。其子孫即使承蔭獲官，亦多年少且胸無點墨者〔註47〕，這些不解吏事又不識文墨之徒，乃「例以象牙或木，刻而印之」〔註48〕，代替執筆畫押。

（二）家世背景

元朝之取士用人，以根腳爲重。所謂「根腳」者，即指其家世、出身。

〔註44〕參見清趙翼著，《陔餘叢考》（三），卷四十二〈九儒十丐〉（新文豐書局，民國64年11月初版），頁21。

〔註45〕參見《元文類》，卷十五〈建白一十五事〉，頁158。

〔註46〕參見《元史》，卷一五九〈宋子貞傳〉，頁3736。

〔註47〕參見《元典章》：「縣尉多係色目，並年小不諳事，以承蔭得之，不識漢文，盜賊滋益」。

〔註48〕參見元陶宗儀撰，《輟耕錄》，卷二〈刻名印〉（世界書局，民國76年9月四版），頁44。

中書省府臺的高級官員和地方上路府州縣的長官，均係皇帝任命勳臣、名門以及儒吏出身品資相當之人擔任。其中怯薛出身尤爲「大根腳」。自成吉思汗起，怯薛即蒙古國家機構之核心，既爲可汗護衛亦爲大中軍，也照料可汗的家務與處理國家家政事。

及至忽必烈建立新的國家機構，怯薛之主要職務則爲護衛宮城，其餘職能則有所刪減。然怯薛仍由皇帝直接掌握，享有許多大權。之後，忽必烈又規定各族三品以上之文武官員，各遣一子充當禿魯花軍隊的一員。此禿魯花軍屬於怯薛的編制之內，如此怯薛便擴大爲由蒙古貴族及各族高官子弟所組成的軍伍。據估計，怯薛出身的官員約占全部官員的十分之一，並常擔任要職。例如成吉思汗時代的四怯薛長，除赤老溫無後，木華黎、博爾朮、博爾忽三大家族的子孫共八十四人，其中爵世襲的二十六人，任三品以上官職的三十九人。因此，怯薛可謂元朝高級官員之搖籃。

（三）以吏為階

元代與前代一樣在各級官府設吏，亦即辦事人員。元代之吏，名目甚多，並因語言溝通之問題，元代官府中大多增設譯史與通事。

最基層的縣以下，巡尉司之吏由本地「耆老上戶」中推舉，各級吏之任用與升遷由省院台部、宣慰司、廉訪使和路府州縣的官員推舉。「吏道雜而多端」，或出於學校、或徵於隱居，或嫻於技藝、或功於捕盜。欲任官者，多設法補用爲吏，然後不斷遷升，由吏而官，從下品到上品。從刀筆小吏躋身於高官顯爵之列的畢竟有限，但是由吏而進爲一般官員的卻佔了官員總數中的相當比例。

吏和由吏而進之官員，爲保既有之地位與晉升之階，必須上賄長官，彼此之間更是狼狽爲奸。吏目爲上賄長官，又轉向老百姓濫徵錢財，平日吏員也以斂錢財爲務，於是貪婪狠毒遂成元代吏目的共性。〔註49〕

（四）科舉取士

自太宗於蒙古帝國之時，曾舉行一次科舉取士以後，直至仁宗皇慶元年始重行科考之制。元代科舉亦於皇慶二年定制，但仍不脫種族歧視之色彩，無論考試內容或授職的方式，蒙古人、色目人始終享有優渥的待遇。

計元朝一代之開科取士，約有二十年的時間，先後共舉辦二十次左右。

〔註49〕參見《元朝史話》（木鐸出版社，民國77年9月初版），頁101～103。

其間科場舞弊，已失科舉取士之本意〔註 50〕。而且考試時，蒙古、色目人與漢人、南人分榜考試，具眞才實學之漢人、南人多不屑應舉。實際上，因科舉入仕者亦不多，據《續通典》所載，皇慶延祐中，由進士入官者僅百之一，由吏致顯要者則十之九〔註 51〕。因此錢穆先生認爲科舉取士係有名無實，其政治影響力甚微。〔註 52〕

（五）賄賂得職

賄職一途與漢人、南人之不得爲臺省要職有關，因爲即使科舉出身亦無益於仕途，於是庶民任官之途只得靠吏進，或賄職以得州縣卑秩。因此府州縣官，例多阿權通賄，僥倖致仕〔註 53〕。至元二十五年三月即有「淞江民曹孟炎願歲以米萬石輸官，乞免他傜，且求官職。桑哥以爲請，遙受浙東道宣慰副使。」〔註 54〕此乃輸米得官免傜之實例。

於路府州縣官之外，怯薛也漸由貴族子弟之選任，轉而購買可得。鄭介夫嘗上奏成宗云：

> 怯薛歹古稱侍衛……今則不限以員，不責以職。但挾重貲，有弟援投門下，便可報名、糧草獲邀，皆名曰怯薛歹。屠沽下隸，市井小民，及商賈之流，軍卒之末，甚而倡優奴賤之輩，皆得以涉跡宮禁。又有一等流官胥吏，經斷不敘，無所容身，則夤緣投入，以圖陞轉。趨者既多，歲增一歲，久而不戢，何有窮已。〔註 55〕

足見元代任官之浮濫與無道。漢人、南人之間雖然不乏急於吏進與賄職之輩，但亦有不屑於入朝爲官者，因此位缺急補之際，亦曾有無人肯應募之窘境〔註 56〕。故知納粟求進，只限於鄉里無賴，潔身自好者未必同流合污。〔註 57〕

〔註 50〕參見《輟耕錄》，卷二十八〈非程文〉，頁 425～427。

〔註 51〕參見清高宗敕撰，《續通典》，卷二十二〈選舉六〉（新興書局，民國 52 年 10 月新一版），頁 1249～1251。

〔註 52〕參見錢穆著，《國史大綱》（下）（國立編譯館，民國 29 年 6 月初版、民國 63 年 11 月修訂一版、民國 79 年 3 月修訂十六版），頁 495。

〔註 53〕參見元王惲著，《秋澗大全集》（四部叢刊・初編集部），卷九十〈議保舉〉（上海商務印書館，縮印江南圖書館明弘治刊本），頁 865。

〔註 54〕參見《元史》，卷十五〈世祖本紀〉，頁 310。

〔註 55〕參見《新元史》，卷一九三〈鄭介夫傳〉，頁 781～782。

〔註 56〕參見《輟耕錄》，卷七〈粥爵〉，頁 118。

〔註 57〕參見《國史大綱》（下），頁 480。

小　結

由上述入仕途徑可見元代官僚體系之構成：第一，元代官員的出身，基本上乃蒙古貴族、色目上層以及漢人、南人中之地主富豪。第二，元代的高級官員，大都出身於蒙古以及色目，低級官員大都出身於漢人以及南人。第三，漢人、南人的官員大都由吏而進，由儒入仕者極少。第一點與第二點表現了元代國家機構的階級壓迫及種族歧視，第三點則表現了吏道在元代的重要性和特殊作用。「吏道」的盛行使元代的政治風氣與宋代大不相同，求聞達的平民不以科舉爲進身之階，反而轉習刀筆以充胥吏〔註 58〕，至於賄進風行，則促使元朝的政治益趨敗壞。

由於未能建立一套建全的銓選制度，以致於贓濫獲譴者，猶能升遷他職〔註 59〕。銓選制度之不健全，導致所用非人，加速官員品質之惡化。因此，銓選無制、吏品流雜是元代政治的一大弊病。以上之五種入仕途徑，均非公正平等之途，既然任官無道，所用自非賢能，於是元代官員中充斥不懂文墨〔註 60〕與尸位素餐〔註 61〕、貪贓枉法〔註 62〕之徒。

種族歧視與以吏爲重、任才無道既是元代任官之三大弊端，更因此造成元代政治社會上之種種亂象。種族歧視鞏固了蒙古帝國的統治地位，限制了漢人的入仕途徑；以吏爲重說明了蒙古人的輕儒重吏，不嫻於文治；任才無道則逼使漢人、南人以非正常手段入仕；蒙古、色目人則因襲家世得以尸位素餐，凡此皆腐蝕了元代的政治根基。由元代任官之三大特色中，明白揭露蒙古人缺乏完善的政治藍圖，種族劃分與承蔭制度雖保護了蒙古人或色目人，卻使元代的政治社會加速敗壞。

第三節　元代的刑罰

中國歷代的刑罰一直未曾眞正的公平，八議〔註 63〕、及其他官吏與親屬

〔註 58〕參見《元朝史話》，頁 103～104。

〔註 59〕參見《秋澗大全集》，卷八十九〈論州縣官經斷罪事狀〉，頁 862～863；卷八十八〈彈市令馮時昇不公事狀〉，頁 842。

〔註 60〕參見《元史》，卷一七三〈崔斌傳〉，頁 4038。

〔註 61〕參見《秋澗大全集》，卷九十〈議保舉〉，頁 865。

〔註 62〕參見《秋澗大全集》，卷八十六〈論倉庫院務官除授事狀舉〉，頁 827～828。

〔註 63〕「八議」於唐長孫無忌所著之《唐律疏議》中有詳細的記載。其云：「今之八議，周之八辟也。禮云，刑不上大夫，犯法則在八議，輕重不在刑書也。其

均是法律上的特權階層，在刑罰上享有許多的優渥權。元代立國，於刑罰上對於此類貴族官吏亦有所保障。另外，蒙古人在刑罰上的規定，也突顯了四種階級人民在法律上的差別待遇。因此，元代法律的特權階級較歷朝多了「國族」——蒙古人，及善於征戰、理財之色目人。在中國歷朝既存之貴賤與良賤的不平等之外，還有種族間的不平等。此三項不平等待遇正是元律之立法精神所在，也是形成獄訟無法公正平等的主因。

一、貴賤不平等

歷代法律大多規定司法機構不得擅自逮捕貴族及官吏，除非獲得皇帝之許可。即使八議以外之官吏亦可享有此種優待。以下即就官員本身及其親屬方面加以解說。

（一）貴族及官吏

貴族及官吏之法律特權，自唐以來皆立法予以保障，使其不受拘繫刑訊。唐律即訂應議及請減者〔註 64〕不得拷訊，且須據三人以上之明證方可定罪。若擅加拷訊，以致罪有出入者，即依故出入人及失出入人入罪。若罪無出入而枉拷者，則以鬥殺傷論之，如致死者復加役流〔註 65〕。其防制可謂極嚴，至宋則限制較鬆，得依當時情況加以拷訊〔註 66〕。元律之訊問官吏，採行唐

應議之人……若犯死罪，議定奏裁，皆須取決宸衷，曹司不敢與奪。近謂重親賢、敦故舊、尊賓貴、尚功能也。以此八議之人犯死罪，皆先奏請，議其所犯，故曰八議。」

又「八議」之內容爲「一曰議親：謂皇帝袒免以上親，及太皇太后皇太后緦麻以上親，皇后小功以上親。二曰議故：謂故舊。三曰議賢：謂有大德性。四曰議能：謂有大才業。五曰議功：謂有大功勳。六曰議貴：謂職事官三品以上，散官二品以上，及爵一品者。七曰議勤：謂有大勤勞。八曰議賓：謂承先代之後，爲國賓者。」頁 23～24。

《元史》，卷一二〇〈刑法一〉對「八議」之認定亦採《唐律疏議》之說，頁 2608～2609。

〔註 64〕應議者謂在八議以內者。「請」之適用範圍於應議者期以上親及孫，及官爵五品以上者；「減」之適用範圍則於七品以上之官，及五品以上之祖父母父母兄弟姐妹妻子孫。此詳見《唐律疏義》，卷二〈名例二・應議請減〉，頁 25～30。

〔註 65〕參見《唐律疏議》，卷二十九〈斷獄上・八議請減老小〉，頁 368。

〔註 66〕元脫脫等撰，《宋史》，卷一九九〈刑法志一〉：政和間詔，「品官犯罪，三問不承，即奏請追攝，情理重害而拒隱，方許枷訊。」詔書中並云：「邇來有司廢法，不原輕重，枷訊與常人無異，將使人有輕吾爵祿之心，可申明條令，以稱欽恤之意。」（北京：中華書局，1985 年 6 月新一版），頁 4891。

律，不得任意施刑，惟眾證已明不疑者乃可加刑拷問。〔註67〕

審問之後亦不能按一般之司法程序加以斷決，實際上無論公罪私罪，判刑後，官吏與貴族均有優免的機會。如以罰俸、收贖、降級、革職等方式抵罪，此種立法原意與影響深遠的「刑不上大夫」之概念有關。〔註68〕

中國古代社會本具濃厚的階級意識，官吏與平民既有貴賤之分，即使平日相遇，尚需意存尊敬，不同凡禮。若以賤凌貴或加以毆辱，自不可輕恕，因而法律上乃別立專條，採取加重主義。加重的程度與官品的高下成正比。若部民毆本屬地方長官，以子民而侵犯父母官，均是罪大難容〔註69〕。元律即明訂部民若毆死長官，其主謀及下手者皆一律處死，只毆傷而未致命者，杖一百零七下，流徙遠地，並徵燒埋銀。〔註70〕

貴族官吏一旦罪刑判定，不一定得依法服刑。此因古代將官職視同一人之身份與權利，除了不受一般法律之約束，尚可以官位交換罪刑〔註71〕。《元史・刑法志》中即有「贖刑」一條，其中明載：「諸牧民官，公罪之輕者，許罰贖」、「諸職官犯夜者，贖」〔註72〕。可知元代幾乎全盤吸收了漢族歷代對於職官的法律優渥權。

（二）貴族及官吏的親屬

貴族、官吏不僅享有法律特權，其親屬亦可藉助貴族、官吏的庇蔭而獲得異於平民的法律地位。貴族、官吏之官爵愈高，則擴及親屬的範圍愈廣，法律所給予的優待亦愈多。

官吏之蔭及親屬，原是國法對於特殊階級的一種推恩。此點可分別由階級及家族言之，推恩本身是家放主義的一種表現，基於骨肉慈孝之心，推恩的範圍及程度均爲階級觀念所限制。若子弟藉尊長蔭而犯所蔭尊長，或藉旁系親屬尊長之蔭而犯旁系親屬之祖父母、父母，則違反庇蔭之原意，便許用蔭〔註73〕。唐律如此精密的規定，顯示出當時立法對於家族主義及倫常

〔註67〕參見《元史》，卷一二〇〈刑法志一・職制（上）〉，頁2612～2619。《元典章》（下），卷三十九〈刑部一・刑名〉「不得擅決品官」，頁550。

〔註68〕參見瞿同祖著，《中國法律與中國社會》（里仁書局，民國73年9月25日出版），頁277～278。

〔註69〕同註68，頁281。

〔註70〕參見《元史》，卷一五〇〈刑法志四・殺傷〉，頁2675。

〔註71〕同註69，頁282。

〔註72〕同註70，卷一二〇〈刑法一・名例〉，頁2609。

〔註73〕同註65，卷二〈名例名二・以理去官〉，頁31～35。

之重視。〔註 74〕

二、良賤不平等

貴賤之外，良賤〔註 75〕是另一種範疇。貴賤表示官吏與平民不同的社會地位，良賤則表示良民與賤民不同的社會地位。賤民包括官私奴婢，倡優皂隸〔註 76〕。凡列名賤籍，其社會地位與法律地位均異於良民。如元律規定，良人如鬥毆以致殺死他人奴婢，僅須杖刑一百七，徵燒埋銀五十兩〔註 77〕，並不以常規，殺人償命論之。

賤民之生活方式不同於平民，亦無應考出仕的權利〔註 78〕，更不能與良民通婚，與平民之間的傷害罪亦不適用一般條文。歷代立法均採取同一原則：良犯賤之處份必較常人相犯爲輕、賤犯良之處份則較常人相犯爲重。

若良賤之間尚存主奴關係，則不平等的程度更爲顯著。如元律，良民竊奴婢生子，母子二人均歸主人所有〔註 79〕，意即縱使女奴私嫁與良人，亦不能解除奴籍。這些家奴若不經主人放出，將永無自由之日。若背主潛逃，處分更爲嚴厲。元代之奴婢如果背主在逃者，杖七十七，其他窩藏者也遭受連帶處分〔註 80〕，其中尤以殺傷罪與姦非罪之刑罰最能突顯良賤之間的差別待遇。

（一）殺傷罪

與前代相較，元代對於殺奴婢的處分最輕。常人鬥毆殺人者，例處絞刑

〔註 74〕參見《中國法律與中國社會》，頁 284。

〔註 75〕參見崑岡等續修，《清會典》，卷十七〈户部〉:「凡民之著於籍，其別有四：一曰民籍，二曰軍籍，三曰商籍，四曰灶籍，察其祖寄，辨其宗系，區其良賤。」（臺灣商務印書館，民國 57 年 3 月臺一版），頁 179～180。分別良賤並不止是習慣語上的一種抽象名詞，在户籍上，在考試法上，在刑法上，都有此分別。

〔註 76〕《清會典》，卷十七〈户部〉之「區其良賤」下註云:「奴僕及倡優隸卒爲賤，凡衙門應役之人，除庫丁、斗級、民壯仍列於齊民。其皂隸、馬快、步快、小馬、禁卒。門子、弦兵、忤作、糧差及巡捕番役皆爲賤役。」頁 180。

〔註 77〕參見《元史》，頁 2677。

〔註 78〕如《元史》，卷八十一〈選舉志一・科目〉即云:「倡優之家及患廢疾、若犯十惡奸盜之人，不許應試。」頁 2022。

〔註 79〕同註 78，卷一四○〈刑法志三・姦非〉，頁 2655。

〔註 80〕同註 78，卷一五○〈刑法志四・捕亡〉:「誘引窩藏者杖六十七，鄰人、社長、坊里正知不首捕者，笞三十七，關機應捕人受贓脱放者，以枉法論，寺觀、軍營、勢家影蔽及投下冒收爲户者，依藏匿論，自首免罪。」頁 2689。

〔註 81〕，但毆殺奴婢致死者只杖一百七，與徵燒埋銀五十兩〔註 82〕。一絞一杖之間，輕重之別懸殊，歷代法律中無有更輕於此者，故《輟耕錄》云：「刑律私宰牛馬杖一百，毆死軀口，比常人減死一等，杖一百七，所以視奴婢與馬牛無異」。〔註 83〕

法律對主人的禁止只限於非刑和擅殺。蒙元一朝，權貴之家經常擅將犯錯家奴或逃奴黥刺嚴罰，甚或無故黥刺，因此元律特加禁止〔註 84〕。然而對於故意殺死無罪奴婢之刑責仍僅杖八十七，若是因醉殺人者，還可以減刑。〔註 85〕

元律並將奴殺主之罪名入於大惡之中〔註 86〕。因此元律規定奴詬詈其主不遜者杖一百七，並居役二年，役滿之日猶歸其主〔註 87〕。但主人因奴之毆罵行爲，乃憤毆奴致死者，則無任何刑責〔註 88〕。如奴婢殺傷本主者處死，故殺者尚且凌遲處死。拘監生病，亦僅予醫藥，不准家人前往視，或解除枷杻〔註 89〕。主奴之間互相侵犯的法律責任大致有一原則，即奴侵主較普通賤人侵犯良人的處份重，主侵奴則較良侵賤的處分輕。此乃於良賤關係外，又有主奴關係，故名分綦重。

（二）姦非罪

關於姦非罪的立法原則與殺傷罪一致。奴姦良人者較常人相姦爲重；良姦賤者則較常人相姦爲輕。

良賤兩種階級不只禁止通婚，且嚴禁二階級間通婚以外之性關係，此禁忌不但爲社會風俗所不許，亦爲法律所嚴禁。如男子娶一賤民爲妻，必影響其社會地位，若是納爲妾，或僅爲通姦，則不致有負面影響。

在重視道德風化的社會中，姦非罪受到異常的重視。男女犯姦同屬有罪，唯獨良姦賤的處分甚輕。元律，奴有女已許嫁爲良人妻，即爲良人，其主侵

〔註 81〕同註 78，卷一五〇〈刑法志四・殺傷〉，頁 2677。《元典章》，卷四十二〈刑部四諸殺一・鬥殺〉「踢打致死」，頁 585。

〔註 82〕同註 78，卷一四〇〈刑法志四・殺傷〉，頁 2677。

〔註 83〕參見《輟耕錄》，卷十七〈奴婢〉，頁 251。

〔註 84〕同註 83，卷一五〇〈刑法志四・雜犯〉：無故擅刺其奴者杖六十七。頁 2688。

〔註 85〕同註 82。

〔註 86〕參見《元史》，卷一四〇〈刑法志四・殺傷〉，頁 2677。

〔註 87〕同註 86，〈刑法志三・大惡〉，頁 2652。

〔註 88〕同註 86。

〔註 89〕同註 86，卷一五〇〈刑法志四・恤刑〉，頁 2690。

姦者杖一百七〔註 90〕。可見姦非罪只成立於奴許嫁良人之後，若未許嫁，或許嫁者非良人，主人便無罪。良民即使與奴婢生子，子則隨母一併歸還主人；若奴婢相姦，笞四十七。「主姦奴妻者不坐」〔註 91〕即元律姦非罪中，最爲不公平之處。元人視奴婢如馬牛等私人財產，主人可恣意欺凌；一旦奴姦主妻女者，則一律處死。〔註 92〕

是故法律之刑罰與禁令的公平性，僅限於良民與良民之間、賤民與賤民之間，一旦賤民侵犯良民，必然加重處份；反之，良民欺壓賤民則減輕罪責，甚至無罪。

三、種族不平等

元代之種族階級劃分層次井然，無論政治法律及社會各種待遇等皆依序而定其高下。因此刑法上種族不平等的規定甚多，征服者與被征服者處於不對等的司法權之下。蒙古人與色目人在法律上擁有許多例外的優待，一般的法律規章並不完全適用於這些特權階級。可見元律秉持著執政者對於國族或色目人之保障，與嚴防漢人、南人之用心。以下僅就禁令與刑責各舉數例說明。

（一）禁　令

1. 蒙古人犯罪由蒙古官審斷，不得拷掠〔註 93〕

依元法，只有漢人、南人屬於有司；蒙古人、色目人犯罪及漢人間的詞訟則歸宗正府處斷〔註 94〕。若蒙古官犯法，論罪既定，亦必由蒙古官斷罪。行杖亦由蒙古人執行。蒙古人犯罪在審斷時也有許多法定的特權。除犯死罪

〔註 90〕同註 86，〈姦非〉，頁 2655。

〔註 91〕同註 90。

〔註 92〕同註 90。

〔註 93〕參見《元史》，卷一三〇〈刑法志二・職制下〉，頁 2611。

〔註 94〕按元初之制，蒙古人犯罪及漢人犯姦盜等罪，俱由宗正府斷之。《元史》，卷八十七〈百官志三・宗正府斷事官〉下曰：「凡諸王駙馬投下蒙古色目人等應犯一切公事，及涉入姦盜詐僞蠱毒厭魅誘掠逃驅輕重罪囚」悉掌之。皇慶元年始以漢人刑名歸刑部，刑法志所云係皇慶以後情形，根據大元通制。泰定帝致和元年別有規定，改爲『大都上都所屬蒙古人并怯薛，軍站，色目與漢人相犯者歸宗正府處斷；共餘路府州縣，漢人、蒙古人、色目詞訴，悉歸有司刑部管掌』（〈百官志三〉）。但順帝元統二年又詔：「蒙古色目犯姦盜詐僞之罪者隸宗正府，漢人南人犯者屬有司。」（卷三十八〈順帝本紀〉），此又恢復舊制，蒙人仍隸宗正府，不屬地方有司。

及犯眞姦盜罪，才分別加以監禁或散收，如犯其餘輕重罪名則以理對證，有司不得加以拘執，若是逃逸者方予監收。〔註 95〕

此律乃就蒙古人、色目人而言，其法律特權的範圍已逾前代。元代依不同種族而有不同之法律權限，正是元代法律之一大特色。

2. 蒙古人除龍鳳文之外，可自由穿戴〔註 96〕

服飾、居室、車輿的限制，本以階級爲斷，貴賤有章，分別甚大。但元律則規定蒙古人除了不許服龍鳳文，其餘一切衣飾皆不受法律制裁，可隨意穿戴，因此服色等第可說是爲蒙古人以外之官民所設。《元典章》中記載得更爲明白：「蒙古人不在禁限，及見見、怯薛諸色人等亦不在禁限，惟不許服龍鳳文。」同條並云：「今後漢人、高麗、南人等，投充怯薛者並在禁限。」〔註 97〕可知不在禁限之列的怯薛，只限於蒙古人或西域等諸色人等；漢人、南人及受漢化甚深之高麗人，即使投充怯薛亦爲禁限之內；色目人除行營帳外，其餘則與庶人相同。〔註 98〕

3. 漢人、南人不許私藏兵器〔註 99〕

漢人除非具有軍籍，否則一律禁持兵器，甚至從軍者亦只於出征時纔發給兵器，征罷須交回官府〔註 100〕。弓箭唯有打捕及捕盜巡馬弓手或巡捕弓手許用，其餘均禁止持有〔註 101〕，即使彈弓亦不許人民於都城內製造持用。至於鐵骨朵、鐵尺，及含刀的鐵柱杖及盔甲自更屬違禁之列。〔註 102〕

另因馬爲主要的戰鬥力之一，故漢人亦不許畜馬，所有馬匹皆須入官，私自藏匿及買賣者皆罪之〔註 103〕，其違禁自藏者處分極嚴。私藏刀槍及弩至十件，弓箭至十副，盔甲一副者，皆處死刑，縱使已經不堪使用之刀槍，或

〔註 95〕同註 94，頁 2632。
〔註 96〕同註 94，卷一五〇〈刑法志四・禁令〉，頁 2680。
〔註 97〕參見《元典章》（上），卷二十九〈禮部二・禮制二服色〉「貴賤服色等第」，頁 428。
〔註 98〕同註 97，頁 429。
〔註 99〕參見《元史》，卷一五〇〈刑法志四・禁令〉，頁 2681。
〔註 100〕同註 99，卷二十九〈泰定帝紀〉，頁 658。
〔註 101〕同註 97：「諸都城小民，造彈弓及執者，丈七十七，沒其家財之半，在外郡縣不在禁限。」
〔註 102〕同註 97，並參見卷十四〈世祖本紀〉，頁 286。
〔註 103〕同註 97，卷十四〈世祖本紀〉：「色目人有馬三取其二，漢人便須全部入官。」頁 290。

已無法穿繫禦敵的零散甲片亦須笞以三十七。〔註104〕

當時為徹底行法令，政府常遣人搜括兵器〔註105〕。對於沒收所得兵器，下等者毀之，中等者賜與近居蒙古人，下等者貯與官庫，由省院台長官、達魯花赤、畏兀、回回居職者執掌。漢人、南人雖有居職者，仍無法干預〔註106〕，足見執政者對漢人防範之嚴。

4. 禁止漢人與蒙古人鬥毆〔註107〕

元時蒙古、色目人散居內地，蒙古人以侵略者身份，不免侮辱漢人，以致引起漢人的憤恨。然而內地蒙古人必不及漢人之多，若任由漢人基於公憤，聚眾與蒙古人鬥毆，蒙古人必居於劣勢，因此，乃限制漢人不得與蒙古人互鬥。對於漢人毆傷蒙古人之事，世祖曾怒命殺以懲眾，意即不許再有漢人鬥毆蒙古人之事發生。〔註108〕

（二）刑　責

1. 漢人毆打蒙古人，蒙古人准還毆；蒙古人毆打漢人，漢人不得還毆，但許訴於有司〔註109〕

蒙古人與漢人間之鬥訟最能表現不同種族在法律上的差異。元代除禁止漢人不得與蒙古人鬥毆，又明訂漢人無論如何均不得毆打蒙古人。漢人被蒙古人鬥傷只能訴諸官府，但一經還手便喪失訴訟權。因此立法的主要用意在於漢人不得還手，以及對於違法還手者的懲處。由至元二十年中書省劄文中可知實際的懲處並不僅於取消訴訟權，尚須嚴行斷罪。〔註110〕

〔註104〕參見《元史》，卷一五〇〈刑法志四・禁令〉，頁2681。

〔註105〕《元史》，卷十五〈世祖本紀〉：至元二十六年肇昌汪惟和言：「近括漢人兵器，臣管內已禁絕。」其搜括之嚴可以想見。頁323。

〔註106〕同註105，卷十三〈世祖本紀〉，頁276。

〔註107〕同註105，卷七〈世祖本紀〉，頁141。

〔註108〕同註105，卷一四八〈董文忠傳〉，頁3503。

〔註109〕同註105，卷一五〇〈刑法志四・鬥毆〉，頁2673。

〔註110〕參見《通制條格》，卷二十八〈雜令・蒙古人毆漢人〉，頁315。又《元典章》（下）卷四十四〈刑部六・雜例〉「蒙古人打漢人不得還報」：「（至元二十年二月）照得近為怯薛歹蒙古人員，各處百姓不肯應付吃的，不與安下房子，劄付兵部遍行合屬，依上應付去訖。今又體知得各處百姓依前不肯應付吃的粥飯，安下房舍，至有相爭，中間引惹事端，至甚不便。仰便行合屬叮嚀省諭府州司縣村坊道店人民，今後遇有怯薛蒙古人經過去處，依理應付粥飯，宿頓安下房舍，毋敢相爭。如蒙古人員毆打漢兒人，不得還報，指立證見於所在官司赴訴。如有違犯之人，嚴行科罪。請依上施行。」頁612。

2. 漢人犯竊盜罪者刺臂刺項，蒙古人犯者不刺〔註 111〕

刺字原是竊盜犯的一般處罰，但蒙古人與色目人均可免刺〔註 112〕。元律爲此並特立一規條，審囚官若剛愎自用，擅將蒙古人刺字者杖七十七，並將已刺之字去除。〔註 113〕

3. 蒙古人殺漢人，不處死刑〔註 114〕

一般而言，殺人者死，且須徵燒埋銀五十兩給苦主〔註 115〕，然蒙古人殺漢人則不在此限。意即漢人殺漢人或殺蒙古、色目人均處死刑，反之，蒙古人殺漢人，可由出征的方式代替死刑。另外，蒙古人因爭及乘醉毆死漢人，也只斷罪出征和徵燒埋銀。殺人者死的法律只適用於漢人殺蒙古人、蒙古人之間、或漢人之間的命案。

除蒙古人與漢人間之罰責不一之外，漢人與色目人之待遇亦極不平等。成吉思汗時之法令，殺一回教徒罰黃金四十巴里失，殺一漢人其償價與一驢相等，直視漢人如同牲畜一般〔註 116〕。世祖至元二十三年六月又下令，諸路馬，凡色目人有馬者三取其二，漢民悉入官。大抵而言，漢人、南人多屬農民、佃戶或爲奴婢；色目人則因與統治階級之關係密切，也多位居官職或經商，且具戰鬥能力，故其政治、社會地位皆高於漢人、南人，其法律地位也是如此。

小　結

階級社會之法律爲統治者所立，其立法亦著重於鞏固統治階級之統治權。因此，法律淪爲特權階級之屏障，五刑、八議與十惡等利於統治者的特殊權益與刑罰乃爲元代所承襲。自古以來，貴賤與良賤之間的社會地位壁壘分明，個人或家族之權罰亦由此產生種種不平等的待遇。至元朝因種族差異，法律上之特權階級結合種族階級之嚴格區分，而使被統治之漢人、南人不止政治社會地位受到壓迫，即使個人權益亦遭迫壞。元律承認眾多的法律

〔註 111〕參見《元史》，卷一四〇〈刑法志三・盜賊〉，頁 1656。

〔註 112〕《元史》，卷一四〇〈刑法志三・盜賊〉：「蒙古人有犯及婦人犯者不在刺字之列，色目人犯盜亦免刺科斷，惟女眞人爲盜刺斷同漢人。」頁 2660。

〔註 113〕同註 112，卷一三〇〈刑法志二・職志下〉，頁 2633。

〔註 114〕同註 112，卷一五〇〈刑法志四・殺傷〉，頁 2675。

〔註 115〕同註 114。

〔註 116〕參見《多桑蒙古史》（上），第二卷第二章，頁 216。

特權，也形成許多的受殘階級，以致廣大人民同時遭受階級壓迫與種族歧視的雙重傷害。

第四節　元代的獄政

元代獄政因任官取才有失公允，因此造成審斷獄事之官吏素質低落，多數未能依法行事、秉公處理，於是冤獄叢生。廣大的人民於種族及階級等雙層歧視之下，必須面對不平等的司法審判。蒙元雖許漢人遭蒙古人毆打時訴於有司，然於人謀不臧之下，法典所陳之恤刑措施，始終無法惠及百姓。

一、訴　訟

訴訟於古代稱爲獄訟。獄是「相告以罪名」，屬於刑事方面的案件，舊律的「斷獄」一詞，相當於現代刑事裁判一語。訟則是「以財貨相告」，屬於爭奪財產性質的民事訴訟。古代之聽訟一詞，與斷獄同義。獄訟二字聯綿成詞，雖分含民事裁判和刑事裁判二性質，但由於古代以禮治國和以刑弼教的緣故，民事性質的案件，如有違法行爲也須訴追。因此舊律的民刑訴訟程序未明顯劃分，自漢至清，從未訂過一部純粹的訴訟法。〔註 117〕

（一）訴訟的限制

舊律對於告發人有種種限制的規定，元律亦然。《元史・刑法志》即載有：「妻訐夫惡，比同自首原免。凡夫有罪，非惡逆重事，隱，而輒告訐其父者，笞四十七。」又「諸令教唆人告緦麻以上親及奴婢告主者，各減告者罪一等。」〔註 118〕此與中國傳統社會之倫理關係，及良賤不平等的基本精神有關。

（二）對官員的優遇

中國法律自來否認士庶在訴訟上平等的地位。由於士大夫以涉足公庭爲恥，若與平民涉訟，對簿公庭，更有辱官體，故法律予以特殊的便利和優待，以存其體。因此，無論士大夫爲原告或被告，均不使與平民對質，平民

〔註 117〕參見李甲孚著，《中國法制史》（聯經出版事業公司，民國 77 年 10 月初版），頁 217。

〔註 118〕參見鄭玄注、賈公彥疏，《周禮注疏》（三），卷三十五《秋官司寇》之「凡命夫命婦不躬坐獄訟」下註云：「爲治獄吏褻者也。躬身也褻尊者也。躬身也，不身坐者，必使其屬若子弟也。」中華書局出版，頁 11。

無法當面控訴官員，官員亦不須至官府親自答辯。此種立法原具其深意，周禮中便有命夫命婦不躬坐獄訟的規定〔註 119〕。元律也有類似的規定，一云：「諸職官得代及休致，凡有追會，並同見任。其婚姻田債諸事，止令子孫弟姪陳訟，有司輒相侵陵者究之。」又云：「諸致仕得代官，不得已與齊民訟，許其親屬家人代訴，所司毋得侵撓之。」〔註 120〕另外問官對於涉訟的士大夫，往往有衣冠同類及共同利害，休戚榮辱相關的感覺，故易有法外施恩之舉。〔註 121〕

（三）對老廢、殘疾的優遇

法律除了付與官員、貴族的訴訟優渥權之外，對於老廢、篤疾者亦有所優待。例如事須爭訟，亦可以令其同居親屬深知案情始末者代其出庭應訊〔註 122〕。若是「謀反、大逆，子孫不孝，爲同居所欺侮，若須自陳者，聽。」〔註 123〕元代對於一般人民訴訟事件，也准許委任代理人，但其條件則限於特定之人〔註 124〕。元律因襲舊律保障特權階級之訴訟特權，對於年老、篤疾等人之訴訟權也多有優待。〔註 125〕

（四）訴訟先呈訟書

元律訴訟之際須書寫詞狀，因元代任官之弊叢生，致所用之人既不諳曉吏事，反將官府充當營利之所，「凡有告，小事不問貧富，須費鈔四五兩，而後得狀一紙；大事一定、半定者有之。兩家爭告一事，申狀先至，佯稱已有乙狀，卻觀其所與之多寡，而後與之書寫，若所與厭其所欲，方與之書寫，稍或慳吝，故行留難，暗行報與被論之人，使作先告……有錢告狀者，自與

〔註 119〕詳見《元史》，卷一五〇〈刑法志四〉，頁 2671。

〔註 120〕參見《元史》，卷一二〇〈刑法志一・職志上〉及卷一〇五〈刑法志四・訴訟〉，頁 2671。當時一般的習慣，閒居官員與百姓爭訴，每署押公文行移不赴官面對，大德七年以如此辦法使小民生受不便，始禁以公文往來，議定許令子孫弟姪或家人代訴的辦法。

又見《元典章》（下），卷五十三〈刑部一五・訴訟・閒居官員與百姓爭論子姪代訴〉，頁 715。

〔註 121〕參見《中國法律與中國社會》，頁 281。

〔註 122〕參見《元典章》（下），卷五十三〈刑部卷十五・代訴・老疾合令代訴〉，頁 715。

〔註 123〕參見《元史》，卷一五〇〈刑法志四〉，頁 2671。

〔註 124〕參見《中國法制史》，頁 239。

〔註 125〕參見《元典章》（下），卷三十九〈刑部一・刑法・老疾贖罪鈔數〉，頁 548。

粧飾詞語，虛捏情節，理雖曲而直；無錢告狀者，雖有情理，或與之削去，緊關事意，或與之減除，明白字樣，百般調弄，起滅詞訴。」〔註 126〕故知書狀之設，原欲自此判定案情是否成立，期革除浮濫陳詞的弊端，以使官府之獄訟趨於靜簡。但因官吏貪贓枉法，反而紛爭四起，既違背設立書狀之原意，亦有失公允。

二、訊　囚

古代司法機關訊囚時，須佐以辭聽、色聽、氣聽、耳聽和目聽，犯人於「事狀擬似」時猶不肯「首實」，始進行拷掠。意即先審問被告辭理，若須訊問，即立案並邀他官同審，然後拷訊，違者處杖刑六十。一般拷囚，二十日訊問一次，每次訊問不超過三次，拷數不逾二百。對於年老七十以上、年少十五以下和有廢疾的，都不許拷訊。元代訊囚，亦須長僚佐會商同意並立案後，方得加以拷掠，如有違反者皆依律處罰〔註 127〕。然官吏訊囚鮮少遵照法規，非法凌虐之事時有所聞，《元典章》對此乃特加嚴禁：

> 今之官吏，不體聖朝恤刑之意，不思仁恕，專尚苛刻，每於鞠獄問事之際，不察有無贓驗，不審可信情節，或懼不獲正賊之責，或貪照察之名，或私偏徇，或挾宿怨，不問輕重。輒加拷掠，嚴刑法外，凌虐囚人，不勝苦楚。鍛鍊之詞，何求而不得？致令枉死無辜，幸不致命者亦爲殘疾。〔註 128〕

由於主司者未以獄政爲務，導致冤情四起。官吏但問結案，不體民心，訊囚審案不問贓驗，專務刑具，縱使政府再三禁絕，亦未能有所助益。

《輟耕錄》對於元代官吏問案，因濫施拷掠以致民畏生冤一事有詳盡記載：

> 吳人高伯厚云：元統間，某吏杭東北錄事，一日，某甲與某乙鬥毆，某甲母勸解，被某乙用木棒就腦後一擊，仆地而死，適某承該檢驗，腦骨唇齒皆有重傷。某乙招伏，繫獄經二載，遇赦，以非謀殺合宥，既得釋放，來致謝，因與某甲鬥毆時，其母來勸，力牽其子之裙，手脫仰跌，自揺其腦，昏絕在地，鄰里有剪刀挑母唇齒灌藥，不甦，乃死，故腦唇有傷，實未嘗持棒擊之也，某問何爲招伏？

〔註 126〕參見《元典章》（下），卷五十三〈刑部卷十五・書狀〉，頁 703。
〔註 127〕同註 124，頁 234。
〔註 128〕同註 126，卷四十〈不得法外枉勘〉，頁 554。

某乙言，倉皇之際，惟恐箠楚，但欲招承償命，弗暇計也，臨里見我已招，遂皆不復言矣！吁！今之鞫獄者，不欲研窮磨究，務在廣陳刑具，以張施厥威，或有以衷曲告訴者，輒便呵喝震怒，略不之恤，從而吏隸輩奉承上意，拷掠鍛鍊，靡所不至，其不致人於冤枉者鮮矣！使聞伯厚之言，寧不知懼乎？〔註 129〕

因此，元律雖嚴禁主司不得非法拷掠，然鞫獄者以刑具為訊囚之要典，已成元代刑事之通病。律令屢禁，而官吏恣意所為，未稍或改，致人畏其箠楚拷掠，寧可受冤亦不敢具實相辯，足徵訊囚時嚴刑苛虐之一般。

三、獄囚管理

元代地方之獄政管理，係以各郡縣佐貳及幕官每月分番提牢，每三日親臨點視一次，其有枉禁及淹延者，立時予以舉問。每月月終，須照具囚犯名冊呈報次官，在上都之囚禁，則由留守司提辦。〔註 130〕

元外朝廷對於獄政之管理，規定甚為周密。《元史》之〈刑法志〉中有明確記載，其大要包括下列各項：〔註 131〕

首先是對獄卒之管制，不許酷虐犯人。一旦禁囚犯飢餓、衣食不時，或生病時未予醫治、不脫枷杻、不許親人照顧，以致一年之內有十名以上的禁囚死亡者，正官處笞二十七，次官處笞三十七還職，首領官處笞四十七罷職。若獄卒毆死罪囚，則為首者杖一百七，從犯減一等，並徵燒埋銀給苦主。另受財放囚必以枉法罪除名，如管制不慎而有越獄者，值日押獄者杖九十七，獄牢各七十七，司獄及提卒官皆坐罪，於百日內全獲者，不坐。至於押解途中失囚者，亦責其罪刑。

監禁之所則一律按犯人科刑之輕重，分別予以收容。男囚與女囚並須分別處室，不准男女參雜其間。各處司獄司須派人看守囚徒，每夜支給清油一斤。囚犯若無家屬，每年之十二月至正月，由公家發給羊皮為囚徒之被蓋，發給褲襪及薪草，為囚徒煖匣薰炕之用。

飲食方面，如無親屬按時供給飯菜，或有親屬而貧不能供給者，亦由公家日給食米一升，每三升米之中須給粟一升以食有疾者。凡油炭席薦之屬，各依時給之，其飢寒而衣糧不繼，疾患而醫療不時，以致生病、傷死者，坐

〔註 129〕參見《輟耕錄》，卷二十三〈鞫獄〉，頁 341。

〔註 130〕參見《元史》，卷八十五〈百官志一〉。

〔註 131〕同註 130，卷一五〇〈刑法志四・恤刑〉。

有司之罪。

囚犯生病時，亦須盡量予以救治。各獄醫囚之司，必先試用，如有不稱，則坐掌醫及提調官之罪，可見對於囚犯之照顧有一定之考量。獄囚病情進至二分時，即須申報，如漸增至九分，應爲死證。若以重爲輕，以急爲緩，因而誤傷人命者，究之。當主司驗實後發給醫藥，病重者去枷栲杻，聽家人入獄服侍。但犯惡逆以上及強盜至死與奴婢殺主者，則僅供給醫藥。

以上可見元律對於恤囚的考量，惜所任非人，並無法制止官吏的酷刑慘虐，而職官與獄囚之受賄縱囚亦在所難免〔註 132〕。即使獄中差醫工，輪流看治，然遇重症仍只是依例應付，以致往往耽誤人命，復因醫庸藥缺，獄囚於抵法之前，常已因病致死〔註 133〕。遂致獄事狼藉，囚繫失所，死亡枕籍。〔註 134〕

四、斷　獄

中國自古斷獄咸聽兩造詞訟，此爲「兩造審理主義」〔註 135〕。《尚書》謂：「兩造具備，師聽五詞。」〔註 136〕即採兩造審理主義之明證。

元律內容多依唐律，亦以兩造審理爲事，然主司多違法行事，輒憑一造之詞，遽下判決。《秋澗大全集》之卷九十一爲〈革部符聽偏辭下斷事狀〉，即詳載當時官員擅取一方之詞，所造成的斷獄糾紛，其云：

> 竊見部吏符文之弊，謂如甲以田宅告部，便以偏辭有理，斷付甲主。乙復上訴，新吏不照先行，卻以乙辭有理，即付乙主。路官知其徇弊，欲從理長者歸結，二人各倚元符，互相不服……以致耽誤，有累年經歲，不能杜絕者。乞請上司定奪，毋令止憑偏辭，輒下斷語，庶免人難。〔註 137〕

此見主司以一造之詞爲斷獄依據的弊端。此因各執己見，掩飾其非，本爲人

〔註 132〕參見《元典章》，卷五十五〈刑部卷十七〉，頁 749～750。
〔註 133〕參見《秋澗大全集》，卷八十九〈爲罪囚醫藥事狀〉，頁 853。
〔註 134〕參見《秋澗大全集》，卷八十九〈爲罪囚醫藥事狀〉：「今體訪得大興府在禁罪囚，自今年二月初，至今年二十日，節次死訖二十一人，俱係因病身故。」頁 852。
〔註 135〕參見《中國訴訟法溯源》，頁 4。
〔註 136〕參見漢孔安國傳、唐孔穎達等正義，《尚書・周書・呂刑》（臺灣開明書店，1984 年臺六版），頁 39。
〔註 137〕參見《秋澗大全集》，頁 877。

情之常，僅聽取一造之詞定讞，另一造勢將不滿，此亦兩造審理較一造審理公平之處。

元朝官吏之不務政事，尚不只於濫取一方之詞斷獄，且了無三覆五審之慎。元律對於重刑犯甚爲謹慎，若遇死刑必往上呈報，再三覆審，以免冤濫。實際上，執行者多將常犯及死罪者等同視之，只令省部監察，審問無冤，不待秋決，不免濫及無辜〔註138〕。其草率如此，乃致大德七年，諸道宣撫天下，乃有冤獄五千一百七十六事。〔註139〕

曲枉故縱遂爲尋常之事，即令原告、被告及證人俱全，亦不傳到官對問，反而限時日命雙方私了〔註140〕，或將殺人犯笞四十七了事〔註141〕。司法之弊，可謂莫此爲甚！至於典獄人員，則多昏庸老朽〔註142〕，或爲把筆司吏玩弄於股掌之間，獄政自然難有澄清之日。

小　結

元代的獄政基本上大多承襲中國以往諸朝的迴避制度，與對特殊階級、老弱殘障者的禮遇，並於法律上明定審囚時不得嚴刑酷虐及非理殘害獄囚。然而由於人謀不臧、制度不全，使其立意無法盡施，是以未能完全保障原告及被告的權利。

由史料記載與當時的文集皆可發現元代人民對於官吏酷刑逼供的恐懼，因而乃有未受酷刑，即心生畏懼自行招承之冤事發生。大德七年的五千一百七十六件冤獄，即基於此種獄政環境之下而產生。而此僅爲成宗大德一年間的冤獄件數，至於整個元代所產生的冤獄自不可勝數。

第五節　結　語

元代以異族統治中原，對於漢人、南人充滿敵意與畏懼之心，因此對漢人與南人處處防備，許多特有的禁令與罰責均爲漢人、南人而設，於是元代除了中國既有的貴賤階級之外，還有種族階級的歧視。這種雙重的歧視於現

〔註138〕同註137，卷八十七〈論重刑決不待時事狀〉，頁833。

〔註139〕《新元史》，卷十四〈成宗紀〉，頁56。

〔註140〕參見《秋澗大全集》，卷八十七〈彈左巡院官休和趙仲謙事〉，頁837。

〔註141〕同註140，卷八十六〈彈周咬兒羅魏子事狀〉，頁820。

〔註142〕同註140，卷九十一〈議司獄官事狀〉，頁876。

存的《通制條格》與《元典章》之中處處可見。

於本章的第一節中，已知元代以其馬上立國的精神，統治國家但求徵斂財賦與防制反動，無論是任官取士、律法的編纂或獄政措施，始終具有濃厚的種族歧視與貴賤之別。如此一來，人民的權利與義務，乃至個人生命之保障均缺乏公平的待遇，使得這個異族統治的元代社會政治充滿亂象。此又與元代統治者未能建立一套公正嚴謹的法典有關。

元代帝王以成吉思汗所立的大札撒爲依據，使得元代的法典無法擺脫法律成例書的特色。正因爲元代以成例爲法典的編纂要點，以致由北地入主中原的統治者，無法以蒙古成例應付日與變遷的複雜社會。元代官吏難以避免無法可據又缺乏前例可援的窘境，人民同樣也面臨無法可守的難題。對攻入中原的統治者而言，在面對不同環境與種族的情況下，更難有正常的國政運作，而用人不當與階級歧視的偏執，也加速了元朝政治的腐敗，並使元代的獄政及社會更爲混亂與黑暗。

這種種時代因素與紊亂暴虐的獄政，即是元代獄訟劇蓬勃發展的社會背景。在文學無法拒絕當時情境的影響之下，這些社會政治的背景因素乃或實或虛地轉化成各種獄訟劇的劇情。

第三章　獄訟劇的基本結構

構成獄訟之基本因素即爲訟因，訴訟與審判之過程中，被告與原告、主審官之間的私人恩怨糾葛，以及利害衝突是元劇中獄訟的主要因素，於是對於獄訟案件之成因極須加以詳察。在元劇四折一楔子的基本限制中，獄訟劇是以何種方式鋪陳獄訟故事？首先須對獄訟劇中的典型結構與要件加以剖析。

元代獄訟劇的基本結構，除了獄訟之成因，及在獄訟劇中佔有極大比例的冤獄劇之外，即「法」的運用方式。在獄訟劇中，「法」大致有三種不同的面貌：受法律保障之權豪勢要的逆法行事，導致冤獄叢生；清官良吏基於對正統王法的維護與百姓利益的保障，運用智謀將賞善罰之觀念導入王法之中；然而清官良吏終究爲少數，因此替民伸冤、代天行道之梁山泊繼之成爲百姓心中所企望之「王法」。「法」在元代獄訟劇中，因角色之不同詮解而有了不同的作用，分別形成冤獄的原因與平反的助力。

第一節　獄訟的成因

獄訟案件之成立，基本上須要原告與被告兩造，但由《元史・刑法志》與元代獄訟劇之情節發現，只有被告是構成獄訟案件之主要因素，至於原告則不一定與被告有直接的關係，有時可由巡軍或上司主動鞫拿〔註1〕。除此之

〔註1〕參見《元史》，卷一五〇〈刑法志四・訴訟〉：「諸軍民風憲官有罪，各從其所屬上司訴之。」（北京：中華書局，1976年4月第一版，民國76年11月第三次印刷），頁2671。

外，構成獄訟的成因也是相當重要的因素，由於元代的獄訟劇中不乏誣告致冤者，其訟詞通常是揑造不實的，因此尚須進一步了解構成誣告案件之深層意涵。

四十三本獄訟劇中，除了屬於純粹公訴案件，如因違犯軍紀、結交盜罪與家中失火而遭判刑、逮捕的《虎頭牌》、《大劫牢》二劇，與控告當地獄神、土地之《冤家債主》，等三劇，其獄訟成因均可歸之於善與惡的衝突與對立。此種衝突對立屬於大欺小、強凌弱的衝突，如權豪與平民、惡徒與良民、惡官與賢吏、長與幼、鴇母與娼妓等之對立。這種衝突、對立即元代獄訟劇之基本架構，也是元代社會的典型問題。

一、權豪勢要對平民的壓迫

元朝的執政者基於保護蒙古人與防制漢人、南人的立場，特別優待有功軍人，准其爵位世襲，並派至中原各地，這些被法律所保障的世家子弟，在〈績溪縣尹張公舊政記〉一文的記載中，明白揭露出他們的仗勢欺人，其文曰：

> 國制用中原兵戍江南列城，非大故不易，而兵若民異屬。萬户長、千户長、百户長，恃世守，陵礫有司，欺細民，細民畏之，過守令，其卒群聚爲虐。或訟之有司，舉令甲召其偏裨共弊，則諾而不至，事率中寢，民苦無可奈何。〔註2〕

蒙古人以強大的軍力入主中原，對於因軍功而獲高官厚爵的蒙古人或色目人，予以優渥的待遇，且蔭及家屬，故產生了「權豪勢要」之特權階級。這些人多與地方富戶結黨作奸，干預民政、奪取人民財物田宅、強占良家婦女，惡行百端，即使地方官員亦無法約束懲治。

《通制條格》對於當時權貴與潑皮無賴之擾亂司法、社會，有極爲重要的記載：

> 大德七年十一月，中書省福建江西道奉使宣撫呈：諸人言告豪霸之家內，有曾充官吏者，亦有曾充軍役雜職者，亦有潑皮凶頑者，皆非良善，以強凌弱，以眾害寡，妄興橫事，羅織平民，騙其家私，奪占妻女，甚則害傷性命，不可勝言。交結官府，視同一家，小民

〔註2〕參見元・蘇天爵編，《元文類》，卷三十一（世界書局出版，民國51年2月初版），頁4。

既受其欺，有司亦爲所侮。非理害民，縱其姦惡，亦由有司貪猥，馴致其然。〔註3〕

由此可知，這些豪霸之家所欺凌的對象並不僅限於百姓，即使官員也無法避免權要人家的欺侮，自然談不上爲民主持正義。當時所謂的權豪勢要不僅包括蒙古人、有地位的色目人，還包括欺壓平民的豪富之家。

就元劇中權豪勢要之橫行無阻，與姓名、官名之相似性而言，所謂的「衙內」、「齋郎」等均非實指某一特定人士，而是泛指特殊階級的代名詞。元代並無「齋郎」之職，宋曾承唐制，置太廟齋郎與郊社齋郎，以臺省六品、諸司五品登朝第二任官子弟蔭補，爲朝臣子弟入仕之途〔註4〕，並無實際職權，但皆爲權貴子弟。因此「齋郎」與「衙內」於元雜劇中，均屬權要之代名稱，但此特殊階層的人物卻與齋郎之以蔭補入仕有不謀而合之處。〔註5〕

獄訟劇對於權豪勢要之惡行的揭露占有極大的比例，獄訟劇中的魯齋郎、龐衙內、楊衙內、葛彪等之代表性人物，均堪稱爲當時之權豪勢要之典型。元劇中這些人物的上場詩多是「花花太歲爲第一，浪子喪門世無對；街下小民聞吾怕，則我則權力並行蔡衙內……我是那權豪勢要的人，嫌官小做不的，馬瘦騎不的；打死人不償命，常在兵馬司裡坐牢，我打死人如在房上揭一片瓦相似。」〔註6〕此段程式化的開場白並非劇作家的憑空設想，《元史》在《刑法志四》中，即明白揭示蒙古人與漢人鬥毆，漢人不得還擊〔註7〕，即使蒙古人因爭或乘醉毆死漢人，亦不須處死，只是斷罰出征，權徵燒埋銀而已〔註8〕。如此不公平之法律規定，造成中下階層百姓的冤屈。相反地，卻予以權要人家相當地特權與保障，這也是形成元代獄訟劇中衙內等人物之重要因素。

〔註 3〕參見黃時鑑點校，《通制條格》，卷二十八〈雜令・豪霸遷徙〉（浙江古籍出版社，1986 年 3 月第一版第一刷），頁 321。

〔註 4〕參見《中國歷史大辭典——宋史》（上海辭書出版社，民國 73 年 12 月初版），頁 395。

〔註 5〕顏天佑撰，《元雜劇所反映之元代社會》：「衙內」與「齋郎」均非正式之官名。「元劇作家找出『衙內』、『齋郎』兩個名銜，戲謔地加諸這類人物身上。一方面固然可以沖淡劇情的現實諷諭性，俾使言之者無罪；一方面卻也因名實的界定，而將箭頭有意無意地指向當時的某些人物。」頁 80。

〔註 6〕參見楊家駱主編，《全元雜劇三編》，第六冊《黃花峪》（世界書局印行），頁 2。

〔註 7〕同註 1，〈鬥毆〉，頁 2673。

〔註 8〕同註 1，〈殺傷〉，頁 2675。

（一）草菅人命

元代獄訟劇中現存之《蝴蝶夢》、《後庭花》、《生金閣》、《陳州糶米》、《十探子》等五劇顯見獄訟之形成，源於權豪勢要之草菅人命。對於特殊階層而言，殺人不過猶如揭一瓦片相似，元法雖規定權要人家若殺人仍需「斷罰出征」，然誠如《陳州糶米》之小衙內劉得中所言：「就告到京師，放著我老子在哩！況那范學士是我老子的好朋友，休說打死一個，就打死十個也則當是五雙。」〔註 9〕此肇於元朝規定「其牧民者……其長蒙古人爲之，而漢人、南人貳焉。」〔註 10〕因此，縱使漢人可取告官一途，卻是無所助益，反而有遭誣陷入獄之險〔註 11〕。再則，元代之權豪勢要又多爲「累代簪纓之子」的蒙古人，他們自然更是有恃無恐。

《蝴蝶夢》〔註 12〕中葛彪之馬撞倒王老，葛彪卻指責王老撞其馬頭，因此於街市上將王老活生生打死，卻無人將其繩之於法，儘管王婆婆心懷「使不著國戚皇親、玉葉金枝，便是他龍孫弟子打殺人也吃官司」的理想，然而現實終究打破平民百姓對司法平等之希望。當王家三子上街爲父報仇，殺死葛彪之時，換來的卻是祇候人之「休叫走了！拿住這殺人賊者。」同樣於大街上殺人，葛皇親撞人、殺人，官府未曾有任何行動，一旦平民殺死皇親，祇候人卻馬上逮補，送交官府，此強烈之對比待遇，可見豪強之暴虐，即令官府亦不敢得罪，致使受害人家屬之蒙冤。

《後庭花》〔註 13〕中廉訪使趙忠將皇賜之翠鸞母女交與其妻，豈料趙婦畏翠鸞日生子將奪其地位、家產，竟命祇候王慶予以殺害。翠鸞母女之身份於劇中未能詳見，當屬於婢女或娼優之屬，否則亦不致於母女合賜，而非直接將翠鸞許爲趙妾。元代對於奴婢地位甚爲鄙視，其法律保障甚微，例如《元史》〈刑法志四・殺傷〉即云：「諸奴毆詈其主，主毆傷奴致死者，免罪。諸故殺無罪奴婢，杖八十七，因醉殺之者，減一等。諸毆死擬放良奴婢者，杖七十七。諸謀殺已放良奴婢者，與故殺常人同。」〔註 14〕即使故殺奴婢亦僅爲仗刑而已，難怪趙妻在僅見張家母女一面之後，便下定決心殺害張家母女。

〔註 9〕同註 6，三編第四冊，頁 1352。
〔註 10〕同註 1，卷八十五〈百官一〉，頁 2120。
〔註 11〕有關冤獄的研究將於第二節詳述。
〔註 12〕《全元雜劇初編》，第一冊。
〔註 13〕同註 12，初編第六冊。
〔註 14〕同註 1，頁 2677。

劇中，趙忠雖懷疑張家母女的失蹤與妻子有關聯，而主動令包拯進行調查，但是最後審判結果，則只處死殺害同僚的王慶。張翠鸞雖因店小二之恐嚇而猝死，並非奉趙妻之命的王慶所害，卻與趙妻之唆使有關，包拯卻未對幕後主使殺人未遂的趙妻有任何的處份。此劇可見權豪勢要的草菅人命與特權的濫用，即令身為廉訪使之趙忠也在所難免。

《生金閣》中之龐衙內與《蝴蝶夢》之葛彪如出一轍，均秉持著「若打死一箇人，如同殺箇蒼蠅相似……我若在街上攞著頭踏，有人衝撞著我的馬頭，一頓就打死了」〔註 15〕的蠻橫心態，絲毫不將人命當做一回事，然而自外地而來的郭成，卻誤認龐衙內為其平步青雲之階，以致惹來奪妻喪命之下場。劇中龐衙內將未肯讓妻的郭成殺害之後，又因家中嬤嬤未勸從郭妻李氏允婚，而怒將嬤嬤投入琉璃井底，事後又將郭成的傳家之寶「金生閣」占為己有。龐衙內的作為正代表了權豪勢要對人命的輕視，然而鐵面無私之包拯猶未敢直責其罪，反而先與龐衙內套交情，再騙取龐衙內的供詞，方才使得龐衙內認罪，可見其權勢之大，縱令包拯以宰輔之職仍有所忌憚。

《陳州糶米》一劇更可見權豪之勢力，已足以經由與執政者的關係而改變律法，此與統治者與執法吏之濫用私權有關。此例可證之元史，《新元史‧刑法志》中即載曰：

> 蒙古初入中原，百司裁決率依金律，至世祖始取見行格例頒之，有司為至元條格。然帝臨時裁決往往以意出入，增減不盡用格例也，其後挾私用譎之吏夤緣放效，骩法自顓，是謂任意而不任法。〔註 16〕

足見刑法雖定，卻常因皇帝或主審官之己意致有所出入，雖一罪而重緩不一。因此，元代律法與民眾之賞罰實操於人治而非法治，此點於獄訟劇之判刑中俯拾皆是。

至於小衙內與姐夫雖為己利殺人、盜賺官錢，仍冀望透過皇帝的一紙赦書免罪。劇中范仲淹等人明知楊衙內所保舉之開倉官——楊金吾與劉得中為生事之人，卻也不敢拒絕楊衙內之薦舉，更應其請交與上賜紫金鎚，可打死頑劣惡民，孰料卻淪為不法吏的護身符，變成殺害良民的兇具。當陳州百姓敢怒不敢言之際，張撇古卻秉著「做的個上梁不正，只待要損人利己若人

〔註 15〕同註 6，初編第八冊，頁 3880。

〔註 16〕參見柯劭忞撰，《新元史》，卷一二〇〈刑法志上〉（上海古籍出版社，1989 年 12 月第一版），頁 475。

憎，他若是將俗刁蹬，休道我不敢掀騰，柔軟莫過於溪澗水，到了不平地上也高聲」的執拗性子，對於楊、劉二人之故違皇命，發出「都是些吃倉廒的鼠耗、咂濃血的蒼蠅」〔註 17〕的不平之鳴。一向巧取豪奪、又一意以開倉之便私飽中囊的楊、劉二人，既擁有紫金鎚，自然一棒打死了張撇古。隨即逕至娼門王粉蓮家飲酒作樂，將殺人如同揭瓦的心態表露無遺。

《十探子》中的葛彪與龐衙內一如《陳州糶米》中之小衙內與劉得中，二人同倚仗著父親或岳父的勢力，見著人家的好玩器拿了就跑，無人敢近，若是上衙門興詞告狀也不怕，要是敢反抗的便踢便打，摔倒了再踹上幾腳。將人命視爲兒戲的權豪勢要，對於所喜愛的必是予取予奪，膽敢造次者就如張撇古一般下場。《十探子》中劉彥芳之妻、母亦因不服葛彪之語，未過與把盞並出口傷之，便一下殺死二人，劉父只得上京尋子、尋大衙門告冤，豈料主審竟是葛彪姐夫，反被下於死囚之中，原告反成被告。

（二）強奪民妻

《十探子》中葛彪言：「我是權豪勢要人家，累代簪纓之子……但是人家好女兒，我拖著便走。」〔註 18〕對於權豪而言，好玩器與漂亮的女子無甚差異，只要是喜歡的必得奪之後快，於《魯齋郎》、《生金閣》、《黃花峪》與《青衫淚》、《百花庭》、《鴛鴦被》即可見權豪強搶民妻之惡行。

《魯齋郎》、《生金閣》及《黃花峪》之齋郎與衙內，均是「街下小民聞吾怕」的「累代簪纓之子」，但見好容貌女子，儘管對方已爲人妻仍一意強占。《生金閣》的龐衙內爲令郭妻就範，當場斬死郭成；《魯齋郎》劇中，魯齋郎奪了李妻猶不滿足，見了張珪之妻又限時令張珪主動獻妻，並將已厭煩之李妻換送與張珪爲妻，而身爲六案都孔目的張珪卻是一籌莫展，當李四向張珪哭訴時，張珪反而嚇得掩口道曰：

> 哎喲！嚇殺我也！早是在我這裡，若在別處性命也送了你的，我與你些盤纏，你回許州去，小舅子！你這言語也休題。被論人有勢權，原告人無門下，你便不良會可跳塔輪鍘，那一個官司敢把勾頭押？題起他名兒也怕，你不如休和他爭，忍氣吞聲罷！別尋個家中寶，省力的渾家，說那個魯齋郎膽有天來大，他爲臣不守法，將官司敢欺壓，將妻女敢奪拿，將百姓敢踏查，赤緊的他官職大的特稀

〔註 17〕同註 12，三編第四冊，頁 1340。

〔註 18〕參見《全元雜劇三編》，第六冊《十探子》，頁 2。

詑。〔註19〕

畏於魯齋郎的權勢，張珪只能勸李四忍氣吞聲，即使平日專與豪強抗橫的包待制同樣也忍氣吞聲了十年之久，方得巧計，易「魯齋郎」爲「魯齊即」奏聞皇上，使皇上在不知情的情況之下判斬。然次日皇上仍不信判斬了魯齋郎，此說明了魯齋郎與統治者的關係，也暗示不同的身分將導致不同的判決，連皇上也是如此，又如何要求下屬官吏能夠秉公處事。

至於《黃花峪》對權要之批判尤爲激烈，如上所舉，被害人或苦主雖遭權豪欺凌，但對司法並未徹底絕望，除了《魯齋郎》之張珪隱居山野，皆是告於公認之清官，縱使郭成已爲無頭鬼，亦訴諸於包待制，而《黃花峪》之劉慶甫遭蔡衙內奪妻，卻是逕自告與梁山泊之宋江〔註20〕。在黎民心中，除一般具有典型清廉官吏之包拯等人，梁山好漢亦爲秉持公理之希望所在。

《青衫淚》與《百花庭》則不屬於「累代簪纓之子」所作爲，而是元代另一權豪勢要的代表人物——商人和軍官。二劇之女主角皆是歡場女子卻具貞節意識，雖受鴇母威逼，仍不易其志，前者因鴇母僞造白居易遺書強嫁茶商；後者則鴇母逼嫁於軍官，以獲取兩萬貫的財禮錢，兩劇之訟因亦皆爲強娶他人妻妾，《百花庭》之軍官高邈更因娶買娼妓而盜用官錢，以致遭起訴。從劇中情節不難發現，獄訟之根本原因在於鴇母的嫌貧愛富，而白居易與王煥之所以敢興訟詞，均於官階高陞之際，身分地位的改變促成夫妻團圓的美好結局。

《鴛鴦被》的劇情較爲奇特，李彥實官拜府尹之職，卻缺乏赴京之盤纏，尚須向民間富豪劉員外借貸，只因李彥實「爲官清幹」，雖積數年仍是家塗四壁〔註21〕。觀諸《新元史》可知元初官吏無俸，至世祖中統元年方給內外官吏俸鈔，然物價不斷上漲，俸祿早已不足以養廉〔註22〕，造成清廉官吏反須借貸於民間。解典庫興起於宋末，元代於全國城鎮中普設解典庫，經營者多爲權勢之家〔註23〕，故除了富家角色之外，其於統治階級也有所關係，致有

〔註19〕同註18，初編第二冊，頁457～458。

〔註20〕同註18，初編第六冊。

〔註21〕同註18，三編第六冊。

〔註22〕參見《新元史》，卷七十六〈食貨志九・官俸〉，頁361。並見《新元史》，卷一八九〈程鉅夫傳〉，頁763。
又李則芬著，《宋遼金元歷史論文集》，〈元代交鈔制度及三次物價漲風〉（黎明文化事業有限公司，民國80年11月初版），頁191。

〔註23〕《通制條格》，卷二十七〈雜令・解典〉：「至元十六年六月，中書省欽奉聖旨：

膽敢求婚於官家子女之念。而奴人妻女、售田鬻妻賣子爲償亦屬元代社會之陋習〔註 24〕，雖屢有禁令仍無法遏止〔註 25〕，以贏餘致富的員外之屬更是貪婪無比，《鴛鴦被》中之劉員外即爲此等人物之典型代表。身爲官宦小姐的玉英爲現實所逼，也只得應劉員外之議相會於玉清庵，孰料陰錯陽差而與張瑞卿相諧，劉員外知情仍逼玉英成親，玉英以一女不嫁二夫之由回拒了員外，遭員外強於酒店中執壺，深刻地描繪出員外的潑賴強暴，連李彥實也不免歎曰「奴欺主、倚強凌弱」。就地位言之，府尹之職遠高於員外，而以現實環境相論，執掌解典庫之劉員外除富豪之外，其權勢也恐非李府尹所及，故「倚強凌弱」毫無所懼。

（三）因姦陷害本夫

權豪勢要對於人妻除了搶奪之外，尚有與民妻私通情節，爲求二人之比翼雙飛或恐姦情之外洩，對於本夫及知情的元配夫人多陷害，姦婦通常也是合謀人之一，權豪勢要因其勢力並行，即使本夫知而告官，也難獲公允量裁，再加上姦夫淫婦的誣告，常使此類案件成爲冤獄。元代獄訟劇中即有《燕青博魚》、《灰闌記》、《遇上皇》等三篇。

關於私通或因姦殺人之罪責，於《元史》〈刑法志三・姦非〉有詳細的記載〔註 26〕，今將相關罰則條述於下：

1. 諸和姦者，杖七十七；有夫者，八十七。誘姦婦逃者，加一等，男女罪同，婦人去衣受刑。未成者，減四等。
2. 諸姦夫姦婦同謀殺其夫者，皆處死，仍於姦夫家屬徵燒埋銀錢。
3. 諸因姦殺其本夫，姦婦不知情，以減死論。

石招討奏，亡宋時民户人家有錢官司聽從開解。自歸附之後，有勢之家方敢開解庫，無勢之家不敢開庫，蓋因怕懼官司科擾，致阻民家生理。」頁 282。

〔註 24〕《元文類》，卷五十八〈中書右丞相史公神道碑〉：「兵火之餘，民間生理貧弱，往往從西北賈人借貸，周歲輒出倍息，謂之羊羔利。稍積數年，則鬻妻賣子，不能稍償。」頁 7。

又元好問撰，《遺山先生文集》（第三冊），卷二十六〈順天萬户張公勳德第二碑〉：「軍興以來，賈人出子錢致求贏餘……調度之來，急於星火，必假貸以輸之，債家持券，日夕取償，至於賣田業，鬻妻子，有不能給者。」（臺灣商務印書館，民國 57 年 12 月臺一版），頁 351。

〔註 25〕《元史》，卷一五〇〈刑法志四・禁令〉：「諸稱貸錢穀，年月雖多，不過一本一息，有輒取贏於人，或轉換契券，息上加息，或佔人牛馬財產，奪人子女以爲奴婢者，重加之罪，仍賞多取之息，其本息沒官。」頁 2682～2687。

〔註 26〕同註 25，頁 2653～2656。

4. 諸妻與人姦，同謀藥死其夫，偶獲生免者，罪與已死同，依例結案。
5. 諸夫獲妻姦，妻拒捕，殺之無罪。
6. 諸與姦婦同謀藥死其正妻者，皆處死。
7. 諸妻妾與人姦，夫於姦所殺其姦夫及其妻妾，及為人妻殺其強姦之夫，並不坐。

《大惡》條中也詳載：「諸因姦毆死其夫及其舅姑者，凌遲處死。」與「諸婦人問醫買毒藥殺其夫者，醫人同死。諸妻殺傷其夫，幸獲生免者，同殺死論。」〔註 27〕本處所舉七劇皆屬和姦情狀，故不列取關於強姦之禁令。由第二章元代法典的介紹，已經了解元代法律均屬於法律成例書，法律所記載者，多是當時或以前已發生的不法事例，因此自元法詳細條舉已婚者的和姦罪罰，不難理解當時的婚姻問題已相當嚴重。今於獄訟劇中所見之和姦純屬淫婦夥同姦夫謀害本夫之戲，已非單純之和姦，另涉及謀害本夫或誘拐淫婦私奔之罪責。

《灰闌記》中馬員外大妻的上場詩云：「我這嘴臉實是欠，人人讚我能嬌豔，只用一盆淨水洗下來，倒也開得胭脂花粉店。」〔註 28〕劇中雖未曾道及是否娼家出身，倒與《酷寒亭中》娼妓從良為人妾之王臘梅，有一段相似的形容：「這婦人搽得那粉青處青、紫處紫、白處白、黑處黑、恰便似成精的五色花花鬼。」〔註 29〕反觀娼妓從良為妾之張海棠則不見其妝扮，尚且不敢以身上之衣裳頭飾救濟親兄。

趙令史所代表的是元雜劇中尋見之污吏，亦為當代人民心目中之令史形象，故作者與其上場詩為：「我做令史只圖醉，又要他人老婆睡。」〔註 30〕二人為了結為夫妻，馬大娘主動提議藥死親夫，而趙令史則早將毒藥備妥，未料毒藥尚未派上用場，馬員外即因大妻誣陷海棠藏姦便已氣死，二人又誣告海棠藥死親夫、圖謀家產，未料主審者竟是姦夫趙令史，海棠自無辯駁餘地，而大妻之收買鄰人與接生婆，及趙令史之打通官府上下，均見法治社會之千瘡百孔，但餘權豪對律法之任意玩弄。

《遇上皇》之趙妻因趙元嗜酒不理生計，欲改嫁與臧府尹，卻因無法獲

〔註 27〕同註 25，頁 2652。
〔註 28〕同註 17，初編第九冊，頁 4426。
〔註 29〕同註 17，初編第五冊，頁 2212。
〔註 30〕同註 28，頁 4427。

得趙元一紙休書，一狀告與府尹，臧府尹雖無權逼趙元寫下休書，卻利用職權命趙元非當差日發送公文，料其將因貪杯犯下逾期處死之刑〔註31〕。趙元雖一生好酒，不事生產卻不曾惹事生非，趙妻一家卻以此爲由強索休書，足見「夫爲天、妻爲地」之夫妻觀，於此劇已有強烈轉變，對於無錢無勢之趙元，趙妻一家將離異視爲理所當然，因此趙元堅拒離異時，反遭一頓毒打，告與府尹請求離異；臧府尹身爲地方官吏，雖不致如累代簪纓之子的豪奪，但猶假其職權謀害於趙元，此處府尹之計取民妻，趙妻之嫌貧愛富亦造成劇中獄訟之基本因素。

《燕青博魚》劇中之姦妻本夫遭陷下於死囚。其中楊衙內也是個打死人不償命的花花太歲，打死人如同揭一片瓦相似，但常人傷著他就帶鎖披枷〔註32〕。當燕青領燕大告發二人姦情時，楊衙內不僅逃得快，更領著一群衙吏當場誣賴二人爲殺人賊，既無被害人也無原告，就一句言語下二人入於死囚。即使再嚴厲的法律於此皆被踐踏得面目全非。在權貴子弟眼中，完全無視於法律與正義的存在，依付於統治者的特殊階級反倒處處破壞統治者所欲建立的法治世界，一個原本極缺乏法治觀念的種族，雖然具有重建一法治社會的企圖，然而基於種族階級的極度不公之下，對蒙古、色目人之優渥待遇反促使元代社會的動盪不安，與蒙古人民之不事生產與游手好閒，對整個社會與國家都是百害無一益，也因此後世學者亦多以此爲元代滅亡之重要因素之一。〔註33〕

以上權豪勢要之種種惡行，均生動而深刻地描繪出黎民百性在異族統治下，隨時可能妻離子散，家破人亡之現實世界，人民遭受如此的壓迫，簡直走投無路，劇作家亦不能避免如此地生活感受，只得藉由虛構的情節來安慰普遍的受苦心靈。因此，雜劇中充滿了特權人物的醜陋面目，借著劇中的不平之聲，表露出對於權豪勢要的憤慨與鄙視，深刻地揭發了當時社會上權豪勢要之橫行與平民百姓之鬱悶。

二、惡徒奸匪對良民的欺凌

奸邪強暴之徒對於平民的壓迫，實與權豪勢要無所差異，不過是殘虐者

〔註31〕同註28，初編第七冊。

〔註32〕同註28，初編第三冊。

〔註33〕參見箭內亙著，陳捷、陳清泉譯，《元代蒙漢色目待遇考》，〈結言〉（臺灣商務印書館，民國64年5月臺一版）。

身份的改變，這些惡徒奸匪不一定只有惡徒此種角色，其實於現實生活中，任何職等階級人士均可能隨時轉換爲兇徒之面貌。唯一的不同點，在於權豪勢要多數爲蒙古人，與統治階級有密切的關係，潑皮無賴但憑兇頑本性，以狠毒行事。獄訟劇中所見之惡徒暴行可分爲以下三大類：謀財害命、掠奪民女、因姦相陷等，此類惡徒層面極廣，有店小二、無賴、屠夫、家僕、農人等多種身份。

元朝對於惡少無賴之擾民的罰刑極輕〔註 34〕，但對於盜賊行爲則甚爲嚴防，其處份亦不輕，如《元史》卷一四〇〈刑法三・盜賊〉：「諸強盜殺傷事主，不分首從，皆處死。」「諸圖財殺死他人奴婢，即以圖財殺人論。」〔註 35〕即使初犯亦須刺字於臂，傷人未奪得財物也是處死一途，其原則蓋爲以傷人者嚴懲，若僅止於搶奪財物，不過杖刑與刺臂，對於蒙古人同樣也有優渥待遇，盜匪如爲蒙古人或女人則可免刺。然而有元一朝天災頻傳〔註 36〕，盜賊叢生，雜劇中廉訪使或御史之出巡，通常源於盜賊生發，人民不守法度，而敕賜與勢劍金牌，體察姦蠹。

《新元史》卷六十八〈食貨志一〉曾云：

> 夫承平無事之日而出入之縣絕如此，若飢饉荐臻，盜賊猝發，何以應之？是故元之亡，亡於饑饉盜賊，蓋民窮財困，公私困竭，未有不危且亂者也。〔註 37〕

針對盜之危害與叢生，程鉅夫曾就法律之缺失有番論述：

> 百姓藏軍器者死，而劫盜止杖一百單七，故盜日滋，宜與藏軍器同罪。盜之害民，劫盜爲甚，故自古立法劫盜必死，江南比年殺人放火者所在有之，被害之家纔行告發，巡尉吏卒名爲體覆，而被害之家及其鄰右先已騷然；及付有司，則主吏又教以轉攤，平民生延歲月，幸而成罪，不過杖一百單七，而蔓延逮捕，平人死獄中者乃十之四五，況劫盜幸免，必圖報復，而告發之家無遺種矣！被賊劫者誰敢告發？盜勢日張，其禍何可勝言。夫諸藏兵器者處死，況以兵

〔註 34〕《元史》，卷一五〇〈刑法志四・雜犯〉：「諸惡少無賴，結聚朋黨，陵轢善良，故行鬥爭，相與羅織者，與木偶連所，巡行街衢，得後犯人代之，然後決遣。諸惡少白晝持刀劍於都市中，欲殺本部官長者，杖九十七。」頁 2688。

〔註 35〕同註 34，頁 2658～2659。

〔註 36〕同註 34，卷九十六〈食貨四・賑恤〉，頁 2472～2475。

〔註 37〕參見《新元史》，卷六十八〈食貨志一〉，頁 337。

器行劫而罪乃止於杖，此何理也？故盜無所畏，黨日以多。今後強盜持軍器劫人財物，贓證明白，只以藏軍器論罪，郡府以便宜行事，並免待報，庶使兇人警畏，平民安帖，其於治勢實非小補。〔註38〕

殺人放火之徒，惡行不一，自也非僅限於盜人財物而已，此處對於惡徒奸匪予以較廣意之論定，舉凡因欺壓良民而犯下罪行者均為討論列，若具有權豪勢要之身份者，則為第一節之討論範圍，不屬此節之橫行市井的惡徒無賴，以下即就上舉三類加以詳述：

（一）謀財害命

屬於謀財害命者為《金鳳釵》、《緋衣夢》、《浮漚記》、《盆兒鬼》等四劇。《緋衣夢》之裴炎為員外白日之責備而欲殺其全家，巧遇梅香攜一包袱的金銀珠寶，故只殺梅香一人，奪金銀而去，其原意是單純地謀殺，最後卻演變為複雜的謀財害命。

《金鳳釵》之興訟起自楊衙內之六兒遭人謀財害命，由於李虎之栽贓而使秀才趙鶚蒙受不白之冤，其中重要的關鍵在於六兒當日所持之十支銀匙箸，李虎不僅於光天化日之下殺死六兒，又於夜晚偷換趙鶚之金鳳釵，其舉止已非謀財害命而已，尚栽贓他人以逃其罪嫌，由此可見，李虎是眞正做到「殺人放火為活計，好鬥偏爭欺負人。」〔註39〕

《浮漚記》及《盆兒鬼》之情節相似，劇中王文用、楊文用和趙客均為躲百日之災而赴遠地行商，於第九十九日返鄉途中，於旅店夢見為惡徒所害。《浮漚記》中白正一知王文用行商，即謊稱同鄉與之交往，事後王文用知白正心術不正，逃往他處時，白正馬上尾隨其後，縱使王文用再度逃往東嶽廟，白正亦追而殺之，並赴王家殺父奪妻，其兇殘狡詐連地曹也無可奈何。劇中最為諷刺地即是王父之魂告於地曹之一段文字：

李老云：尊神！你使些神鬼拿將他來折對咱！

淨（地曹）云：憑著我也成不的，你且這裡伺候著，等天曹來呵！你告他，不爭你著我拿他，則怕他連我也殺了。〔註40〕

白正之殘暴不只及於人間，竟連天曹地府亦聞而喪膽，較之楊衙內等權豪勢要之暴行毫不遜色。觀天曹與地曹之對話更顯見白正之凶暴，其文曰：

〔註38〕同註37，卷一八九〈程鉅夫傳〉，頁763。

〔註39〕參見《全元雜劇初編》，第六冊，頁2796。

〔註40〕同註39，三編第三冊，頁1103。

淨（地曹）云：上聖！這鐵旛竿白正在世間無般不做，無所不爲，業貫將蒲，除天可害。

正末（天曹）云：怎生不著鬼力勾將來勘問？淨云：小聖不敢差鬼力拿他，我幾番著鬼迷了，那廝十分兇惡，所以不敢近他。〔註41〕

中國傳統觀念中善惡終須有報，這種觀念也成爲元雜劇的一貫思想，現世間的冤屈即使無法得到平反，死後世界中，於地府將會有公允的冥判。《浮漚記》中的地曹明知白正惡業滿盈，卻也動他不得，尚須更高一層地位的天曹方制得了此人間潑皮，毫無倚仗的小老百性自然只得任其欺凌，一籌莫展。

至於《盆兒鬼》之盆罐趙，可謂元雜劇中最爲兇殘的代表人物，盆罐趙明爲店主人之身份，但實際上卻是奸暴之徒，他一邊開著瓦窯，一邊又經營旅店，然其眞實面目卻是「打家截道、殺人放火，別人的東西劈手裡奪將來，我便要；他若不與我，我就殺了那弟子孩兒」，所開的旅店若是有財本多的，便來個謀財害命。權豪勢要與連地曹也懼怕三分的白正，雖然謀害人命或以銅鍘斬死，使成爲無頭鬼，而在《盆兒鬼》中，盆罐趙不只謀財害命，還將楊文用分屍和土做成夜盆，此毒辣心腸更令人髮指。須知中國人自古重視全屍與投胎轉世之說，而支解人屍和成盆罐將使其魂無法超生。中國歷代律法對於此種支解人屍皆明文嚴懲，《元史》卷一二○〈刑法一・十惡〉即載：「不道：謂殺一家非死罪三人，及支解人、造畜蠱毒、魘魅。」，元法之十惡取自《唐律疏議》疏議注：「支解人者，謂殺人而支解，亦據本罪合死者。」〔註42〕乃知致人於死已爲一惡，再支解人體更是喪盡天良，因此「打家劫道爲活計，殺人放火做營生」的盆罐趙也難免日做惡夢，心神難寧了。

（二）掠奪民女

強搶民女於元雜劇中時常可見，舉凡權豪勢要、惡徒奸匪與貪官污吏都有此惡行，屬於此類獄訟劇有《竇娥冤》、《救孝子》、《魔合羅》、《汗衫記》、《後庭花》、《浮漚記》等六劇。

《竇娥冤》中張驢兒父子對於竇娥婆媳的脅迫、家室財產的強佔與淫辱之企圖，正爲潑皮無賴具體形象的刻劃。張驢兒父子雖救了許蔡婆一命，但又以此要脅，顯非義勇之輩；爲娶竇娥爲妻又脅迫賽盧醫賣出毒藥，加上事

〔註41〕同註39，頁1110。

〔註42〕參見唐長孫無忌著，《唐律疏議》，第一卷第六條（臺灣商務印書館，民國54年5月臺一版，民國79年12月臺六版），頁17。

後誤毒親父，誣賴於竇娥藥死公公，此中盡是要脅逼迫，所犯罪刑亦非僅於一條。「藥死公公」之罪屬十惡之一〔註 43〕，已合死罪；而以毒藥藥死他人亦係處死〔註 44〕，故知張驢兒百般威迫皆無法如願之時，己下定決心致竇娥於死地，其兇暴奸邪更甚於賽盧醫。

除了潑皮無賴之外，民間一般的庸醫也是這類人物之一，雜劇中所謂的「賽盧醫」通常用來諷刺醫術或醫德不佳之醫生。《救孝子》中之賽盧醫不見其行醫救世，但見其趁為人看病之便，拐帶他人婢女，待梅香身孕將產，又騙至郊野殺人滅口，並強奪路過之春香，以致送嫂歸寧之楊謝祖遭香母誤為殺人兇手，一狀告至縣府，下於死囚。春香被擄至賽盧醫家中，因堅不就範，反遭毒打虐待。〔註 45〕

《魔合羅》劇中之賽盧醫李文道非但欲行不軌於兄嫂，尚合毒藥謀殺堂兄，奪取錢財〔註 46〕，所犯皆列十惡之罪，蒙古人雖有收庶母或兄嫂為妻之習，但入主中原之後，只許蒙古人與色目人為之，治漢人及南人則以中原禮儀為律，故〈刑法志二・大惡〉便嚴禁兄沒弟收其嫂或庶母，姑表兄弟嫂叔相收者亦以姦論〔註 47〕，而李文道恫嚇兄嫂劉玉娘不成之際，卻以因姦藥殺親夫為詞，賄官下玉娘於死囚，其無賴狠毒也不下於前者。

《汗衫記》之陳虎蒙張孝友一家收留，口說「那生那世做驢做馬，填還老的也。」心裡卻算計著張家家私與義嫂，只有張孝友始終認定陳虎為好漢，其老父一聽孝友欲認義陳虎為兄弟，便道陳虎「生的有些惡叉，則不如多齎發他些盤纏，著他回去了罷！」孝友之妻亦云：「呸！眼腦恰相箇賊也似的」，然而陳虎為了義嫂捨棄張家大好家私，一把火燒了張家全部家當又推孝友落水，只擄走了義嫂一人，孝友之妻為了保留張家一脈血緣，只得忍氣吞聲〔註 48〕。作者雖未直接描寫陳虎之惡狀，卻於張老及孝友妻之口中，見得陳虎之惡相賊臉，也埋下陳虎日後恩將仇報之線索。

《後庭花》的店小二一見翠鸞美色，即要求翠鸞為妻，翠鸞明言死也不

〔註 43〕參見《元史》，卷一二〇〈刑法志一・十惡〉，頁 2607。

〔註 44〕同註 43，卷一五〇〈刑法志四・禁令〉：「諸有毒之藥，非醫人輒相買賣，致傷人命者，買者賣者皆處死。」頁 2687。

〔註 45〕參見《全元雜劇初編》，第三冊。

〔註 46〕同註 45，初編第九冊。

〔註 47〕同註 43，卷一三〇〈刑法志二・大惡〉，頁 2644。

〔註 48〕同註 45，初編第五冊。

從，即遭店小二要脅將以斧頭砍死，不料翠鸞一驚之下，活活被嚇死了，店小二疑暴死者必定做怪，乃將門首桃符插其鬢角，丟在井底，再以石頭鎮壓〔註 49〕，然而終究壓不住翠鸞的冤氣，夜與劉天義互詠〈後花庭〉詞，而引發出其母的誤告劉天義與翠鸞的冤情；再觀《浮漚記》中的白正於殺了王文用及其父之後，不僅霸佔家產，還搶奪王妻，簡直是目無法紀，對於美貌女子只有威迫恐嚇，春香不從賽盧醫則遭毒打虐待；竇娥與翠鸞的堅持則落得命喪黃泉。

（三）因姦相害親夫

元雜劇中有關兩性問題之描述甚多，其中因姦相陷者涉及元代的婚姻問題與元代社會之價值取向等諸多問題，尤其是家庭倫理之破壞，除第一節之五篇以外，《鬧銅臺》與《勘頭巾》亦見奸匪惡徒與淫婦之陷害良民，另以此爲訟詞相告者尚有《魔合羅》及《勘金環》等劇，因屬誣陷非獄訟形成之眞正原因，故於此將不做討論，但由「因姦藥殺親夫」爲誣告之訟詞來看，當時社會上必多此事，而元代法律對此也施以嚴懲，故奸夫淫婦多以此陷害他人於死，藥殺親夫之訟詞之成爲獄訟劇之一部份，並非一偶然事件，而是元代典型的社會問題。

《鬧銅臺》之李固結義富豪盧俊義，多蒙其照顧，卻私通義嫂，與義嫂祝禱員外急病中風身死，兩人得以自在歡樂到老，又趁著梁山泊招安盧俊義上山之事，將計就計誣告盧俊義交結梁山賊，賄賂太守將之下於死囚之中〔註 50〕。《勘頭巾》之員外夫人則合謀道士王知觀藥殺員外，並假王小二之保辜文書，嫁贓與王小二〔註 51〕。元法規定因姦藥死或合謀殺害本夫者，即使本夫未亡，亦同處極刑，除此之外，殺害親夫亦係十惡之一。舉凡因姦而起之獄訟劇的被害人多爲本夫，姦夫淫婦不只罔顧人倫，更是爲達目的不擇手段，輕則毒咒親夫義兄，重則謀害人命，其手段不外誣告本夫，羅織下獄或以毒藥、刀刃殺害本夫，一概欲其死而後快。

除以上數劇之外，《羅李郎》中的家僕侯興與《薦福碑》中的莊稼漢張浩則爲特例。侯興爲羅家三代家僕，卻爲一紙從良文書、羅家產業及已嫁湯哥爲妻的定奴，處心積慮的將湯哥騙離羅家，並同時對羅李郎與湯哥二人撒謊，

〔註 49〕同註 45，初編第六冊。
〔註 50〕同註 45，外編第八冊。
〔註 51〕同註 45，初編第八冊。

以致羅李郎誤以爲湯哥已死、湯哥誤以爲羅李郎將對其不利，且贈湯哥假銀子，致使湯哥入獄。《薦福碑》中之莊稼漢張浩因與秀才張鎬之名同音，而詐奪張鎬縣令之職，爲穩固自己地位，又派隨從殺害張鎬。

獄訟劇中，惡徒奸匪的角色多半是形象卑陋的令史或賽盧醫，其餘亦多殘忍無比，但以三代家僕與莊稼漢之角色扮演陷害良民者，唯有此二劇。其中又以《薦福碑》之張浩最爲特殊，因爲張浩原僅一放牧牛羊的莊稼漢，卻因姓名發音之相近，得有任職縣令之日。縣令之職誘發張浩心底的私慾，爲保住原屬張鎬之官職，轉眼間變爲利祿薰心、殺人不眨眼的惡漢。元雜劇中的獄訟劇雖僅此二例，卻說明了莊稼漢與家僕的忠心、淳厚的形象已應社會風氣之轉化，漸有不同的表徵。

當市井中的無賴惡漢四處橫行、時時逞威之際，原屬社會中最安定的婦女階層，亦隨之合謀親夫之時，這個社會便已是黑暗混沌至極。在最平實的市井中，所見盡是傳統禮法的崩潰，政治司法既無法維持整個社會秩序，連安定人民之基本禮法亦遭破敗，一個雜亂無章、毫無正義可言之世界，即元代獄訟劇發展之客觀條件。這一群潑皮無賴，凝聚了劇作家與平民百姓對黑暗社會的滿腔鬱憤。

三、貪官污吏對同僚的迫害

權豪勢要與惡徒奸匪同爲獄訟劇指責之主要對象，以上二節深刻地反映出權要及奸邪對於平人之壓迫與陷害，與百姓對此等惡徒的蔑視，而權豪勢要中之貪官污吏除了欺凌平民之外，尚且欺壓官員、陷害同僚，表現其中的是惡欺善的明顯對峙。此類貪官污吏不只昏庸貪財，並常挾帶私讎利益，設陷於同僚、甚或高於已職之官吏，這些受害官吏難以清廉官吏代稱，因爲貪官污吏係以一己之利害衝突者，均爲設陷之對象。至於清廉官吏之常爲貪官污吏所厭惡之目標，蓋肇於清廉官吏之行止恰與其背道而馳，而清廉官吏既不貪官錢又不交際應酬，於官僚中之人際關係與權利地位亦不及於貪污之徒；自另一角度而言，雜劇所指陳之貪官污吏多屬於擁有「權豪勢要、累代簪纓」之特殊身份，即使案發亦恃官官相護，或家族人士與統治者之特殊關係，得以輕易取得赦書，而易流於有恃無恐、恣意妄爲。

雜劇中關於昏貪官吏對於同僚之迫害，可略分爲因私讎而誣告、搶奪人妻與因姦相陷等三大類。由官吏彼此間的陷害之背景因素加以探討，將有助於對元代官場的黑暗有所了解。

（一）因私怨而誣告

基於往日私讎而誣告者有《切鱠旦》與《裴度還帶》二劇。

《切鱠旦》之楊衙內是權豪勢要的代表，因不滿白士中與心儀之譚記兒成親，竟向皇上誣奏白士中「貪戀花酒、不理公事」，皇上也以其片面之詞賜與勢劍金牌，令其斬首〔註 52〕。由皇上對楊衙內之信任程度觀之，楊衙內絕非一般官吏，當屬權貴親要之輩，而元代對於不理政事之官吏也確有嚴懲之律，於《元史》卷十〈世祖本紀七〉載：「詔曰：『今後所薦，朕自擇之。凡有官守不勤於職者，勿論漢人、回回皆論誅之，且沒其家。』」〔註53〕因此楊衙內誣告之詞，實具有置白士中死地，再收譚記兒爲妻之企圖。

《裴度還帶》之受害人韓廷幹所以下獄，即因未曾賄賂國舅所致，國舅傅彬乃奉上司之差使，計點河南府錢糧，而韓廷幹因爲官秋毫無犯，家無囊畜之資，無法付與國舅之下馬錢及起馬錢一千貫，也無法與之應酬，孰知國舅因此懷恨在心〔註 54〕，當其偷盜官錢事發之後，誣賴韓廷幹主三千貫贓，累帶韓廷幹亦下縲絏。傅彬倚仗國舅之尊，公幹至河南府，竟要洛陽太守與下馬錢及起馬錢共一千貫，相對於秋毫無犯之韓廷幹卻家無餘蓄，連應酬之資也無，所表現出來的是清官之廉守，國舅傅彬則是強索無度之貪官污吏，二人之間實無任何恩怨，只因韓廷幹未曾對傅彬逢迎以對，便惹來一場災殃。

據《新元史》所載，行省左丞相之月俸不過二百貫，廉訪司廉訪使則只八十貫，萬戶也僅七十兩〔註 55〕，而傅彬竟索一千貫，不侵民財之韓廷幹如何應付得了，由此更加突顯國舅所代表之貪暴官吏的惡行，奉公守法、不曾歛財欺民之韓廷幹等人，反成元代官場中之異類。即以元初而論，成宗大德七年即曾罷贓官一萬八千餘人，追還贓銀四萬多錠〔註56〕，《輟耕錄》中更記載時人戲嘲貪官爲歌，其文曰：

> 至正乙酉，朝廷遣使宣撫諸道，問民疾苦。然而政績昭著者，十不二三。明年江右儒人黃如徵邀駕上書，而散散王士宏等……鷹揚虎

〔註52〕同註 45，初編第一冊。

〔註53〕參見《元史》，頁 215。

〔註54〕同註 46，初編第二冊。

〔註55〕詳參《新元史》，卷七十六〈食貨志九・官俸〉。

〔註56〕《新元史》，卷十四〈成宗本紀〉：「是年（七年）諸道奉使宣撫，罷贓吏一萬八千四百七十三人，徵贓四萬五千八百六十五錠。」頁 56。

> 噬，雷厲風飛，聲色以淫吾中，賄賂以緘吾口，上下交征，公私朘剝，贓吏貪婪無問，良民塗炭而罔知。閭閻失望，田里寒心，乃歌曰：九重丹詔頒恩至，萬兩黃金奉使回。又歌曰：官吏墨漆皮燈籠，奉使來時添一重。如此怨謠，未能枚舉，皆百姓不平之氣鬱結於懷而發諸聲者然也。〔註 57〕

民眾對於具有爲民平冤之使者，畏恐之心如此之巨，當爲執政者始料未及，而平民心中鬱憤只有訴諸歌謠或爲廣大階層所喜愛之雜劇。諸如國舅、宣撫使等特使不盡然直接與平民接觸，多向地方官吏施壓，地方官吏除平時壓榨之外，當奉使來時，尙須應酬奉錢與使者，不僅百姓民不聊生，即若清廉官吏亦爲受害之一。

（二）強奪人妻

貪暴官吏表現於元雜劇者，不只貪財尙且貪色，於強搶毫無能力反駁之民女外，尙至欺凌官家妻女，此於《魯齋郎》一劇中可見一二。

《魯齋郎》中的張珪慘遭奪妻之後，大歎「正是夫妻本是同林鳥，大限來時各分飛」〔註 58〕，選擇了隱遁山野之途。張珪所面對的是一無賴至極的權貴，雖身爲六案都孔目，平日亦自誇人聞其名也須讓個三分，但聞李四提起魯齋郎便嚇得要李四休再提此事，只因「赤緊的他官職打的忒稀詫」。於是當張珪亦遭妻離子散之悲時，唯有無奈地歎道：

> 甘分向林泉下作隱君，休見那英雄眞丈夫。爲甚麼野人自愛山中宿？幼子嬌妻我可也做不的主。〔註 59〕

連官吏本身也保不得嬌妻幼子，只好歸隱山泉，「雖然不得神仙，且躲人間閑是非。」〔註 60〕其悲痛自不亞於平民之李四。由此可見，權豪勢要的恣意暴行既施之於平民，同時欺壓於官府。正因權要子弟與統治階級的關係密切，縱使包拯也須計騙皇上之賜斬，方敢將魯齋郎明正典刑，無怪乎張珪隱於山野以避俗事。

（三）因姦陷害親夫

至於《後庭花》、《酷寒亭》、《雙獻功》、《還牢末》四劇中造成獄訟之原

〔註 57〕參見陶宗儀著，《輟耕錄》，卷第十九〈闌駕上書〉（世界書局，民國 52 年 4 月初版），頁 274～275。

〔註 58〕參見《全元雜劇初編》，第二冊。

〔註 59〕同註 58，頁 479。

〔註 60〕同註 58，頁 487。

因則在於貪暴官吏與同僚之妻有姦情，而欲謀害於本夫。

《後庭花》中涉及命案處共有兩件，一是前述之惡徒強奪民女，二則王慶私通皆爲祇候李順之妻，王慶計逼李順寫下休書，以成二人好事，李順雖寫下休書，但與《浮漚記》之王文用皆表明將告於官府，李妻一聽李順要告向開封府之包龍圖，便嚇得要王慶先下手爲強，此爲同僚間因姦相害之例。

《酷寒亭》與《雙獻功》、《還牢末》之本夫均爲孔目，就官職言，孔目之位大於祇候，是個把筆司吏。元雜劇中常見孔目代昏庸府尹審案，然《酷寒亭》之祇候高成則趁鄭嵩出差之時，與老相好蕭娥重續舊情，鄭嵩途中聽人道及，回家捉姦，高成雖逃走，蕭娥卻遭一刀殺死。就元法而言，本夫於姦所殺死姦夫淫婦皆免刑罰，而劇中鄭嵩自行出首，仍因「拿奸要雙，拿賊要贓，走了奸夫你可殺了媳婦，做的箇無故殺妻妾。」〔註 61〕而判杖八十、迭配沙門島。獄訟劇中有關因姦相陷者泰半爲姦夫淫婦合謀於本夫，惟此劇之鄭嵩能於被害之前查知姦情，並殺死姦妾；而此類劇中之姦婦因從良爲人妾者甚多，蓋因娼者地位卑賤，即使從良之後亦難保他人以異樣眼光相待。《灰闌記》之太守李順便云遭陷之海棠爲「原來是個娼妓出身，也不是個好的了。」〔註 62〕《酷寒亭》之趙用因知蕭娥和通他人、虐待前妻子女，亦感而抒懷，云：

> 勸君休要求娼妓，便是喪門逢太歲，送的他離財散家業破，鄭孔目便是傍州例。這婦人生的通草般身軀，燈心樣手腳，閑騎蝴蝶穿花柳，被風吹在畫檐間，蜘蛛網内打斤斗，閑將罵海馬馱，行藕絲牽走鵝毛，船上邀朋友，有時醮頭在秤頭稱。定星盤上何曾有這婦人搽得那粉青處青、紫處紫、白處白、黑處黑、恰便似五色花花鬼。〔註 63〕

對老百姓而言，娼妓出身總屬賤民，即使從良，仍免不了往日餘風，缺乏良家婦女之賢德與端莊。

《還牢末》與《酷寒亭》有許多相仿之處，本夫均任孔目；淫婦同爲娼妓從良之妾室，亦名之蕭娥，元雜劇中所鋪演之情事、人名、官職均具普遍

〔註 61〕同註 58，初編第五冊，頁 2224。

〔註 62〕同註 58，初編第九冊，頁 4463。

〔註 63〕同註 58，頁 2212。

之典型形象，因此，蕭娥與衙內、葛監軍等一樣成爲雜劇中之另一典型人物的代稱，清人焦循就元劇對劇中人的慣用人名表示必實有其人。〔註 64〕

《還牢末》中蕭娥亦私通於從良以前之恩客——趙令史，李榮祖待遭誣陷下獄，深疑「如今世上媳婦論丈夫的稀」，後來方解原來「這婦人當初與趙令史有奸也，娶要他來，這是我的不是了。」因勸「你這一火良吏再休把妓女娼人娶爲妻，則我是傍州例。」〔註 65〕除卻對從良娼妓之嚴厲指責外，「官不威牙爪威」亦是李榮祖之指控，貪官確實可恨，然吏員之貪婪殘暴並不亞於官員。

至於《雙獻功》之孫孔目所遇見的便非尋常吏目，而是殺人不償命的白衙內，其權勢遠甚於祗候及令史，因此白衙內敢明目張膽地與郭念兒私奔，拐帶了郭念兒之後，擔心孫孔目尋個大衙裡告去，便逕借大衙門坐個三天，毫不知情的孫榮乃當著白衙內面前告其拐帶妻女，然主審的偏即白衙內，孫榮因此從原告反成被告，下於死囚。〔註 66〕

獄訟劇中貪官污吏的形象趨於類型化，準確而且深刻地把握住其殘暴貪婪的本質特性，獄訟劇對於貪官污吏皆經由醜化的手法來誇張演出，相對地，無辜受害的官吏則顯得相當無助，不僅自身難保，甚或無力護衛妻女；或遭妻妾之背叛，對於兩種不同形象的官吏而言均是極大諷刺。

四、家庭糾紛中親屬的欺壓

構成獄訟劇之成因，來自家庭成員中親屬之欺壓者有母女不和、兄弟失和、拋妻重婚與爭奪家產等，其中又以爭奪家產佔最大比例，此四類成因之基本要素則爲利害衝突，鴇母爲財禮錢逼嫁，導致母女不和；兄弟因他人之挑撥，由誤會而致兄弟失和；本夫爲地位財勢，謊稱未婚而重娶高門女子；兄弟叔姪之間更爲爭奪家業，衍生出謀殺親屬等違悖天理人倫之暴行，充份暴露出城市經濟高度發展下之陰霾，與人民對人倫禮法崩潰下的錯亂社會極度的不滿。

元雜劇中有關家庭糾紛者計有《玉壺春》、《瀟湘雨》、《合同文字》、《勘金環》、《灰闌記》、《神奴兒》、《魔合羅》等七劇，其中因分另家私而訴訟者，即占五劇之多。就表面言之，純屬家庭或婚姻之糾紛，然仔細觀察，便可見

〔註 64〕參見清焦循《劇說》（臺灣商務印書館，民國 62 年 12 月臺一版），頁 74。
〔註 65〕同註 64，初編第七冊，頁 3467、3480。
〔註 66〕同註 64，初編第七冊。

原告，亦即興訟者皆爲強者，無論就身份、地位、權力而言，皆未出倚強凌弱的範圍。

（一）母女不和

《玉壺春》一劇中，李素蘭本姓張，因爲李姓鴇母收養爲義女而改姓李，故李素蘭與鴇母之間不僅是工作上的關係，同時也具有母女的關係，復因鴇母之訟詞即是控告李玉壺「搬弄母女不和」，因此本劇之訟因乃列於母女不和一項之中。

劇中鴇母控告李玉壺時，不知李玉壺已被任爲嘉興府同知，只道玉壺是個窮迫潦倒的書生，因此，堅持將李素蘭強嫁給山西富人，以得厚賞；素蘭卻斷髮明志，與玉壺私約，鴇母乃憤而一狀告與嘉興府太守。劇中鴇母與山西客以利益爲出發點，鴇母以甚舍有錢爲由留他住下，甚舍則以三十車絲綿紬絹爲財禮錢求娶李素蘭；李玉壺與李素蘭一是窮酸書生、一是任人擺布之上廳行首。面對鴇母與甚舍之權威，二李毫無反抗餘地，殊不見鴇母不滿於李素蘭與她做對，出言脅迫其：「我將你賣與回回達達去。」〔註67〕因李素蘭婚姻的主控權操於鴇母之手，故當李玉壺斷其財路時，便上衙告其搬弄母女不和。

雙李二人雖終於團聚成婚，但就整劇而言，興訟之基本原因與判決之關鍵，完全來自於階級地位之壓迫。設若鴇母等人早知李玉壺得官，必不致於引發獄訟，又如果李玉壺仍一介窮書生，與主審本身亦無淵源，身爲上廳行首之李素蘭豈有婚姻自主權？因此導致母女之失和，與李玉壺之身份地位的改變具有莫大關連。

（二）兄弟不和

家庭糾紛中因兄弟不和而致興訴的爲「殺狗勸夫」，劇中表面訟因爲潑皮無賴之陷害孫榮，亦因胡子轉與柳隆卿之挑撥，導致孫榮對弟弟的不滿與欺壓，然構成獄訟的成因在於楊氏爲撮合兄弟合好，所使之計謀，因此列爲兄弟不合之家庭糾紛中較爲適合。

劇中胡子轉與柳隆卿兩個鎮日調嘴抹舌，撥弄孫榮兄弟情誼，再趁機騙其家私，而孫榮卻將二人視爲知交，反對眞正關懷他的親手足，屢加迫害，不僅霸佔家業，一見弟弟便施毒打，楊氏乃趁孫榮酒酣之際，以狗屍謊稱孫

〔註67〕同註64，初編第八冊，頁3854。

榮酒醉殺人，孫榮找二人幫忙掩屍，卻遭二人敲詐與密告，此時唯有其弟幫其滅屍代罪，孫榮方知二無賴之用心，與兄弟親情之可貴〔註 68〕。元代因經濟之急速發展，產生了許多如孫榮等富有之員外，一方面因戰亂或饑荒所衍生的眾多游民與潑皮幫閒，這些不事生計的潑皮無賴，常依附於員外身邊計賺生計，挑撥兄弟不和，再騙取家計亦是奸邪之徒常用的手段之一。當然，只有幫閒人物的挑撥尚不足以導致兄弟失和，因為民風澆薄、唯利是圖的不良風尚，更是促成孫榮聽信胡、柳之語，誤會其弟將有不軌企圖的成因之一。

（三）拋妻重婚

獄訟劇中不乏守貞不移之婦女，其中表現於以遭權貴或無賴所搶掠之戲為多，《玉壺春》之李素蘭亦然，而其夫或迫於無賴，或據理力爭，惟有《瀟湘雨》一劇之崔士甸扮演著負心狠漢的角色。

劇中崔士甸為其仕途著想，當原配張翠鸞尋至府邸，卻反被崔士甸誣為偷銀壺臺盞的逃奴，於其臉上刺上逃奴二字，解往沙門島，並暗中吩附解子於途殺害張翠鸞。劇中崔士甸一想起後患已除，便開懷的往後堂飲酒，並暢言「清廉正直不認親，苦打加刑趕婦人，今朝歡聚銷金帳，只認高門辨假眞。」〔註 69〕對一心求取高官厚爵之崔士甸而言，張翠鸞不過伯父認養的來路不明女子，故寧可昧著神祇，改娶貢官之女，以利其平步青雲。

崔士甸加諸張翠鸞之刑，雖以逃奴為由，然元法明定「諸奴婢背主而逃，杖七十七。」〔註 70〕此因元代貴勢之家，只要奴隸有犯，輒私置鐵枷，釘鎖禁錮，及擅刺其面。捕獲逃奴，亦任意輒刺面劓鼻，非理殘苦〔註 71〕，故元法乃嚴加禁止。因此，崔士甸對名為逃奴之原配的酷刑，亦是普遍存在元代權貴之家的一種陋習。元法又規定訴訟須有所迴避，按規定奴婢不可告主，所以處於最卑賤地位之奴婢，更是階級社會中最為無助之受害者。

（四）爭奪家產

對於元代獄訟劇之成因，大陸學者李漢秋以為「元代城市經濟空前繁榮，城市的發展吸引著一些地主在城經營商業和典當業，他們家庭中，『弟兄們分

〔註 68〕同註 64，三編第二冊。

〔註 69〕同註 64，初編第五冊，頁 2176。

〔註 70〕《元史》，卷一五〇〈刑法志四・捕亡〉，頁 2689。

〔註 71〕同註 70，〈雜犯〉:「諸貴勢之家，奴隸有犯，輒私置鐵枷，釘鎖禁錮，及擅刺其面者，禁之。諸獲逃奴，輒刺面劓鼻，非理殘苦者，禁之。」

另家緣』的糾紛是訴訟事件的一個重要來源」。這種「財產的支配權和繼承權的爭奪，反映了在商業經濟的侵蝕下，在城市經營的地主中宗法家庭的瓦解和宗法觀念的崩潰。」〔註 72〕對於家業，人們已從保障所有權上，轉移至全部家緣之霸佔。觀諸《通制條格》卷四〈戶令・親屬分財〉便可了解爭奪家產的獄訟，於元代社會係一普遍存在之事實。對此，元雜劇忠實地反映了當時社會的醜陋面，也對此家庭宗法制度的破壞予以譴責。

《合同文字》、《神奴兒》、《勘金環》、及《灰闌記》四劇中，長輩爲了家緣家計，不計一切手段地陷害親屬，乃元代經濟高度發展中，始料未及之家庭問題。其中《通制條格》有一段與《合同文字》相仿之記載：

> 元貞元年十月，中書省禮部呈：衛輝路獲嘉縣人户賈拾得告，故伯父賈會首與拾得等全家祖莊住坐，後爲天旱他處，趁熟迴還。有伯父召到養老女婿張威，將房舍地土昏賴，不令拾得爲主。照勘得賈拾得不曾附籍。本部議得：張威雖於賈會首户下附籍，合將應有事產令姪拾得兩停分張，同户當差。都省准擬。〔註 73〕

元代旱暴霖雨之災迭見，饑毀荐臻〔註 74〕。依元法若遇荒年每家須分房減口，至外地逃荒。《合同文字》之劉天瑞即因此攜妻帶子遠赴他鄉，離家之時，其兄天祥曾請社長爲見證，立合同文書爲證，家產卻不曾分另，故於天瑞夫婦身亡之後，天祥之繼室強取姪兒定奴之合同文書，誣其爲欲騙奪家業的無賴。此因繼室楊氏嫁與天祥之時，另攜一女過房，因恐定奴回來分得家產。不料天祥聽信楊氏之語，打破親姪之頭，待社長見狀，方帶定奴告與包拯〔註 75〕。《神奴兒》中的王臘梅更爲兄弟分房與圖謀家財，挑撥兄弟失和，誣告兄嫂因姦氣死丈夫，並將勒死親姪的罪責賴與兄嫂，民風之鄙陋與其唯利是圖之甚，於此可見一般。元劇中親屬之間可爲家產犯下誣告、殺人等罪嫌，而挑起家庭糾紛者又以晚輩爲多。

《勘金環》一劇亦是兄弟叔嫂之爭，其誣告之訟詞亦爲「嫂嫂不賢，私通姦夫謀殺哥哥」，而眞正的導火線正於弟媳之強逼其夫與大伯分家，即使兄死仍不惜陷害於嫂，但一切家計通常都由兄、嫂二人之主持，弟弟之行徑則

〔註 72〕引自寧宗一、陸林、田桂民等編著，《元雜劇研究概述》（天津教育出版社，1987 年第一版，1989 年 7 月第二次印刷），頁 299～300。

〔註 73〕參見《通制條格》，卷四〈户令・親屬分財〉，頁 54。

〔註 74〕詳參《元史》，卷九十三〈食貨志〉。

〔註 75〕參見《全元雜劇三編》，第二冊。

無異於潑皮無賴，游手好閒卻圖謀家產，據《通制條格》記載：「寡婦無子，合承夫分」〔註 76〕，因此縱然兄死無子猶可分得家私，利益薰心者便不惜一切謀奪全部家業。

《灰闌記》之主要訟因爲馬大娘因姦殺夫，卻以妾張海棠「背地裡養著姦夫，同謀設計合毒藥藥殺了丈夫，強奪我所生的孩兒，又混賴我家私。」〔註 77〕爲由告官，諷刺的是馬大娘之訟詞正爲其所有惡行的自白，其賴妾海棠藥死親夫，本爲自己脫罪，而欲達混賴所有家當之目的，又不得不搶認海棠之子，元律雖未規定妾可分得家產，但自《通制條格》的記載，可知無論妻、妾，其子均有財產權，其事例爲：

> 檢會舊例：諸應爭田產及財物者，妻之子各肆分，妾之子各參分，奸良人及幸婢子各壹分。以此參詳，盧提舉元拋事產，依例，妻之子盧山驢四分，妾之子盧頑驢、盧吉祥各參分。〔註 78〕

由此文之記載，足見妻、妾所生之子多寡與財產的分配有極大的關聯，雖說妻之子得四分，妾之子得三分，但以盧提舉爲例，則因妾有二子，共得六分，仍較妻僅有一子所得之四分爲多。正因如此，馬大娘本人膝下無子，海棠雖被判死罪，其子卻可能佔有全部家業，因此馬大娘才會搶認海棠之子爲己出。

小　結

由以上之剖析，可知元代獄訟劇之獄訟成因，多出於種族階級之對立與利害之衝突，其中除了權豪勢要之倚勢挾權、潑皮無賴之橫行市井與官吏之貪暴奸邪外，來自家私爭奪所引發之長欺幼、強凌弱亦佔有一定之比例。劇作家不避雷同之嫌，一再地運用這種典型，正說明了它們充分具備建構在社會典型性基礎上的「劇場效果」〔註 79〕，這也是當時社會中最常見的客觀現象的反映，倚強凌弱不僅是元代獄訟劇的基本成因，亦是廣大百姓整體的鬱憤。

《灰闌記》之馬大娘即云：「人無害虎心，虎有傷人意，我說道人見老虎

〔註 76〕同註 73，頁 53。
〔註 77〕同註 75，初編第九冊，頁 4461。
〔註 78〕同註 73，頁 53。
〔註 79〕參見余秋雨著，《中國戲劇文化史述》（駱駝出版社，民國 76 年 8 月初版），頁 180。

誰敢傷？虎不傷人吃個屁。」〔註 80〕之於權貴潑皮，普通百姓誰敢惹之？然而此等惡虎豈有不傷人之理，而這也正是百姓之最大的無奈。在充斥著恣意欺壓善良的惡霸中，中國傳統之宗法制度亦面對極大的衝激，如《張千替殺妻》之張妻與《鬧銅臺》之盧妻，均因愛上義弟而圖謀殺害親夫，又如《遇上皇》的劉月仙一家，因索討休書不成而憤打趙元等等，皆違背傳統的固有禮俗與家庭倫理。而百姓的寡廉鮮恥。在《裴度還帶》一劇的韓瓊英，也對整個敗亂的元代社會發出極度的譴責：「此時世俗惟先生之一人，禮義廉恥道德之餘風者，俗子受不明之物，取不義之財有幾人也。」〔註 81〕處於禮義倒置的混沌之中，除了隱遁山野，滿腔的憤恨與冤屈大約只能借劇中人之口而洩之了。

獄訟劇之所以具有普遍的社會典型意象，並非僅只於社會的一面鏡子，足以眞實地反映出人民的苦悶與理想，而在於獄訟劇敢於嚴厲地指責出整個社會的亂象，充分展現出人民積極的反抗意識，於衝突對立中，被壓迫者不屈不撓的積極抗爭，與對公義社會的一番理想，更是元代獄訟劇可貴之處。

第二節　冤獄的形成與平反

冤獄劇意指劇中有人因他人陷害或誤會而入獄判刑者。因此如《盆兒鬼》雖具冤死情節，但無人因受冤入獄者，則不在此限；另如《鯁直張千替殺妻》一劇，就其曲文言，雖具冤獄之成立要件，惜其賓白已佚，包拯之重勘細節不詳，因此亦不列入本文之研究範圍。

元代獄訟劇凡四十三本，其中冤獄劇計有《竇娥冤》、《切鱠旦》、《裴度還帶》、《救孝子》、《燕青博魚》、《瀟湘雨》、《金鳳釵》、《黑旋風》、《還牢末》、《勘頭巾》、《灰闌記》、《魔合羅》、《緋衣夢》、《爭報恩》、《神奴兒》、《十探子》、《勘金環》、《大劫牢》、《鬧銅臺》等十九本，數量甚夥。

冤獄劇中誣陷者之動機以婚姻問題爲最多，共有八劇。因圖謀家產而謀害兄長、陷害兄嫂者則有二劇。既圖謀家財又覬覦美色或貪戀姦情者共計三劇；誤會人於冤者亦有三劇；餘因官場糾紛、權豪草菅人命及蓄意栽贓而致冤者各有一劇。

〔註 80〕同註 76，頁 4456。
〔註 81〕同註 74，初編第二冊，頁 740～741。

因刻意誣陷所造成的冤獄，陷害人與受冤者之間皆有著利害衝突。當陷害人之利益因受冤者之阻礙而無法達成時，即使彼此具親友的關係，亦欲置之死地而後快。其中《金鳳釵》栽贓嫁禍，與《救孝子》、《緋衣夢》、《大劫牢》之誤會則非原告之存心設陷。然就十九本冤獄劇而言，十五本刻意陷害致人於冤之數，實不可小覷。整體而言，元代冤獄劇中因個人恩怨致冤者占最大多數，其中又以婚姻問題爲最多，此點與元代其獄訟劇的形成原因大致上相同〔註 82〕。以下則就冤獄的形成及平冤、重審之關鍵加以剖析。

一、冤獄的形成

冤獄的形成除訴訟者之刻意或無心的誣陷以外，尚須經過主司之審判，方能定讞成罪。主審官判案時，導致冤獄形成之主要原因，均可分爲以下三類：一爲未經詳審，因其草率行事致使冤獄叢生；二爲私人恩怨影響其公允裁奪；三爲貪官污吏受賄，故意致人於冤者。

（一）未經詳察

冤獄劇中官吏因不曉吏事、倉促問結，未嘗仔細研勘案情，以致無辜良民含冤者計有《切鱠旦》、《裴度還帶》、《大劫牢》、《緋衣夢》、《竇娥冤》、《救孝子》、《金鳳釵》、《還牢末》、《爭報恩》、《勘頭巾》等十劇。

《切鱠旦》、《裴度還帶》、《大劫牢》及《緋衣夢》等四劇中，並無初審情節，故無法了解初審官之問案方式與被告招承的原因。《切鱠旦》與《裴度還帶》二劇分別藉楊衙內與韓瓊英之口，道出皇上聽其片面之詞及「都省無好長官」。上司之聽信片面之詞與草率審案，均是白士中和韓廷幹遭受不白之冤的主要原因。《大劫牢》中韓伯龍家失火遭囚一案並無冤情，唯結交梁山泊則爲子虛烏有之事，因韓伯龍堅拒梁山泊之招安，逼使李應放火引其上山。故《大劫牢》之冤於其結交盜匪一事，劇中雖只有官府主動追捕之由，而乏審判過程，然由其罪名可知官府確實誤審致冤。《緋衣夢》亦無審判過程，主司未能對證物兇刀進行調查爲其缺失。另按常理推測，梅香既奉命贈金，李慶安自不須殺害梅香再奪金而逃，由主司審案時當疑而未疑處觀之，主審官確犯下草率審判之過失。

自《竇娥冤》、《救孝子》、《金鳳釵》、《還牢末》、《爭報恩》、《勘頭巾》等六劇，則因官吏屈打成招，未加研勘以致形成冤獄。此六劇之官吏雖無陷

〔註 82〕有關獄訟劇形成的原因，可詳參本章之第一節。

害之心，但因其急於結案，乃至濫施酷刑，逼民承供，此無異陷人於冤。此類官吏均認爲「人是賤蟲，不打不招承。」〔註 83〕一旦被告稍加辯解，綳扒拷吊便無一不派上用場，只求被告認罪。因此當《救孝子》之楊氏母子拒不認屍時，令史便下令張千「打著他（指楊謝祖）認那屍首去。」〔註 84〕輕輕一句「打著他認那屍首去」，似無關緊要，但透過楊母悽愴的唱詞〔註 85〕，可深切瞭解官府急求結案所濫施之嚴刑拷掠。對只求嚴刑逼供昏官濫吏，楊母進一步指責「您大小諸官府，一剗的木笏司，糊塗並無聰明正直的心腹，盡是那綳扒吊拷的招伏，把囚人百般栓住，打的來登時命卒。唉喲！這便是您做下的個死工夫。」〔註 86〕昏官污吏之濫用酷刑逼民招伏，爲其結案的不二法門，此中便造成無數冤魂，亦即楊母所責難之死工夫。

《救孝子》中之綳扒吊拷亦見於其他五劇之中。如《竇娥冤》之竇娥一上公堂，亦是「纔蘇醒又昏迷，捱千般打拷，見鮮血淋漓，一杖下、一道血、一層皮。」〔註 87〕竇娥雖不畏酷刑，卻擔憂州官果眞將婆婆刑求，因而承認藥死公公之罪名。另如《金鳳釵》之趙鶚、《還牢末》之李榮祖、《爭報恩》之李千嬌及《勘頭巾》之王小二等四人亦均無法承受嚴刑拷打之苦楚而屈招。

（二）私人恩怨

官吏因私人之恩怨而判被告下獄者，有《燕青博魚》、《瀟湘雨》、《黑旋風》、《灰闌記》、《十探子》等五劇。

五劇中有三劇之主司爲衙內，餘爲泰州縣令，或元劇中常替縣官審案、手執刀斧之筆的令史。五名被告中除《黑旋風》之孫榮及《十探子》之劉彥芳爲令史之外，餘皆爲平民百姓。與陷害者之身份地位相較之下，顯然卑微許多。

此五劇之誣陷者亦是主司者，其中只有《灰闌記》之張海棠上過府衙辯

〔註 83〕參見《全元雜劇初編》，第一冊《竇娥冤》，頁 144。

〔註 84〕參見《全元雜劇初編》，第三冊《救孝子》，頁 1128～1129。

〔註 85〕同註 84。「怎禁他惡噷噷曹司責罪緊，實呸呸的詞因不准信，磣可可的殺人要承認，生刺刺的刑法枉推問，麤滾滾的黃桑杖腿筋，硬邦邦的竹簽著指痕，紇支支的麻繩箍腦門，直挺挺的廳前悶又昏，哭吖吖的連聲喚救人，冷丁丁的慌忙用水噴，雄赳赳的公人手腳，那時節敢將你個軟怯怯的孩兒性命損。」頁 1123。

〔註 86〕同註 84，頁 1139。

〔註 87〕參見《全元雜劇初編》，第一冊《竇娥冤》，頁 144。

解，餘均憑主司一語即入死囚或遭刺配沙門島。唯一有過辯解機會的張海棠，最終仍抵不過棍棒無情，屈招了事。《燕青博魚》、《黑旋風》、《灰闌記》三劇之姦夫爲衙內、令史，此三人皆濫用職權分別誣陷或謀殺本夫。

《灰闌記》之趙令史並將藥死親夫之罪賴與妾張海棠；《瀟湘雨》之崔士甸則貪慕功名，別娶名門女子，且誣陷原配爲家中竊財之逃奴，擅將張翠鸞刺上逃奴二字，迭配沙門島；《十探子》之龐衙內爲小舅子掩罪，與《黑旋風》之白衙內一樣地逕將原告當成被告，但憑一語便將原告下於死囚。

衙內等官吏之所以擅用職權誣陷他人至死，以兩性問題居多。《燕青博魚》、《黑旋風》、《灰闌記》等三劇即因官吏與民妻私通所致；《瀟湘雨》亦然，崔士甸不僅拋妻，尚且騙婚與重婚。由此看來，官吏因個人私怨，故意造成冤獄之判決的原因，主要是爲了兩性問題。

（三）貪官受賄

因貪官污吏受賄所致之冤獄，有《勘金環》、《鬧銅臺》、《魔合羅》、《神奴兒》等四劇。

其中三劇之縣令對於告狀者只要錢鈔，若有人命要事便急忙請出外郎代審。《神奴兒》之縣令一見到外郎，更是跪地相求，主管一縣大事之父母官，不僅嚴重缺乏司法知識，尚無絲毫品德可言。然而替縣令州官主事斷獄之外郎，對司法律令依然懵懂，只是比縣令多了一份要錢的精明與殺人的毒辣心腸。《神奴兒》中令史之上場詩便將貪官污吏之看家本領一一道破，其云：

> 天生清幹又廉能，蕭何律令不曾精；纔聽上司來刷卷，登時嚇得肚中疼。自家姓宋名了人，表字贓皮，在這衙門裡做著個令史。你道怎麼喚做令史？只因官人要錢，得百姓們的使；外郎要錢，得官人的使，因此喚做令史。〔註 88〕

此段自述具體地刻劃出官吏們之貪贓枉法，縣令縱然貪財不識律法，猶不敢斷下人命要事，而昏官所依賴之外郎，則爲錢財不惜濫殺無辜。如《魔合羅》與《神奴兒》之外郎初見原告之時，皆因宿怨不分是非，卻命張千杖刑，但一見原告暗示賄賂之意，便棄前嫌，反助原告共同謀害被告。

斷下冤獄的雖是外郎，但若無縣令州官之狼狽爲奸，亦不致如此。於《魔

〔註 88〕參見《全元雜劇初編》，第四冊《神奴兒》，頁 1646～1647。

合羅》一劇中，縣令乍見原告前來告狀便急忙下跪，只因「但來告都是衣食父母」〔註 89〕。元劇中官吏之昏貪爲一普遍性格，外郎大多遠較縣令精明幹練，訟案亦多問結於外郎手中。在官吏普遍以金銀財帛爲斷案依據之時，《灰闌記》中鄭州太守蘇順的一番告白更加突顯此一荒謬性，其上場詩云：

> 雖則官居律令不曉，但要白銀官事便了。可惡這鄭州百姓欺負我罷軟，與我起個綽號，都叫我模稜手，因此我這蘇模稜的名傳播遠近。我想近來官府儘有精明的作威作福，卻也壞了多少人家。似我這蘇模稜闇闇的不知保全了無數世人。〔註 90〕

爲黎民百姓主時正義之父母官，竟以模稜之號遠近馳名，且以此沾沾自喜。然而正如其言，越精明者越懂得欺民榨財；但曉貪財者，未必膽敢誤判人命。因此州縣長官雖是貪財，一遇命案則須請出外郎代審。

就冤獄劇中致冤官吏與原告、被告之關係而言，半數未涉及私人仇怨，純粹是濫官污吏未能體恤民情，草率問結而致冤獄叢生。其餘則因私人仇怨與貪財受賄導致無辜受冤。

二、重審的關鍵

元代冤獄劇之一大特色，即每一名受冤者除《竇娥冤》之竇娥慘死以外，餘皆能因重審而得冤情大白。十九劇中，因官吏重審得以洗刷冤屈者共有十三劇，餘六劇則有賴於梁山人物之劫囚。元代獄訟劇中，宋江等梁山人物與清官良吏皆爲受苦百姓希望之所在，且於劇末由宋江下斷判決，故獄訟劇中宋江之下斷亦具判決效果。於百姓心中，梁山泊之賞善罰惡，使民免於受冤，無異於朝中官吏對於冤獄之重審及再判決。因此，梁山泊之替天行道，洗刷民冤，亦列於本文之重審範圍。

冤獄劇中重審的關鍵共有四點：一爲官吏見疑而主動調查、二爲被告親屬爲被告伸冤上訴、三爲被告與官吏具私人情誼，因得官員特別關照，乃有重審機會、四爲靈異跡象，提醒官員重新調查。

（一）官吏主動調查

《魔合羅》、《救孝子》、《勘頭巾》、《灰闌記》、《神奴兒》、《切鱠旦》等六劇之被告，因官吏之見疑而獲重審機會。此類官吏與原告或被告均無私人

〔註 89〕參見《全元雜劇初編》，第九冊《魔合羅》，頁 4549。
〔註 90〕參見《全元雜劇初編》，第九冊《灰闌記》，頁 4456～4457。

關係，爲仔細勘研案情之廉能官吏。六劇中，包拯與張鼎各出現二次、另二劇則爲王脩然與李秉忠。觀諸代表性人物，可知四人於百姓心中之地位與形象。另《切鱠旦》一劇只云皇上得知楊衙內誣告而另派李秉忠親身體察，但未交代原因，故此劇雖屬上司之主動調查，卻無法加以研討。

《魔合羅》、《救孝子》及《勘頭巾》等三劇之所以重審之關鍵，於張鼎及王脩然審視被告之神情。如《魔合羅》中之孔目張鼎，因劉玉娘身披枷鎖，眼淚不住地流，而斷定「那受刑的婦人必然冤枉」〔註 91〕。只因「人之善惡莫良于眸子，眸子不能掩其惡」、又「觀其言而察其行，審其罪而定其政，視其所以，觀其所由，觀其所安，人焉廋哉！」〔註 92〕早於《周禮》中即已記載，官吏審案當審其神情〔註 93〕，原告及被告之神情態度與證物對於判案具有相同之輔助效果。

《救孝子》及《勘頭巾》中，除了被告垂淚之外，案情本身之疏漏與實情之牴牾，亦是引起重審官吏置疑而深入追究的重要因素之一。至於《神奴兒》中，神奴兒冤魂雖然曾於途中與包拯相見，卻未曾吐露任何與案情相關之事。包拯之所以重審其母李阿陳一案，乃因李阿陳之訴詞與供詞不符，及家中老院公無罪卻於死囚中病亡。尤其夫李德仁死後，李阿陳尚且每日澆奠上新墳，豈有因姦殺夫之理，遂重加審訊。《灰闌記》之包拯亦就文卷推論其中疑點。若依文卷所云，則妾張海棠並無由搶奪正室之子，且未見姦夫何人，因此秉持著「律意雖遠，人情可推」〔註 94〕的原則，確認尚須重新查勘。

此六劇得以翻案重審，有賴清廉官吏個人之辦案能力，與外在因素無關。此本爲正常司法世界中應有的現象，唯於權豪橫行、官吏昏貪的元代社會中，反成爲一種異數。

（二）被告親屬伸冤

受冤親屬爲被告申冤者有《裴度還帶》、《十探子》二劇。

《十探子》中劉彥芳之父劉榮祖，因妻、媳冤死，劉彥芳又因告狀遭陷入於死囚，因苦於無上訴之所，乃哭於道途之中，引起私訪之廉訪使李圭的

〔註 91〕同註 89，頁 4557～4558。

〔註 92〕同註 89，頁 4558。

〔註 93〕參見鄭玄注、賈公彥疏，《周禮注釋》（三），卷三十五《秋官司寇》（中華書局），頁 11 右。

〔註 94〕參見《全元雜劇初編》，第九冊《灰闌記》，頁 4506。

注意。李圭因素曉葛彪惡行，故不疑劉父之言，決心爲劉家做主。然身爲按察司廉訪使之李圭，卻因「那葛彪是權豪勢要的人，別處也近不的他」〔註 95〕，猶得往丞相府裏告去。

《裴度還帶》之韓瓊英則爲父張羅賠贓款而外出賣詩，因聞李邦彥至洛陽郵亭，往前一爲提筆賣詩，二則訴父冤情，但求得些滋潤勾與賠贓。因其詩作爲李賞識，乃贈玉帶並先送文書於都省，後馳驛馬回奏。

二劇皆因受冤者之家屬向廉訪使上訴伸冤，由廉訪使出面尋求解決之道，才得以洗脫冤情。

（三）主司與被告之私誼

十九本冤獄劇中，因私人情誼而獲重審機會，共有《瀟湘雨》、《金鳳釵》、《勘金環》、《燕青博魚》、《黑旋風》、《還牢末》、《爭報恩》、《大劫牢》、《鬧銅臺》等九劇之多。其中自《燕青博魚》依序至《鬧銅臺》等六劇則爲梁山泊代官判案。

《瀟湘雨》與《勘金環》之重審官與被告均具親屬關係。《瀟湘雨》之張肅政廉訪使張天覺爲張翠鸞失蹤經年之親父，故知聞翠鸞冤情，即爲其主持公道。《勘金環》一案之關鍵於李仲義否認兄長李仲仁之親筆遺書，反誣爲嫂李阿孫之姦夫所僞造。因李阿孫之弟孫榮任肅政廉訪使之前，曾助李家掌理事業，故認出證物——遺書實爲姐夫字跡，乃確信其姐遭人誣陷而重審。《金鳳釵》中被告趙鶚與廉訪使雖非親戚，但張天覺曾受趙鶚之恩，又賞識其文，故奏與皇上將他加官賜賞，方得以刀下留人。

梁山劫囚之六劇中，《黑旋風》之被告孫榮與宋江爲舊識。《燕青博魚》、《還牢末》之被告於梁山人物燕青及李逵有恩；《爭報恩》之李千嬌則因感佩梁山好漢只殺濫官污吏，因此曾救關勝、徐寧於難，並與二人結拜爲姐弟；《大劫牢》、《鬧銅臺》二劇之被告則爲梁山泊有心招安上山之英雄好漢，《大劫牢》之韓伯龍亦曾施恩於梁山泊之李應；《黑旋風》之被告孫榮則與宋江爲舊識。

可知以上九劇之被告與重審官吏或劫囚人均有濃厚之私人情誼，亦深知被告之爲人，乃僅憑被告之訴冤即輕易採信其言。六劇與梁山泊相關之劫囚及劫法場中，有四劇之被告入獄與梁山泊具有直接或間接關係，因此梁山人

〔註 95〕參見《全元雜劇初編》，第六冊《十探子》，頁 2316。

物得知被告入獄便即刻救人，並將刻意誣陷者處以私刑。劇作家並於劇末安排宋江如同官員一般，對於訟案下斷，重訴陷害人之惡行與被害人之無辜。於此宋江乃發「至梁山明正典刑」之語，而黎民百姓對於梁山泊亦存爲民主持正義之冀望，劇作家更將清官廉吏之形象投射於梁山好漢身上。

（四）靈異跡象

無論主司之主動調查、被告家屬之申冤或因私人情誼得以沉冤昭白，皆人爲關係所致。唯《竇娥冤》、《緋衣夢》二劇因神異顯靈，而得重審冤案。

《竇娥冤》中，竇天章見竇娥藥死公公一案已然結案，便不再查閱，竇魂只得偷翻文卷，使竇父能重閱文案，平反冤屈。竇父對於文卷屢翻至竇娥一案之事雖覺詭異，卻未懷疑本案有冤。直至撞上竇魂，經竇魂泣訴冤情，並道出「不告官司只告天」，「只因心中怨氣口難言。」〔註 96〕竇父終於了解楚州三年不雨乃爲竇娥之故，方重判此案、超度竇娥亡魂。

《緋衣夢》之新官錢可曾疑兇刀當爲屠戶所使，以李慶安孩兒之身不應以此爲兇刀，而疑其中必有冤情，卻因前官已開定而欲逕判下斬字。當錢可將寫「斬」字之時，蒼蠅三番兩次抱住筆尖，只得將蒼蠅塞入筆管之內，不料又爆破筆管，種種異象令錢可確信李慶安必然冤枉。

由上可知，眞正展現官吏之賢能問事者唯有六劇；經過被告家屬之上訴而獲救者有二劇。因此十九本冤獄劇中，眞正透過正常法律程序，由官吏仔細勘研案情方得以平冤者只有八劇。更多的是因私人情誼得以沉冤昭雪者，其劇共有九本；另二劇則因神異跡象而使原本忽視冤案之官吏得以重加審視，其中《竇娥冤》之重審官竇天章與受害人竇娥且爲父女關係。故就冤獄劇之重審關鍵而言，官吏之賢明愛民並非其中之主要關鍵，反而以私人情誼爲重審之最重要因素。

三、冤獄的平反

冤獄的平反必須擁有破案的證據或證詞才能推翻既有的判決。「破案」意指劇中人物舉發犯罪事實或證實犯罪者之犯罪證據，而揭穿犯罪之秘密，終於眞相大白。元代獄訟劇中之破案人物不以清官良吏爲限，而官吏之破案也不一定因其嫻熟獄政或抽絲剝繭所致，蓋凡市井小民或州縣衙役都可能是破

〔註 96〕參見《全元雜劇初編》，第一冊《竇娥冤》，頁 162。

案人。四十一本獄訟劇中，僅二十一本對如何破案有所描述〔註 97〕，故破案之關鍵亦以此十九本爲具體分析之依據。概觀獄訟劇之破案關鍵得自證人之證詞有六；證人及證物兼備者有三；因官吏之巧設智計者有四；因冤魂申冤及夢象等靈異顯示者有七。以下即就官吏破案之四大關鍵加以研析。

（一）證　人

破案關鍵在於證人的出現者，有《瀟湘雨》、《十探子》、《救孝子》、《後庭花》及《遇上皇》等五劇。

《瀟湘雨》及《遇上皇》二劇之證人亦即被告與被害人。二人遭陷後，巧遇廉訪使及皇上，得其相助而沉冤大白。前者之廉訪使與證人（被告、被害人）爲父女關係；後者趙元曾爲皇上付酒資解圍，並進而結義。故皇上與廉訪使均以二位被告爲證人，亦因其私人情誼方輕易採信證詞，並因此眞相大白，還被告清白之身，眞正之犯罪者也得到法律的制裁。

《十探子》之證人爲被告之父、《陳州糶米》之證人則是被害人之子，二人均親眼見家人無端遭陷或死於非命。《十探子》中之廉訪使於街市親見劉父悲傷欲絕尋死之狀，並因被告葛彪素行甚惡，因此廉訪使李圭深信劉父之訴詞。

《救孝子》一案中之死者爲梅香，賽盧醫爲眞兇，楊謝祖則無妄遭陷。由於縣令急於結案，拒絕對於已腐屍身進行驗屍工作，並嚴刑酷打逼楊家母子認屍。以致賽盧醫逼春香換下之衣裳與興祖交代留贈謝祖之刀刃，均成爲春香之母與官吏認定謝祖弒嫂之證物。至春香之夫興祖於返家途中巧遇春香，上公堂陳訴賽盧醫殺人棄屍及擄人等罪行，謝祖方得以洗脫罪嫌。

《後庭花》中共有二案，其中包拯之破李順冤死一案，張翠鸞之冤魂爲一重要線索。本劇中包拯奉命勘查之案件爲張氏母女之下落，因此李順乃因張魂與書生唱和之〈後庭花〉詞出現「井」字，其沉沒井底之屍首方能被人

〔註 97〕翁文靜對於此種現象曾云：「而一般官府審理偵察案件的過程，通常包括偵探追查、逮捕拘提，審問證實、宣判懲治四個步驟，但是因爲案情不同，並非每個故事皆同時具備此四個步驟。在元劇中由於受限於元劇四折結構的限制，和故事本身的特殊性，因此大部份故事僅具其中的一、二步驟。」語見《包拯故事研究》（輔大中研所碩士論文，民國 78 年 6 月），頁 44～45。元代獄訟劇中，並非每一劇本皆具偵察、審問之過程，也並非每一劇皆有破案的需要，如《留鞋記》及《殺狗勸夫》乃因誤會導致獄訟，並無犯罪事實，故誤會澄清之後，即能眞象大白，亦無破案的必要。

發現。然而張魂僅間接令官府得知李順慘死井底，對於案情之調查並無助益。待李順之啞子福童，於衙門中指出殺人兇手爲王慶，此案才得以勘破。故李順冤死一案，張魂爲主要線索，福童則是破案之重要關鍵。

以上五劇之官吏斷案乃以證人之供詞爲主，甚至僅爲被害人或家屬的片面之詞，並未予被告辯解機會，即逕自下斷。只採信被害人之證詞者有《瀟湘雨》、《十探子》、《遇上皇》、《後庭花》。此處張天覺、李圭與皇上、包拯之判決，只因一名被害人或其家屬的指認，而未進一步證實，就審案過程而言，不無遺憾。唯《救孝子》中，春香被夫楊興祖救回，則是證明楊謝祖未曾謀殺兄嫂之鐵證。

（二）證人、證物兼備

《金鳳釵》、《勘金環》、《陳州糶米》等三劇之破案關鍵則兼具證人及證物。

《金鳳釵》、《勘金環》之破案人皆爲市井小民，與案情也有一定程度之關連。《金鳳釵》中店小二親見張千傳贈趙鶚十支金鳳釵，並收受一支充當房資，故具證人身份。但楊衙內誤擒趙鶚時，因金鳳釵已被換成銀匙箸，店小二乃未出面爲趙鶚澄清。直到店小二往銀匠鋪裏換錢時，巧見李虎攜另外九支前來換錢，又因銀匠鋪裏資金不夠，銀匠乃要李虎稍後再來取錢，店小二遂趁機逼迫銀匠共同抓拿李虎到案，爲趙鶚洗清罪嫌。

《勘金環》之典當舖員外李仲仁因一時貪念，暗將王婆婆的一隻金環含於口中，不意做賊心虛因而噎死。王婆婆明知李員外死因卻未對官府說明，待至銀匠店中合配另一隻金環時，巧遇忤作沈成之妻攜李仲仁所含之金環，前往典賣，乃將沈妻抓至官府爲李阿孫洗冤。

店小二與王婆婆對於受冤者之冤情均相當清楚，但之間卻有些差異。《金鳳釵》之店小二催討趙鶚房資已久，深知趙鶚僅擁有張天覺所贈之九支金鳳釵，卻無法證明趙鶚未對六兒謀財害命。《勘金環》之王婆婆則完全清楚案情始末，初見李員外噎死時並未報官處理，繼而李夫人被陷因姦殺夫時又未向官府說明。二人皆待機緣巧合發現證物及持有人，方逮住關鍵人至官府澄清事實，案情也才眞相大白。

《陳州糶米》一劇中有兩名證人，分別爲死者張㨮古之子——小㨮古與眞兇小衙內之相好——王粉蓮。張㨮古臨終之際，囑咐小㨮古請包拯爲其報仇，小衙內與劉得中雖聞其言，卻以官場大官均爲其父楊衙內之熟識，而不以為意，小撇古方得倖存並上開封府訴冤。與《十探子》一般，這些權豪勢要皆惡名昭彰，包拯對於小撇古之言詞亦未曾存疑。包拯輕車簡從至陳州私下探訪時巧遇王粉蓮，由於包拯之偽裝，使王粉蓮不疑有他，大加誇說與與楊、劉二人之關係，並透露二人趁糶米之便私飽中囊，敕賜紫金鎚亦押於娼門。待包拯至王粉蓮處親見紫金槌時，劉、楊二人之逆旨害民得到進一步的確定。

（三）智　計

因官吏之智設巧計而破案者，計有《合同文字》、《灰闌記》、《魔合羅》、《勘頭巾》等四劇。

此四劇中巧設謀略而使犯案者招供之賢官良吏，託名於包拯與張鼎者各有二劇。劇中二人皆心思縝密，切中嫌犯之心理弱點而使其就範。

《合同文字》一劇中，當包拯尚未能確定二人是否為叔姪關係時，先令劉安住持棍棒打劉天祥，以報劉天祥棒毆之痛。而劉安住則因親叔姪之故，不肯打劉天祥，包拯乃確信二人必為親叔姪無誤，但無法證實。因此設下一計，先將劉安住關入囚中，繼而謊稱劉安住因劉天祥毆打而死於囚中。包拯於此則適時地指示二人：

> 您若是親，您是大，他是小。休道死了一個劉安住，便死了十個，則是誤殺孫，不償命則罰銅；若是不親呵！道不的殺人償命，欠債還錢，他是個白世人。〔註98〕

劉天祥之妻楊氏驚慌之餘，只得招出實情，並示出由劉安住手中騙得之合同文書為證。包拯於此劇中充滿智慧，然其手段則是非法程序。劉天祥之妻從劉安住手中騙取合同文字，使劉安住失卻認親憑據，包拯再度從楊氏手中誘出合同文字為認親之證見，二者同樣為其所須，行使拐騙手段，就此而言，二人並無何差異。但因楊氏乃為獨佔家產，故而於法不容；包拯則於哄騙誘拐之中，替民伸張正義，故為人所肯定。

《灰闌記》中包拯智畫灰闌，令馬大妻與張海棠自闌中將孩兒奪出，孩兒為誰奪出闌外，即判定為誰之親子。惜海棠擔心二人硬奪中，孩兒恐有損傷，始終未敢用力，以致孩兒為馬大妻奪出闌外。經海棠向包拯解說未敢使力之故後，包拯終於體會親生母親之情，將孩兒斷為海棠所出。亦因灰闌奪

〔註98〕參見《全元雜劇初編》，第二冊《合同文字》，頁757～758。

子一事，令包拯膽敢在毫無憑證下，指責馬大妻與趙令史私通合謀親夫。

《魔合羅》一案中，因高山當日留下之「魔合羅」，而尋出傳信人高山，並由此得知李文道早知李德昌病倒於破廟之中。然此僅爲線索，無法確定或證明李文道藥殺李德昌。張鼎只得巧設謀略，遣張千請李文道爲老相公夫人合藥，隨即謊稱夫人飲後七竅流血致死。李文道因恐償命，乃依張千指點：「老不加刑，則是罰贖。」〔註 99〕而將合藥致死之罪轉賴於老父李彥實身上。李彥實到案之後，誤以爲李文道藥殺李德昌一案事發，遂當場供出李德昌一事。故李文道藥殺李德昌一案之所以查破，應歸功於張鼎之智計。

《勘頭巾》中之張鼎雖因賣草者之供詞，得知令王小二冤判之證物頭巾、減鐵環子爲一道士所栽贓，卻不知此道士何人。遂設計巧扮賣草者王小二爲王知觀，再傳訊員外夫人，並假道士之名與夫人對質，確定此道士爲王知觀。隨即謊稱道士已供出員外爲乃二人所害，誘騙員外夫人招出係王知觀起意殺人。待夫人得知受騙之後，雖欲反悔卻已於事無補。本劇一如張鼎於探出實情後所云：「若不是張孔目使些見識，怎能夠詳察出虛實。」〔註 100〕

以上之四劇中，案情之急轉直下，得以破案的關鍵皆因官員之巧設智計，騙得供詞。由此可見，包拯或張鼎二人所代表之賢良官吏，均以破案爲要，雖是手段不合法或以矇騙所得之供詞、劃押，但求受冤者還其清白。故劇中官員與百姓心中只求達到善惡有報之目的，甚至代表正統法治階層之官員亦不在乎破案的經過是否合法。

（四）靈　異

獄訟劇中之破案關鍵無論證人、證物或官員之謀略，皆出於「人」之關係，而冤魂的出現或夢象之指點，則出於「非人」之靈異力量，促使一縷冤魂得以安息，案情得以勘破。於「非人」之靈異力量中，主要得力於冤魂及夢徵。

1. 冤　魂

獄訟劇中所出現的鬼皆爲冤魂，儘管獄訟劇中冤魂顯靈之描寫十分普遍，然單純依靠冤魂報仇的作品並不多。大多由冤魂顯靈、提供線索，或出於某種暗示，最終仍須借助清官之力破案。劇中由冤魂顯靈，主動伸冤而得

〔註 99〕參見《全元雜劇初編》，第九冊《魔合羅》，頁 4584。
〔註 100〕參見《全元雜劇初編》，第八冊《勘頭巾》，頁 3743。

以勘破案情者有《竇娥冤》、《盆兒鬼》、《神奴兒》、《浮漚記》、《生金閣》及《後庭花》等六劇。

冤魂主動伸冤訴屈，爲求復仇雪恨者有《竇娥冤》、《盆兒鬼》、《神奴兒》、《浮漚記》四劇。前三劇乃向人間官吏尋求公道；後者《浮漚記》一劇則是告向天曹地府。

其中最爲直接的當屬《竇娥冤》之竇魂。竇娥死後，因「心中怨氣口難言」〔註 101〕，只得「每日哭啼啼守定望鄉臺，急煎煎把讎人等得慢騰騰」〔註 102〕，無奈始終無人爲其平反報仇。待父竇天章任職廉訪使，至楚州審案刷卷，雖見竇娥一案之文卷，然藥死公公爲十惡之罪且已結案，亦未再重新研勘，急得竇魂只好偷翻本案文書，欲竇父能重新再審，還其清白。最後竇天章親見竇魂，經竇魂詳述經過，方解六月下雪、三年不雨、寸草不生皆爲竇娥屈死之故。《竇娥冤》中竇娥之洗刷冤屈，與濫官污吏、眞兇張驢兒之受正法，均有賴於竇魂之主動陳訴冤屈，方得沉冤昭雪。

《盆兒鬼》中楊文用遭盆罐趙謀財害命，燒灰搗骨製成夜盆，乃訴諸買罐者張撇古，請其帶往開封府求包拯爲其主持公道，此因包拯「也曾白日判陽間，夜晚陰司斷鬼祟」〔註 103〕，加上楊文用已化身爲盆，須借助張撇古向包拯訴冤。

另一則冤魂訴冤者爲《神奴兒》。神奴兒遭親嬸勒死之後，鎮日哭啼，直至包拯西沿邊賞軍回開封，神奴兒方攔住包拯坐騎，然此處尚未向包拯申冤訴屈。包拯重審神奴兒慘死一案，乃因細勘案情之故，召見李德義問明原委，李雖說將神奴兒交由妻子王臘梅照顧，但尚未供出實情，故王臘梅至府以後仍言：「小兒犯罪，罪坐家長，干小婦人每什麼事？」〔註 104〕得以順利出衙未受審訊。神奴兒之魂則於此時出現顯靈，使王臘梅一出衙門即昏睡門前，神奴兒再以打罵方式，逼得王臘梅於夢中自述：「氣殺伯伯也是我來，混賴家私也是我來，勒殺姪兒也是我來，是我來，都是我來。」〔註 105〕凡此三次，包拯方解王臘梅之異象應爲屈死之冤魂所致，待喚得門神戶尉將神奴兒冤魂放進衙門內伸訴冤情，神奴兒慘死與其母遭陷之冤情終於昭然若雪。

〔註 101〕見《全元雜劇初編》，第一冊《竇娥冤》，頁 162。

〔註 102〕同註 101，頁 154。

〔註 103〕參見《全元雜劇初編》，第三冊《盆兒鬼》，頁 1279。

〔註 104〕參見《全元雜劇初編》，第四冊《神奴兒》，頁 1674。

〔註 105〕同註 104。

此三劇之冤魂皆具主動申訴之意識，破案之關鍵亦於冤魂陳訴緣由，然冤魂仍無法於劇親自復仇雪恨，尚須求助於正統的法治力量。

《浮漚記》中，冤死者有王文用父子二人。二人屈死之後，王父首告於地曹，然地曹判官一聞白正，懼其惡行，尚且不敢勾他對證，只怕白正連他也殺了，難怪王父嘆道：「我不曾見你這種神道。」〔註106〕幸賴王文用慘遭殺害之地爲東嶽廟，王文用臨死之際，曾舉廟中太尉爲見證；又因其陽壽未盡，故王文用冤魂欲親自尋白正索命。白正未改其潑皮本性，矢口否認殺害王文用，並大膽要求與太尉對證。時值太尉領鬼力抓拿白正，令白正無辯駁之餘地。

王家父子之冤魂，一告向地曹判官，一則親身復仇，最後則因天界太尉爲其做證伸冤。由此可見，《浮漚記》中所突顯的正如太尉之上場詩所云：「神靈本是正直做，則怕陽間不正直。」〔註107〕因此王父冤魂並未告向人間官吏，而是由地曹再向上申訴至天曹，終由三曹連審之最高單位——天曹，爲王家冤魂復仇。

冤魂除了主動爲自己伸冤之外，尚如《生金閣》中之冤死郭成主動報仇。劇中郭成遭龐衙內私刑以銅鍘斬首，身亡之後卻提頭跳牆而逃。此因郭成雖「一命歸泉世」，但憑一股「怨氣沖天地」，故而誓將「活捉龐衙內」〔註108〕。郭魂於捉打衙內之時，誤撞包拯之坐騎。劇中包拯雖云：

> 呸！呸！呸！好大風也！別人不見惟老夫便見，我這馬頭前一個沒頭鬼。兀的鬼魂你有甚麼負屈啣冤的事，你且回城隍廟中去，到晚間我與你作主，速退。〔註109〕

實則元宵賞燈之時，龐衙內與街上行人皆眼見郭魂之無頭鬼。尤其包拯只見無頭鬼，便驟斷其必爲冤魂，致包拯所云與劇情有不符之處，此應是爲突出包拯個人之超凡智識而有此一劇情安排。於第四折中，婁青奉包拯之命，前往城隍廟中勾取郭魂一節，惜婁青無法親見無頭鬼，僅能聽其言語。故郭魂入衙見包拯時，包拯又道：「別人不見，惟有老夫見，燈燭直下跪著一個鬼魂，好是可憐人也。」〔註110〕郭成生前雖軟弱無能，於死後則化爲一股「怨氣沖

〔註106〕參見《全元雜劇初編》，第三冊《浮漚記》，頁1103。
〔註107〕同註106，頁1089。
〔註108〕語見《全元雜劇初編》，第八冊《生金閣》，頁3903。
〔註109〕同註108，頁3913。
〔註110〕同註108，頁3922。

天地」的厲鬼，一心只想親自復仇，活抓龐衙內，向包拯訴冤則非其初衷。郭魂復仇之力，隨劇情之發展漸趨薄弱。由本意之復仇轉而請求代表正統法治階層之包拯，爲其洗刷冤屈，代表人間之法治力量已然取代鬼魂私下復仇的力量。

劇作家於郭魂詳述冤屈之後，安排郭妻攜嬷嬷之子再告向開封府，足見劇作家對於本劇之平反冤屈，並不安心於純爲鬼魂之力所使然，因此淡化鬼魂報仇的自我意識，反而深刻描寫包拯對於冥界之統御力。而郭妻控訴一則，不過輔助包拯削弱鬼魂復仇之力。於是，郭魂之巧遇包拯雖爲破案之關鍵點，然則冤魂自行伸冤報仇之力仍須假借清官之手。

有別於冤魂伸冤及立意復仇者之劇爲《後庭花》。《後庭花》一劇中共有二案，亦各有兩位被害人與眞兇。

於第一節證人方面，已知李順一案中之破案關鍵除李子福童指證之外，張魂所遺之詞句顯示亦是極爲重要之關鍵，因此張魂與福童並列爲李順一案之破案關鍵。

至於第二案件則是張翠鸞冤死一案。由劇中觀來，張魂本身並無明顯之伸冤或復仇意願，其現身與劉天義相互和詞，純爲兒女私情，但聞其母王婆婆呼叫聲，反倒急忙走開，因此，張魂冤死之後，並不渴望向母親一訴冤屈。唯因遺下之詞屬名「翠鸞女作」，使其母誤認劉天義私藏翠鸞，一狀告至開封府，另因張魂詞云：「無心度歲華，夢魂常顧家；不見天邊雁，相侵井底蛙；碧桃花鬢邊斜插，伴人憔悴煞。詞寄後庭花，翠鸞女作。」〔註111〕此碧桃乃店小二殺害翠鸞之後，取門首一片桃符插其鬢角，以鎮其邪。但因張魂應劉天義要求而留下碧桃爲信物，而使碧桃符成爲抓拿店小二之證物。另詞中有「井」，張魂亦向劉天義表明居於井家，因此得以一案雙破，首先於李家井中獲李順屍身，又於店小二家井中撈得翠鸞屍首，故而張魂爲二案之破案關鍵。

由冤魂顯靈而破案者雖有六劇之多，然而鬼魂的作用均限制於一定範圍之內，賞善罰惡，洗刷冤屈之責仍無法由鬼魂親自完成。六劇中斷案之官吏，除《竇娥冤》之竇天章與《浮漚記》之天曹、太尉之外，餘四劇皆爲包拯，可知包拯於民間日審陽、夜斷陰之超凡神力，使其在民間文學中，具有勾審鬼魂之力，另亦成爲受冤百姓之希望。然而從冤魂之積極的復仇意識與《浮

〔註111〕參見《全元雜劇初編》，第六冊《後庭花》，頁2088。

漚記》之告向地曹，可知陽間普見之濫官污吏，已使冤屈百姓將希望漸漸轉向幽冥未知的鬼魂世界。

2. 夢　徵

因靈異力量而破案者僅有《緋衣夢》一劇。《神奴兒》一劇中，破案關鍵雖於王臘梅衙門前之夢語，然而其夢中供詞乃因是神奴兒冤魂顯靈之故，故其關鍵應爲神奴兒冤魂顯靈，而非是夢徵；另於《蝴蝶夢》中，包拯之夢救蝴蝶雖然爲所審之案的先兆，然王家三兄弟爲父報仇、殺死葛皇親一事爲實，並無冤情。包拯之夢不過是預示其當助王家三兄弟之命，故其夢爲影響判決結果，與破案關鍵無關，因此破案的關鍵來自夢徵者，實僅《緋衣夢》一劇。

《緋衣夢》之官吏錢可雖自云其「平日正直公平，節操堅剛。剖決如流，並無冤枉」〔註 112〕，但錢可所以將梅香慘死一案重審，則得力於蒼蠅爆破紫霞管的異象顯示；爾後探查實情，又委於神異之力，未曾用心詳勘文卷可疑之處，或就其所疑之屠刀加以調查，反而下命令史：

> 將這小的枷開了。教他去獄神廟裡歇息著，一陌黃錢，獄神廟裡祈禱，燒了紙錢，拽上廟門，你將著紙筆，聽那小廝睡夢中的言語，都與我寫來。〔註 113〕

錢可似也「神通」，李慶安果然立刻寢語：「非衣兩把火，殺人賊是我。趕的無處躲，走在井底躲。」〔註 114〕錢可之作用則只是拆字，依李慶安之夢語而斷定眞兇必爲裴炎或炎裴，對於其中「井」字，則疑當是橋梁街道之屬，乃命城隍使竇鑑與張千二人查詢。最後追查出兇器之所有人裴炎亦是二人之力，因知錢可之自述，不過是獄訟劇中平反冤獄之程式，此劇之破案實因李慶安之夢語，然其夢一非梅香屈死冤魂所致，二因劇中獄神始終未曾出現，因此本劇得以證實李慶安之清白，全因寢語之故。

就以上十九劇二十個案子之剖析發現，元劇中因具有法律效力之證詞或證物而破案者有九，得自官吏之巧設謀略與靈異之助者有十一。由此可知，元代獄訟劇之破案，雖名爲清官良吏之功，實則多有賴於平民百姓之主動提供線索或非法律依據之助。之所以將人民與神異顯靈之功歸諸正統法律地位

〔註 112〕參見《全元雜劇初編》，第六冊《緋衣夢》，頁 5173。

〔註 113〕同註 112，頁 5175～5176。

〔註 114〕同註 112，頁 5176。

的官吏身上，無非是突顯人間或統治階層之正義。因此，《浮漚記》一劇將平反冤屈、懲罰邪惡之力由官吏轉移至幽冥之界，雖具傳統果報觀，然與他劇相較之下，更突顯其「則怕陽間不正直」的強烈批判。

小　結

綜合以上之解析，將可了解個人利害關係之衝突與矛盾為誣陷的主要因素，其中又以兩性之間的婚姻問題最為常見。無論是已婚婦女與姦夫為其姦情而陷害親夫，或為搶奪他人妻女而陷害本夫，都是元代獄訟劇形成的最主要因素。

除了誣陷主因之外，主審的清廉公正，及其與原告、被告的私人關係，更是造成冤獄的關鍵所在。元劇中對於形成冤獄的官吏，有著極為嚴厲的批判。急於結案與收賄是貪官濫吏的共性，誣陷者正好抓住貪官濫吏的弱點，因此能以錢財打通官府，誣陷成功。

不識律令與不恤民情是造成主審官吏未能詳勘案情，以致形成冤獄的主要原因。在不體恤民情的基礎下，收受賄款則是必然的情形，因此視原告為衣食父母的昏貪官吏，其判刑的依據在於金主何人，並不論案情的眞相。

主審誤判以致成冤者，有個人清廉公正的問題，也有事關於己的私人問題。為了自身或親人的利益著想，主審官吏也可能刻意地陷人入獄。同樣地，即使是清廉的官吏也會為了私人情誼，或其主觀因素在案情尚未明朗之際，即因受冤者的片面之詞或己身的憑空臆測，而做出立即回應。這種回應在元代的冤獄劇中，剛好都是一種準確的判斷，也使得受冤的一方終於得到平反的機會，誣陷與誤判的官吏亦遭到應有的懲罰。

於是，誣陷與冤獄的形成係初審官吏的不守法，重審或平反已無法重整受損的國法或執法吏的形象。因此整個冤獄的形成乃至冤獄的平反，所反映的均是個無法的社會。但是，此一戲劇過程與結局則符合了人民之期盼與要求，因為吏治混亂的社會是生活的寫實，劇中人典型的悲憤情結與對司法獄政之痛責實為觀眾心底之吶喊。面臨這種無法的黑暗社會，反映出人們認為眞正公正清廉的執法史實為不可遇而不可求。對於官官相護的社會現實，劇作家提出一種理想性的假設，亦即重審的官吏也與被害者具有某種的私人關係，如此一來，無助的老百姓即可藉由同樣來自執法權的助力與貪官濫吏互相抗衡，也唯有如此，人民的冤苦方有澄清之日。

第三節　執「法」三解

獄訟劇中最常引用的莫過於「法」，然律法常因使用者之異而各有不同之詮解。按理說，統治階層所立之法當爲全國官民共同奉守，實際上卻因中國歷朝之法典咸爲階級不平等之法律，至元更加入種族之不平等律法，因此「法」在權豪勢要、清官良吏與綠林好漢的身上各有不同的風貌。而元代之不平等律令更常成爲權豪勢要恣意妄爲的憑藉；民胞物與之清官良吏反須透過謀略破案或法外施恩，方能替人民伸張正義；至於綠林好漢則徹底破除司法刑憲，解救受冤民眾。此三類人物分別爲己爲人，而重新對於法律做了新的詮解與運用，以致元法在不平等的基準下，更依各人需求不同而使用法外暴力、法外正義，層層地瓦解了元代的司法世界。

這三種人雖然對「法」的運用各持不同的觀點，但是卻都利用自身所擁有的權力或武力，以不法的措施或暴力對代表統治者的律法，擅加轉化或直接摧毀。如此一來，在善惡有報的圓滿結局下，透露出維持社會秩序的獄政司法已是蕩然無存。

一、權要弄「法」逞慾

元劇中之權豪勢要的含義甚廣，舉凡葛皇親、楊衙內等權貴子弟及州縣官吏，均是元朝社會中橫行無阻之權豪勢要的寫照。元代獄訟劇最常批判的即爲這群仗勢欺人、壓迫百姓之權要。無論與執政者關係深厚之權貴子弟，或是手執刀斧之筆的貪官濫吏，尤常倚仗特殊身份或職務之便而舞文弄法。統治者所立之律法對於他們而言，反而成爲一逞私慾及壓迫百姓的手段。

（一）貪贓枉法

獄訟劇中出現貪官污吏者有《竇娥冤》、《救孝子》、《裴度還帶》、《勘頭巾》、《魔合羅》、《陳州糶米》、《神奴兒》、《灰闌記》、《鬧銅臺》、《勘金環》等十劇。此十劇中之官員率多昏昧無能，而外郎則貪財弄權，對於人民疾苦毫不理會，審案但求金銀不論原被告；爲求結案亦不論是非黑白，屈打成招尤爲問結的不二法門。

元代獄訟劇中所描寫的貪官濫吏，其最佳寫照即如《救孝子》之府尹於第二折、第三折中之上場詩所云：

小官姓鞏諸般不懂，雖然做官，吸利打哄。〔註115〕

我做官人只愛鈔，再不問他原被告。〔註116〕

對於這些只認白銀，不識朝廷律令的貪官污吏而言，趁機搜括民財方爲要務。劇作家們以極其諷刺的筆調刻劃他們低微的品格，如《竇娥冤》之楚州官一見到原告張驢兒，毫不理會其是否擁有財勢便下跪於地，眞正做到「但來告狀的就是我衣食父母」。〔註117〕

元朝因蔭敘及軍功行賞之故，州縣官員諸多不懂律令，對於吏治則仰仗於令史，一旦遇到人命大事，便急忙求助於令史。《神奴兒》中之縣令一見外郎來助，甚且卑躬屈膝，公然拜倒在地。然而令史亦非盡然通曉吏事，如本劇中爲縣令所倚仗之外郎，其上場詩即自云：

天生清幹又廉能，蕭何律令不曾精；纔聽上司來刷卷，登時唬的肚中疼。自家姓宋名了人，表字贓皮。在這衙門裡做著個令史，你道怎麼喚做令史？只因官人要錢，得百姓們的使，外郎要錢得官人的使，因此喚做令史。〔註118〕

由此可知，外郎與縣令實則全要百姓們的錢，對自稱「蕭何律令不曾精」之外郎而言，斷案依舊只圖私飽中囊。如此昏官貪吏對於吏治全然只就原被告之錢財爲判案之依據，自然冤獄叢生。除此之外，由於元代入仕途徑混雜無章，缺乏公平性，所用之人非但不懂律法，尚有不識字者，《陳州糶米》之外郎即爲一例。〔註119〕

地方上，州縣官吏視審案爲受賄取財之途；中央官員亦以民事爲斂財捷徑。《陳州糶米》之劉得中與楊金吾即爲此中代表。劇中因陳州三年大旱，急須遣兩名清廉官員開倉糶米，開倉賑糧本是善意，若開倉官假公濟私，則無異令民眾雪上加霜，故開倉官之人選極爲重要，范仲淹等人乃爲此大傷腦筋。劉衙內則內舉不避親，保舉其子劉得中與女婿楊金吾二人前往，韓琦因

〔註115〕參見《全元雜劇初編》，第三冊《救孝子》，頁1119。

〔註116〕同註115，頁1130。

〔註117〕參見《全元雜劇初編》，第一冊《竇娥冤》，頁143。

〔註118〕參見《全元雜劇初編》，第四冊《神奴兒》，頁1646～1647。

〔註119〕參見《全元雜劇初編》，第四冊《陳州糶米》，頁1399～1400：「（外郎云）你與我這文卷叫我打點停當，我又不識字，我那裡曉的？（州官云）好打！這廝你不識字，可怎麼做外郎那？（外郎云）你不知道，我是僱將來的頂缸外郎。」按：「頂缸」即頂替、頂缺之意。參考龍潛庵編著，《宋元語言詞典》（上海辭書出版社，1985年12月第一版），頁492。

深識劉衙內一家之豪霸撒潑性格而反對二人糶米，但劉衙內身居高官，並特爲此事立下保狀，范仲淹乃依劉衙內之請，派劉得中、楊金吾二人至陳州糶米。

二位開倉官劉得中與楊金吾平日倚仗劉衙內權勢，拿粗挾細、端歪捏怪、幫閒鑽懶、放刁撒潑，無人不知其名。但見了人家的好玩器、好古董，不論金銀寶貝，只要是值錢的，便似其父劉衙內之巧取豪奪。劉衙內保薦二位子、婿剛獲得倉官要職，便急於門外教導小衙內賑災要訣。

> 孩兒也您近前來，論俗的官位可也勾了，止有家財略略少些。如今你兩個到陳州去因公幹私，將那學士定下的官價，五兩白銀一石細米，私下改做十兩銀子一石米。裡面再插上些泥土糠秕，則還他個數兒罷！斗是八升的斗，秤是加三的秤，隨他有什麼議論，到學士根前放著有我哩！你兩個放心的去。〔註 120〕

實則小衙內較諸劉衙內簡直是青山於藍更勝於藍，已無須其父多加叮囑，反提醒劉衙內再向范學士要得敕賜紫金鎚以便做爲護身符。二人平時已仗其特殊地位恣意妄爲，如今更假開倉濟民之便，大行盜用官錢之利。

元劇中昏官濫吏之一大特色即爲貪贓枉法，連如《裴度還帶》之國舅傅彬亦然。洛陽太守韓廷幹便因清廉行事，未嘗向百姓非法需索，以致家無餘蓄供國舅應酬，而致國舅懷恨在心，埋下日後遭國舅誣蔑韓廷幹入獄之禍根。由此不難發現，於元代官場中堅守清廉形象之難爲。無怪乎鐵面無私之清官典範包拯亦不免大歎：

> 待不要錢呵！怕違了眾情，待要錢呵！又不是咱本謀，只這月俸錢做咱每人情不彀。〔註 121〕

故知包拯等人之耿直廉明實官場中之鮮例，尤易犯眾怒。故而包拯乃「想前朝有幾個賢臣都皆屈死，似老夫這等粗直，終非保身之道」，還「不如及早歸去，我則怕爲官不到頭，枉了也干求。」〔註 122〕然而包拯與韓廷幹終究未屈服於官場陋習之中，唯韓廷幹不如包拯之峭直嚴峻，險些「爲官不到頭」，而包拯則秉其一貫與權豪爲難，爲百姓伸冤理屈之立場，終將私飽中囊兩名倉官繩之於法，爲陳州百姓解憂。

〔註 120〕同註 119，頁 1329～1330。

〔註 121〕同註 119，頁 1360。

〔註 122〕同註 119，頁 1365～1366。

按元律對於皇親國戚與官吏已具特殊保障，然而這些權豪勢要並不以此爲滿足。他們除了擺脫法律的約束，肆意勒索人民之外，更常藉其政治特權玩弄律法。張撇古於《陳州糶米》中所言：「窮民百補破衣裳，污吏春衫拂地長」〔註 123〕二句，即吶喊出民眾心中的普遍不滿。至於元代官場之貪贓枉法亦爲一普遍現象，成宗大德七年便罷除贓吏一萬八千四百七十三人，及贓銀四萬五千八百六十五錠〔註 124〕。此僅一年當中之數，可知元代貪贓枉法之陋弊已深。元劇中對於貪官污吏之無情諷刺能如此生動，實爲貧困生活中所累積之血淚經驗。

（二）仗勢欺人

貪官濫吏以州官衙吏爲多，皇親國戚等貴冑子弟則倚仗家勢地位，任意欺壓百姓，甚至漁侵朝廷命官。《蝴蝶夢》、《魯齋郎》、《生金閣》、《十探子》、《黃花峪》等五劇中便分見權豪勢要仗勢欺人。權要之仗勢欺人以草菅人命與強搶人妻二例爲主，各佔三例。尤以《生金閣》之龐衙內爲其翹楚，其罪刑廣含草菅人命、強搶民妻及奪占他人財物。

五劇中之權要共有六人，確具官職者有四名，餘一不確定身具官職者爲《蝴蝶夢》之葛皇親，但由劇中自述觀之，即使未擁實權，然其皇親地位更遠大於其他具有官銜之吏員。此類權要之共性爲家勢顯赫，所擁之實權與地位亦遠勝於一般州縣官吏，甚或宰輔之尊猶須禮讓三分。而此輩之逞兇行惡均隨興所至，手段更較一般官員兇殘，任意踐踏人命，視民女爲玩器、人命爲草芥。

權豪勢要之草菅人命者共有《蝴蝶夢》之葛皇親、《生金閣》之龐衙內及《十探子》之葛彪及龐衙內等四人。《蝴蝶夢》中葛皇親之坐騎撞了王老，非但未嘗下馬觀看，反怪王老撞馬而命人於路上將王老毆斃；《生金閣》之龐衙內爲奪民妻殺害郭成，又因嬤嬤未依計勸服郭妻，且爲龐衙內聞其責罵之語，而派人將嬤嬤投入井中；《十探子》中葛彪亦仗乃父權勢，命劉彥芳之妻過與把盞，未料其母出言頂撞，憤將二人打死。以上三劇均見權要之草菅人命，而其枉害人命則純爲私人利慾，欲達目的不擇手段，對於忤逆其意者更是除之而後快。

〔註 123〕同註 119，頁 1338。

〔註 124〕參見柯劭忞撰，《新元史》，卷十四〈成宗紀〉（上海古籍出版社，1989 年 12 月第一版），頁 56。

元劇中權要子弟之仗勢欺人者，率多如龐衙內於《生金閣》中之上場詩所云：

> 花花太歲爲第一，舉世喪門世無對；街下小民聞吾怕，則我是勢力並行龐衙內。小官姓龐名勳，官封衙內之職。我是權豪勢要之家，累代簪纓之子。我嫌官小不做，馬瘦不騎。打死人不償命，若打死一個人，如同捏殺個蒼蠅相似。……我若是在那街市上擺著頭踏，有人沖撞著我的馬頭，一頓就打死了。〔註 125〕

此段自述深刻描繪出元劇中權要子弟之橫行無阻與目無法紀。在權要心中，人命不值馬匹身上之蠅蟲。一旦未順其心意者，輕易令屬下於街市上予以殺害。而這些權要子弟之所以膽敢爲非做歹，即因元律對於蒙古、色目等族之權貴予以極大之特殊保障〔註 126〕，加諸官場中官官相護之陋習，更令權胄子弟倚勢挾權，有勢無恐。

《十探子》中葛彪於任殺劉家婆媳之後，尚撇下狠話：「休說打死兩個，打死二十個値什麼？打死也馬咬馬踢馬灑。你不揀那裡告去，說是葛蚵醬打死了你也。」〔註 127〕葛彪之所以有恃無恐，即倚仗其父葛監軍之權勢。因此劉老一聞殺人兇手爲權要葛彪，便不敢向所在官府控訴，而直往其子劉祖榮當差之開封府裡告去。然京師大衙仍未能擺脫權要弄法之弊端，只因葛彪早已知會執掌開封府事務之姐夫龐衙內。至於龐衙內之爲人又是如何？但憑其與《生金閣》中龐衙內一角極爲相似之自述，便不難預知劉老即使告至開封府亦是枉然，其云：

> 花花太歲爲第一，浪子喪門世無對；階下小民聞吾怕，勢力並行龐衙內。小官姓龐名勳，官拜衙內之職。我是那權豪勢要之家，累代簪纓之子。我嫌官小不做，馬瘦不騎。我打死人又不償命，如同那房簷上揭一塊瓦相似。我的岳父是葛監軍，見在西廷邊鎮守。小舅子是葛彪，我郎舅兩個倚仗著我岳父的勢力，誰人敢近的我？〔註 128〕

〔註 125〕參見《全元雜劇初編》，第八冊《生金閣》，頁 3879～3880。

〔註 126〕參見《元史》，卷一三〇〈刑法二・職制下〉：「諸正蒙古人，除犯死罪，監禁依常法，有司勿毋得拷掠，仍日給飲食。」頁 2632。
又卷一五〇〈刑法志四・鬥毆〉：「諸蒙古人與漢人爭，毆漢人，漢人勿還報，許訴于有司。」頁 2673。

〔註 127〕參見《全元雜劇三編》，第六冊《十探子》，頁 2296。

〔註 128〕同註 127，頁 2298～2299。

對這些權豪勢要之家而言，元代特有之階級法律與種族法律的雙重保障之下，法律雖提供其特殊權利，卻也使他們仗其特殊地位而不受法律之約束。權要之家的互相聯姻更促使特殊階級權利之鞏固，一如本劇中之互相倚仗，即使出事亦能相互維護。故而劉老告至京師，非但未能報仇雪恨，反而連累開封府把筆司吏之劉榮祖，受龐衙內之刻意誣陷入於死囚。

權豪勢要之家儘管累代簪纓，財物豐綽無虞，然其豪取搶奪之惡霸習性，卻令這群權貴子弟屢向貧困百姓搶奪財物，此中權豪勢要更將民女等同好玩器視之，對於無特殊家勢之官吏亦未能放過。《魯齋郎》、《生金閣》、《黃花峪》等三劇中便刻劃出權要之惡行與吏員、百姓之痛苦無奈。

（三）刻意誣陷

《切鱠旦》、《燕青博魚》、《瀟湘雨》、《遇上皇》、《黑旋風》、《還牢末》、《灰闌記》等七劇則是權豪勢要利用職權刻意陷人於冤，以逞私欲。

七劇中刻意設陷無辜之權豪勢要，有三名為「衙內」。「衙內」與「齋郎」之職稱於元劇中已為權貴子弟之代稱，如《切鱠旦》之楊衙內能上朝面奏皇上，並輕易取得皇上之信賴；《黑旋風》之白衙內亦能假公濟私，借坐大衙門三天。可見衙內並非一般官員，而是擁有特權之貴胄子弟。

《切鱠旦》之楊衙內為獲得譚記兒，不惜向皇上誣告白士中；《燕青博魚》之楊衙內則因燕青帶本夫燕大前來揭穿姦情，故而憑空誣陷燕大與燕青二人為殺人賊；《黑旋風》之白衙內拐帶孫榮之妻後，料得孫榮畏其權勢必至大衙門裡告，因此借坐衙門三天，終於等到孫榮，乃將孫榮囚於死牢。此三名衙內均因美色而誣陷無辜，惟此三名女子乃有夫之婦，因此衙內只得假藉權勢將三名本夫誣陷至死，以遂其志。

身為父母官而知法犯法者為《瀟湘雨》之崔士甸及《遇上皇》之臧府尹。崔士甸因誆騙貢官未婚得娶其女，並因此獲州官一職。未料張翠鸞竟尋至府上，為其功名利祿著想，崔士甸遂誣陷結髮妻為逃奴，進而派解子於途中謀殺翠鸞。《遇上皇》之臧府尹則為娶趙元之妻，令趙元非日當差，意圖使趙元因嗜酒本性延誤時日，臧府尹即可因此判其死刑。州官與府尹均是與平民百姓關係最為密切之父母官，二人卻知法犯法，為個人利益而罔顧人命。

《還牢末》與《灰闌記》之設陷者則為手執刀斧之筆的趙令史。《還牢末》之趙令史為姦情，與李榮祖之妾室共同陷害李榮祖。《灰闌記》中之趙令史亦與馬員外大妻因姦謀殺馬員外，之後又買通街坊鄰居與府衙內外，將殺人罪名誣陷與馬員外之妾張海棠。由趙令史與馬員外夫人之賄賂看來，令史之地位雖不高，但由於常代縣令審案，故方便行走衙門內外。另一方面，也可見元代獄訟劇所反映之元代府衙中，不僅州縣官吏利用審斷案情之機會，向兩造索錢，衙吏卒子更常向被告索討「冤苦錢」，貪風之盛亦導致趙令史能夠以錢財買通衙門所有人員。

無論是目無法紀的貴冑子弟或是昏貪無知的濫官污吏，均倚仗其特殊權位知法犯法，無視於執法人員的身份，爲遂一己之私欲而任意陷害無辜，甚至於殺害人命。「法」於權豪勢要手中已然完全變形，元法雖保障特殊階級人士，同樣地也禁止權要枉害平民。但是權豪勢要則單方面地盡情享用屬於他們的權利，對於法律所限的禁令則視若無睹，尤其運用其權貴與執法吏的身份，任意壓榨平民百姓。極爲保障權豪勢要的王法，此時則變爲成就個人欲望的依據，如《陳州糶米》中兩個小贓官將象徵王法的敕賜紫金鎚，抵押於娼門充當酒資的描寫，即是對王法莫大的諷刺。

二、清官依「法」斷案

元代獄訟劇中，絕大多數都描寫清官依「法」斷案，秉公執「法」。劇中經常讚揚王法的詞句，如「王法條條誅濫官」、「王家法不使民冤」之類，更比比皆是。然而清官良吏卻不必然奉公守法、依法行事。獄訟劇中所謂的清官良吏常不惜以執法人員之名，在法律之外運用權謀以達賞善罰惡之目的。

（一）擅改供詞

清官良吏於元劇中之所以受民眾歡迎的主因不在依法行事，而在其爲民主持正義，因此《酷寒亭》、《汗衫記》、《還牢末》三劇中鄭嵩、鄭孔目與李榮祖三人對於見義勇爲而殺人者，即未能依法行事，反倒敬重他們是英雄好漢，尊稱爲君子，並以法律知識，教唆殺人犯將供詞說成誤殺人命，便可逃脫殺人償命之罪嫌。除此之外，《酷寒亭》之鄭嵩尚替宋彬向府尹說情、《汗衫記》之鄭孔目則替趙興孫在文卷上改成誤殺人命。

元劇之令史雖多貪狠殘暴，然而亦不乏似鄭嵩、鄭孔目、李榮祖三人之良吏形象。然而這三位執法吏卻未能秉公行事，對於見義勇爲等義行，執法人員其實與百姓是同樣予以肯定，相對於執政者所建構之法治世界而言，絕不允許法外正義的存在。宋彬等人雖是路見不平、見義勇爲，但拔刀相助以致傷害人命，則非法治社會所能容忍，依法仍須償命，然吏目之正義感卻與廣大群眾結合，戲劇中爲民除害之義士，已是平日受苦百姓之寄望，亦成爲人民心中正義之師，故爲迎合群眾心理，代表正義之士絕不能因其義行而受刑，故鄭嵩等人之更改供詞反爲良吏之最佳表現。

（二）非法審案

《魯齋郎》、《生金閣》、《灰闌記》、《合同文字》、《勘頭巾》、《魔合羅》六劇的清官皆運用非法的審案手段。《魯齋郎》及《生金閣》之犯案人皆爲權豪勢要，餘四劇則爲平民百姓，清官審案時之手法亦有所不同。

《魯齋郎》中魯齋郎是個「嫌官小不做，嫌馬瘦不騎」的「花花太歲」〔註 129〕，連六案都孔目張珪一聞李四告魯齋郎強奪妻子時，不禁嚇得掩口，只因「被論人有勢權，原告人無門下」〔註 130〕，連忙勸告李四：

> 【端正好・么】你不如休和他爭，忍氣吞聲罷！別尋個家中寶，省力的渾家。說那個魯齋郎膽有天來大，他爲臣不守法、將官府敢欺壓、將欺女敢奪拿、將百姓敢踏查。赤緊的他官職大的忒稀詫。〔註 131〕

面對如此權豪勢要，張珪非但無法爲李四做主，尚須忍氣吞聲自動送妻至魯宅。而一向扮演著指民伸冤的青天大老爺——包拯，明知魯齋郎罪犯百端，亦始終未敢動其寒毛，只是暗自收養著李四與張珪的二對子女。爲了使一位漁侵百姓、無惡不做之權要就法，包拯歷時十年方設好一計，即將魯齋郎易名爲「魚齊即」，方使皇上批下個斬字。由此可之，包拯面對權豪勢要之時，不僅無法理直氣壯、將他繩之於法，反倒耗費十年光陰才思索出一計。此劇之包拯從頭至尾，皆是個不法者，一來明知魯齋郎罪名，卻懾於權威未敢抓拿；二來對於魯之罪刑以非法手段令其就範。十年光陰竟只思得此計，更加突顯包拯於此劇中面對權豪勢要時之怯懦無能。

《生金閣》中之清官依然是包拯，此劇中之包拯則顯得甚爲熟稔官場中事，對於龐衙內之草菅人命、強奪民妻及傳家寶——生金閣一事，毫不動聲色，反以美酒佳餚騙得衙內信任而計賺供詞，而非依正常審理程序，就物證、人證或旁證以使衙內認罪。因此，本劇所展現的是包拯個人的機智與練達，而法律的公平正義。

就前二劇清官審理權豪勢要所採之方式，均是巧施謀略，方使仗勢欺

〔註 129〕語見《全元雜劇初編》，第二冊《魯齋郎》，頁 449。

〔註 130〕同註 129，頁 458。

〔註 131〕同註 129。

人、橫行市井之權豪勢斬首正法。清官雖然達成民眾的心理要求，處罰欺壓百姓之權要，然其運用的手段卻是欺瞞。對與皇上交好之魯齋郎，則是偷改文書、欺騙皇上；對連宰輔之臣亦須畏懼三分之龐衙內則是先取其信任，再誘騙他劃押。於是，清官所代表的法律不過是群眾要求之公義，已非執政者所護衛之階級法律。

《灰闌記》、《合同文字》、《勘頭巾》、《魔合羅》等四劇中之案件均屬家庭糾紛，其中又多涉及婚姻問題與圖謀家產等糾紛。對於小市民之犯案，清官表現的則甚爲果斷，不過仍是採取誘騙手法，而令犯案人或知情者供出實情，逼使誣陷者不得不招承。〔註 132〕

傅平及黃竹三先生於〈論元雜劇的清官形象〉一文中曾強調：「清官形象所執的法不是當時統治階級的刑律，而是人民認爲平等合理的觀念。他們是爲民而執法，執法體現了他們的愛民思想。」〔註 133〕因此無論其審判過程是否不合於官方律法，但求案情得以水落石出，正義得以伸張，其中所運用之小計謀反倒成爲清官的智慧，而強化清官良吏之正義形象。不過，清官勘問案件時只能用計，即是對司法無法保障民眾之極大諷刺，倘若透過司法程序得以使歹人就法、還受冤者公道，則清官亦無須費盡心力，極盡騙哄取巧之能事計賺供詞。

（三）非法判刑

清官良吏爲求賞罰分明，不僅出現更改供詞或非法審判等非法行爲，即使於判決之時，也會依百姓要求而做出非法判決，使好人和無辜者不受法律制裁。然而於元劇中，卻同樣可見清官屈服於統治者淫威之下，而做出違背正義的裁奪。

元劇中清官非法判刑者共有《陳州糶米》、《蝴蝶夢》、《後庭花》等三劇，三劇之清官代表均是包拯。於《陳州糶米》中，包拯雖爲民眾主持正義，卻未將劉得中以正當之司法程序判決，而是命小撇古以殺父兇器——紫金鎚打死殺父兇手劉得中，純屬民間以牙還牙之報復手段，所不同的是此報仇行

〔註 132〕此四劇中清官運用巧思，計騙供詞情節，可參見本章本節之二「破案的關鍵」，此處不再贅述。

〔註 133〕此見《中州學刊》1892 年三期，引自寧宗一、陸林、田桂民編著，《元雜劇研究概述》（天津教育出版社，1987 年 12 月第一版，1989 年 7 月第二次印刷），頁 308。

爲乃經官府允許。

因此，呂薇芬先生以爲元代公案劇中清官執法別有特點，亦即元雜劇中的包公，並非一味的執法，王法於此是可以通融一下，以附和人民的願望。本劇中包公在權豪勢要與陳州百姓的矛盾中，選擇了人民的利益，替人民報仇除害，並在判處這個案情時反映了人民的是非觀念，表達了人民的某些心理和感情。〔註 134〕

處於權要與百姓之矛盾之間，包拯的執法原則並非一成不變，亦無法始終秉公處斷。《陳州糶米》中膽敢與權豪勢要正面抗爭之包拯並非一普遍形象，於《後庭花》中幕後主使王義殺害張翠鸞母女的廉訪使夫人，雖然罪證確鑿，廉訪使與受命徹查之包拯始終未嘗提及廉訪使夫人之罪名。因此李春祥先生認爲包拯於審理《後庭花》殺人案件時，乃「明知究裡而假裝糊塗」，故意包庇了趙廉訪使夫人。〔註 135〕

至於《蝴蝶夢》中，包拯則採取折衷方式，試圖於矛盾之中取得一種平衡。對於王家兄弟爲父報仇而殺死葛皇親一案，未敢採包庇手法，以免得罪權要，仍判處王家兄弟須一人出來頂罪服刑；然包拯又礙於葛皇親之殺死王父乃任意殺人，方有王家兄弟之報仇行動。於此包拯則想出讓偷馬賊趙頑驢代王家兄弟償命一計，以偷天換日之法令葛皇親慘死一案有所交代，而且又能保全王家兄弟三人。本劇中，包拯雖然令觀眾心理得到慰藉，然其判決卻有三大失誤：首先，王家兄弟之殺人本爲報父之仇，且無意致其死地，其罪原不該處死〔註 136〕；二則不該判趙頑驢爲王家兄弟受刑，其中又牽扯兩種問題，一爲竊馬之罪，不過罰其以一賠九〔註 137〕，罪不致死；另則殺人者爲王家兄弟，包拯根本無權令趙頑驢代罪。

由此可見，元劇中之清官並非是時時、事事皆嚴格執法。爲了行使心中正道，清官良吏亦常違法行義，其敢於欺君抗上，智斬魯齋郎、鎚打小衙內等，都充份說明了這點。然而在審理一些較棘手的案件時，卻又會放縱囚犯

〔註 134〕此見〈《今日個從公勘問》——元雜劇《陳州糶米》的包公形象〉1978 年 9 月 19 日《光明日報》，引自《元雜劇研究概述》，頁 308。

〔註 135〕此見李春祥，〈元代包公戲新探〉，《中州學刊》1982 年三期，引自《元雜劇研究概述》，頁 306。

〔註 136〕參見《元史》，卷一五〇〈刑法志四・殺傷〉：「諸人殺死其父，子毆之死者，一坐，仍於殺父者之家，徵燒埋銀五十兩」，頁 2675。

〔註 137〕同註 136，卷一四〇〈刑法志三・盜賊〉，頁 2657。

和枉殺罪不當死者。此因元代特殊環境之侷限，使包拯此一既忠於統治階層又同情人民疾苦之清官典範，亦無法執行人民認爲公平正義的「法」。因此，清官執法時之依據時而是統治階層所定之律法，時而是人民心中無階級與種族歧視之下，眞正平等的理想法律。而人民心中之「法」於獄訟戲中，多少是一種幾近夢想的司法世界。於是由創作中可見劇作家創造清官形象時，常常陷於現實與夢想中之掙扎，清官執法時之依據也難免時有更動。

三、綠林破「法」行義

獄訟劇中最常見之綠林英雄當屬梁山好漢。數度於獄訟劇中出現之梁山泊形象呈現兩極化，官府一向直呼爲「梁山賊」；百姓則稱之「梁山好漢」。就官府而言，梁山人物是緝拿的對象，與他們有關的人皆須受懲處；然而在百姓心中，梁山人物卻是個替天行道、爲民除害的英雄好漢。因此當受到冤屈、需要協助時，百姓們竟往梁山泊請求支援。由此可知梁山泊與清官在民眾心中實屬同等地位，皆具替民伸冤、爲民除害之正義形象。

然而梁山泊在替天行道時，與清官所採之「法」則有甚大差異性，清官雖時有非法行爲，然仍堅持其爲秉公處理、依法行事，手段亦較委婉；梁山泊則大膽地向執政者挑戰，並且不惜「破法」解救人民。其主動脫逃、越獄及劫獄、劫法場等救人救己之方式，在在展現出梁山對於不公正之判決，均採取積極之破解手段，於梁山上另創一公義世界，而宋江則宛如不畏強權、體恤民情之清官典範。

（一）脫　逃

《酷寒亭》、《汗衫記》、《還牢末》三劇中均有犯人於押解途中，殺死解子而逃之情節。其案情原委亦相當類似，或許即爲當時之戲劇公式。此三名逃犯皆路見不平、錯手殺死欺負弱者的壞人，而遭官府逮捕入獄。因此就三名逃犯之犯罪行爲而言，官府必當以殺人償命論之；相對於老百姓，則此種欺壓弱小的惡霸本令百姓敢怒不敢言，故宋彬等人雖犯下殺人重罪，卻深受百姓歡迎與欽佩。因此，於官府任職吏目之司的鄭嵩等人亦敬重他們爲英雄好漢，而網開一面。

三名逃犯中只有李逵爲梁山泊人，餘之二人則不約而同入山爲寇，然其爲民除害，解人於難之精神則與梁山泊相通。因此劇中對於此等司法所不容之山盜，一律將其刻劃爲英雄好漢。由他本獄訟劇中亦可發現，無論是否入於梁山之山賊，於劇中全然是以百姓疾苦爲己志，並代表人民意志與統治階級對抗。

三劇中，犯人以自我解救的方式，對於正統司法採取了極爲嚴厲的無言批判。尤其劇中人逃脫以後猶記報恩，於劇中屬於一種正派角色。他們首先爲平民百姓除害，繼而解救恩人免於受冤。三人對於自己與恩人之入獄，皆充份表現對法律的不信任，同時先後破除法律之禁令和判決，以取得本人與恩人之自由。

另一劇《燕青博魚》中之燕大與燕青二人於受冤入獄之後，依然積極的採取免於冤死之越獄一途。劇中燕二得知二人入獄之後，雖出梁山解救二人，但燕二未達之際，二人早已破牢而出，因此燕大二人之逃脫與燕二無關，純粹是二人主動越獄。此劇亦元代獄訟劇中僅見之越獄劇。

（二）劫　囚

對加諸於本身之不公判決，梁山人（或與梁山形象近似之山賊）以自行脫逃爲解救手段。至於他人之不公審判，梁山人物亦主動闖入官府劫囚而去，並將壞人以梁山法則「明正典刑」。《黑旋風》、《還牢末》、《大劫牢》、《鬧銅臺》、《酷寒亭》、《爭報恩》等六劇即分見劫囚情節。

六劇中與劫獄相關之入獄人和劫囚人均有關連。《黑旋風》之李逵領宋江之令護送孫榮、《還牢末》之李榮祖有恩於李逵、《鬧銅臺》之盧俊義與《大劫牢》之韓伯龍則爲梁山招安之對象、而《爭報恩》之李千嬌則分別與梁山人結義，非梁山人之劫獄者唯《酷寒亭》一劇，然其入獄人鄭嵩亦有恩劫獄人宋彬。可見劇中並未將劫獄者設定爲路見不平、拔刀相助之士，而是知恩圖報與惜才之伯樂，不過此安排或與劇情編排有關。總的而言，見義勇爲、廣救受苦人民之梁山形象於此並未特別突出。

六劇中屬冤獄者有《黑旋風》、《還牢末》及《鬧銅臺》、《大劫牢》、《爭報恩》五劇。其中較具爭議性者唯《大劫牢》一劇，劇中韓伯龍乃梁山泊使計招安所致。其家中失火，禍殃鄰里雖非韓伯龍之過，唯元律對於火燒房宅一事極爲嚴防〔註 138〕，故官軍抓拿韓伯龍一家三口並不爲過；然官軍抓拿之理由除失火之外，尚有結交梁山好漢一由，惟韓伯龍之上山乃遭魯智深等人

〔註 138〕同註 136，〈禁令〉，頁 2682～2683。詳訂人民平日門前須置滿水之甕，有司並不時點視救火之具，凡有不備者罪之。若遺火燒及官宅民房均予笞杖，即使只燒及己屋亦笞二十七。

所擒，事後尚要求宋江放回，因此，並無結交梁山泊一事。

唯一本人受冤但決案無疑者爲《酷寒亭》一劇之鄭嵩。劇中鄭嵩於家中親見妾蕭娥與趙令史私通之狀，故憤而殺死蕭娥，趙令史則趁機逃逸。按元律本夫殺死與人通姦之妻妾並無罪〔註 139〕，因此鄭嵩之殺人行爲並無置疑之處，惜未能當場抓住趙令史，以致失去主要證據，而落得無故殺害妻妾之罪，下之死囚待決。因此，鄭州府尹李公弼判鄭嵩杖八十、迭配沙門島未失公允，然而鄭嵩卻也非無故殺妻，只因拿姦要雙，既走了趙令史，鄭嵩只得服刑。

梁山泊諸人雖極力摧毀統治階層之司法世界，然其山規卻相當嚴謹。如梁山人一旦假限逾期，必如衙吏逾假一般將遭罰責，《燕青博魚》之燕青遭宋江杖刑即爲一例。另如《鬧銅臺》中官方繪圖緝拿之山賊不僅訓練有素，並且組織嚴密，個個謹遵宋江號令，勇往直前。反觀官方之王太守所下之將令卻是：「人要喫飯馬喫草，上陣各要識起倒。當中留條寬寬路，倘若敗了我好跑。」〔註 140〕當抵不過梁山猛將時，王太守果眞「虛搠一槍逃命走」，以便「留著撒髏戴紗帽」〔註 141〕。與梁山泊之嚴軍相較之下，統治階級之治軍則是如此怯懦不堪。由此更加突顯官府之昏懦無能，與梁山正義之師的嚴謹勇猛。人民對於官府之滿腔譏憤與無奈，惟寄望擁有一副好本領之山賊主持正義。

就以上所述所知，劫囚人之動機不在於官史判刑是否依法，而在受刑者是否當受此罪，亦即司法程序以及證物、供詞對於劫囚人並不重要，其所重者唯善惡得報，公義昭然。因此，游走於法律之外的綠林中人恰似權豪勢要，完全無視於法律的存在，梁山泊諸人更猛力地摧殘統治階級所欲架構之法律世界。凡失於公正道義之判決，無論其合法性，均爲諸人破除之對象，而其摧毀手法，即直闖牢獄甚或法場劫囚。除此之外，李應等五人尚於《大劫牢》中將牢中所有囚犯釋出，公然與司法世界對立，不似權豪勢要之藉法逞慾，或清官終須入於正統律法之中。之於律法，綠林中人既不須倚仗亦毋庸受其限制，反能無情地徹底摧毀。

梁山人物入獄自行破獄而逃，若是恩人或得知此人爲冤者，則主動劫牢

〔註 139〕同註 136，〈姦非〉：「諸夫獲妻姦，妻拒捕，殺之無罪。」又「諸妻妾與人姦，夫與姦所殺其姦夫及其妻妾，及爲人妻殺其強姦之夫，並不坐。」頁 2656。

〔註 140〕參見《全元雜劇初編》，第八冊《鬧銅臺》，頁 3929。

〔註 141〕同註 140，頁 3931。

或劫法場，少數由劫囚人自行當場私法解決，多數則由解救人將陷害人及受屈者帶往梁山，由未出面劫囚之宋江，儼然以官方口吻下斷，對壞人加以責罵，並明令「明正典刑」以顯天理。凡此均未脫獄訟劇末由一人下斷之原則，不過此處已由官吏轉爲官方所拘捕之「梁山盜」，依其山規處理。故其所破爲正統執政者之法，並另立一爲平民百姓所支持希望之公平正義的法，故其破者在於不平等之律法，所立者爲人民心中善惡終須有報之天道。凡能爲民主持正義者，即成爲廣大群眾心目中的正義之師。「到梁山明正典刑」乃成爲百姓所冀望之執法所。對於百姓而言，眞正的公義世界在於梁山泊，人民理想的寄託亦於梁山泊，人們深信唯有梁山泊方能尋回公允的人間正義。

小　結

就清官良吏的更改供詞、非法審案及非法量刑等三方面而言，執法人員均因其職務之便而行非法之事，然其非法僅就執政者而言，對廣大群眾或雜劇觀眾來說，替天行道、爲民伸冤者即是清廉官長。因此當民眾含冤受屈投訴無門之時，梁山泊等義士甚至強於官吏。然而現實社會中清官良吏與梁山好漢可遇不可求、幽冥間之果報則只能成爲心靈之安頓，因此劇作家不免另闢一路，讓受刑人自行逃脫，此種將解脫力量寄託於他人或神鬼之力，轉移至由自己來破除刑律的力量，未嘗不是一種更大的跨躍。

「情、理、法」自古以來即爲中國人審案之考量順位，元劇亦無法避免此種侷限，因此不僅是弄法逞欲之權豪勢要將理、法置之腦後，即使清官良吏或梁山泊之審案救人，仍以人情爲先。於是奸惡之徒雖明正典刑、善良百姓雖獲平反，也只能代表果報觀的深植民心，與受苦百姓的希望，對於王法的伸張正義並無任何俾益。因此元代之獄訟劇中處處可見權豪勢要之舞文弄法；清官良吏無法循正常之法律程序將犯人繩之於法，反須倚仗其超凡智計誘出口供；突破法律禁令之山賊，得以成爲守法庶民心中之英雄好漢與正義的代表。正義與律法時常面臨牴牾之危機，更加突顯元代官場的險惡及王法的滑稽與悲哀。

第四節　結　語

因個人的利害衝突與強勢的欺凌弱勢，是造成獄訟原因的主要因素。但是其中亦有例外，如《虎頭牌》的違犯軍紀、《大劫牢》的火燒房舍、《冤家債主》的獄神不公、《殺狗勸夫》的孫婦巧計及《留鞋記》等，均屬於單純的公訴或誤會，僅有《虎頭牌》因個人的無意而形成犯罪的事實，餘者則因誤會引起誤告，雖構成獄訟卻無犯罪事實。

在元代獄訟劇中具有極大比例的冤獄，其平反的過程，甚少運用到現實司法的上訴〔註 142〕。尤其具有直訴性質之登聞鼓及乘輿訟〔註 143〕皆未出現於元代獄訟劇中，依元律依次上訴者亦僅有《裴度還帶》、《十探子》及《竇娥冤》三劇。此種現象若非元代劇作家對於律法之陌生，便是劇作家及百姓對於執政者已然失卻信心，於是將代爲平反之清官廉吏安排成與被害人具有某種私人情誼，而得其眷顧。

至於張鼎與包拯、王翛然等三人〔註 144〕，則是民眾對於昔日賢官良吏的眷戀與期待，其中更突顯出現實環境之不可求，受苦百姓除了期盼親人拯救，便只好寄情於已逝的賢良官吏能夠重現，而人民如此的企盼則強化人民平反的不可期待性。元代史料中雖不乏官員平反之例，然相對於大德七年的一年間，所審的五千一百七十六事〔註 145〕而言，仍僅係杯水車薪，無解於民眾之難，此正是元代獄訟劇中，受害者對法定之上訴或直訴的伸冤管道無法信任，乃至捨棄此道並進而將希望託於梁山泊之緣由。

由於劇作家安排被害人於受害之前即與重審者具有私人情誼，以致我們不免設想，劇中人若未能幸與擁有權勢之人物交結，是否即無法受其眷顧，永無洗刷冤屈之時？迴避原則〔註 146〕之忽略致令私人情誼成爲重審或解救被

〔註 142〕由於元代任官取材之不當，導致官吏多顛倒是非，欺詐百姓，審理案件未盡公允，故世祖乃專設御史臺及廉訪司以糾察官吏。但凡民眾受擾或遭官府冤判，皆可至御史行臺或廉訪司陳告。此見《元典章》，卷五十三〈刑部十五．訴訟．稱冤〉「稱冤赴臺陳告」，頁 712。

〔註 143〕登聞鼓乃古代常用的鳴冤方式，意即擊鼓鳴冤。登聞鼓之設約始於南北朝之際，含直訴性質的登聞鼓制度，由唐至清皆容許，惟直訴不實者將處以杖刑。除登聞鼓之外，唐代尚有邀車駕，此乃趁天子行幸之際，於路傍迎駕申訴之謂。元承唐制，同時保有登聞鼓與乘輿訴的制度。此見陳顧遠著，《中國法制史》，頁 241。又李甲孚著，《中國法制史》，頁 243。

〔註 144〕參見吉川幸次郎著、鄭清茂譯，《元雜劇研究》（下篇），第一章〈元雜劇的構成〉（上）（藝文印書館，民國 76 年 10 月四版），頁 181～183。

〔註 145〕參見《新元史》，卷十四〈成宗紀下〉，頁 56。

〔註 146〕《元史》，卷五十〈刑法一．職制〉：「諸職官聽訟者，事關有服之親并婚姻之家及曾受業之師與所讎嫌之人，應迴避而不迴避者，各以其所犯坐之。」頁 2619。

又《元典章》，卷五十三〈刑部十五．訴訟．被告〉「被告官吏迴避」：「凡言

害人性命之重要企機，而非官吏清廉執法或梁山泊充份發揮其義勇精神。可知司法極度黑暗之時，人民對於清官良吏與梁山泊之出現已漸失信心，唯有與此等擁有高度權勢者具有私人關係，才可能被其解救。於是中國法律社會中「情」高於「法」之特有現象，再度於此展露無遺。

元代獄訟劇中，代表皇權的「法」同時具有墮落與崇高的兩種形象。權豪勢要的弄「法」逞慾、清官良吏的依「法」斷案及綠林的破「法」行義，使元法依各人的運用而有不同的詮解，也造成迥異的效果。

劇作家在劇中安排權要的玩弄司法，卻又使其服臣皇天公義之下；清官良吏雖然以不法破除不法，維繫了民間所信任的天道無私，卻也讓清官良吏的獄斷以「望闕謝恩」及封誥的手段回歸執政者的結構中。因此，在此類劇作之中，代表皇權的律法在受到嘲弄與摧毀之餘，又重新構築了統治者的無上地位。此種矛盾與劇作家的歷史侷限有關，蓋因元代統治者嚴禁曲文有犯上之意〔註 147〕，或因劇作家或未能擺脫儒家的正統觀與君君臣臣的倫理思想，以致「法」在元代的獄訟劇中有如此矛盾的面貌。

告官吏不公之人，所犯被告官吏，理應迴避。」頁 710。

〔註 147〕參見《元史》，卷一四〇〈刑法三・大惡〉：「諸妄撰詞曲，誣人以犯上惡言者，處死。」頁 2651。

又卷一五〇〈刑法四・禁令〉：「諸亂製詞曲，爲譏議者，流。」頁 2685。

第四章　獄訟劇的藝術性

元代獄訟劇除了深具社會性與時代意義之外，其劇作本身的藝術性亦有可觀之處。本文擬就獄訟劇之題材轉化為出發點，由於元代之前已有宋、金戲文，及流傳已久的民間故事與傳聞，這些豐富的素材皆可採入元劇之中。若溯源元代獄訟劇的故事題材，將有助於瞭解元代劇作家對故事的轉化，並且可就轉化的方向與增飾的部份，再進一步地探索其轉化中，是否已融入元代特有的時代精神，若然，則可佐證元代獄訟劇的時代價值。

由於獄訟劇較其他題材的戲劇更常運用「錯認」與「巧合」之技巧，因此本章將另立一節討論，探討元代獄訟劇作家中如此慣用的編劇手法，是否運用得宜？「錯認」與「巧合」的偶然性對獄訟劇情的開展與收束又有何功用？這些探討與解析勢必有益於對獄訟劇的藝術性的探討。而獄訟劇之兼具悲劇性與團圓收束的特色，亦本章所欲探究的重要課題。

第一節　獄訟劇的題材轉化

羅錦堂先生於《現存元人雜劇本事考》一書之序說中，曾提綱挈要的標舉本事考之重要性。其謂：「蓋雜劇之構成，不外曲文與本事。非曲文無以被之管絃，演於歌場；非本事則不能貫穿全局，動人聽聞。此二者相互關聯，缺一不可，正如紅葉之與枝條，肌膚之與股骼也。元劇曲文所寫者多為劇中人之感想與情緒；本事進行，則寓於賓白。」「元人作劇，固多謬悠之說，荒唐之言，然亦非完全出於一己之冥想，往往於有意無意中，或依史冊舊籍，或掇拾民間傳說，或假託增新，或借題翻案，以至採取眼前見聞所及之奇異事實，加以分析組合，隨手點竄，劇中之人物事實，其來固有自也。」〔註 1〕但現存的元雜劇並非均能追溯其取材的源頭，其間有所本已佚，或難以確定所本者。故今特就元代獄訟劇之情節，於前人研究之成果下，進行題材轉化的研究，希冀從元代劇作家之改編與增飾剪裁中，探察劇作家編撰劇本的用心與時代特色的反映，至於已無法尋究其確切所本者則不詳論。

由於元代獄訟劇所本者，多為於史傳、民間傳說或傳奇小說，難以分類條述，故不採黃麗貞先生於研究六十種曲情節的取材分類方法〔註 2〕，謹就元代獄訟劇之本事尚可考諸史傳、筆記小說及詩詞者，予以比對及評析其轉化。

一、強調司法社會的黑暗

（一）《竇娥冤》

《竇娥冤》之本事可考於前代者，乃竇娥之臨死三誓：「要丈二白練，掛在旗鎗上，若刀過處頭落，一腔熱血休落在地上，都飛在白練上者；若委實冤枉，如今是三伏天道，下尺瑞雪遮了竇娥首；著這楚州亢旱三年。」〔註 3〕此六月飛雪表冤情事，可溯至《太平御覽》之引《淮南子》：「鄒衍事燕惠王盡忠，左右譖之王，王繫之獄，仰天哭，夏五月，天為之下霜。」〔註 4〕按《竇娥冤》中，當竇娥發誓之後，於第三折【尾聲】亦唱道：「霜降始知說鄒衍，雪飛方表竇娥冤。」〔註 5〕足見此劇之作者關漢卿，確解鄒衍蒙冤而五月降霜的典故，並有意襲之。

除了鄒衍降霜之典故以外，蒙冤三誓之另二誓則與「東海孝婦」之故事最為接近，此事尚載於正史《漢書》之列傳〔註 6〕。〈于定國傳〉中對於孝婦

〔註 1〕參見羅錦堂著，《現存元人雜劇本事考》（順先出版公司印行，民國 65 年 4 月再版），頁 2。

〔註 2〕參見黃麗貞著，《南劇六十種曲情節俗典諺語方言研究》（臺灣商務印書館，民國 61 年 11 月初版），頁 1～3。黃麗貞先生以為六十本傳奇的情節故事，其取材範圍可分為五種範疇：純粹出自歷史的；取材於歷史，而參以野史、逸事、傳說，或作者隨劇情需要而稍加改動、增飾；取材於小說或民間故事；翻製宋元舊編或改編同類作品；出自作者杜撰等五種。

〔註 3〕參見《全元雜劇初編》，第一冊，頁 150。

〔註 4〕參見宋李昉等編，《太平御覽》，卷十四（新興書局發行，民國 48 年 1 月初版），頁 192。

〔註 5〕同註 3，頁 151。

〔註 6〕參見東漢班固著，《漢書》，卷七十一〈于定國傳〉（北京：中華書局，1962

之孝行與蒙冤一事皆已詳述，但未述及臨刑前曾許下誓言，只謂其屈死之後，郡中枯旱三年。由於本傳主要乃稱頌于定國之德性，故最終仍落於讚揚于定國之爲婦伸冤爲主要目的。至於《搜神記》則有較爲詳細之記載，而孝婦之含冤屈死的死誓亦更具有震憾力。其文曰：

> 漢時，東海孝婦養姑甚謹，姑曰：「婦養我勤苦，我已老，何惜餘年，久累年少。」遂自縊死。其女告官曰：「婦殺我母。」官收繫之，拷掠毒治，孝婦不堪苦楚，自誣服之。時于公獄吏，曰：「此婦養姑十餘年，以孝聞徹，必不殺也。」太守不聽，于公爭不得理，抱其獄詞哭於府而去。自後郡中枯旱，三年不雨，後太守至，于公曰：「孝婦不當死，前太守枉殺之，咎當在此。」太守即時身祭孝婦冢，因表其墓，天立雨，歲大熟。長老傳云：「孝婦名周青，青將死，車載十丈竹竿，以懸五旛，立誓於眾曰：『青若有罪，願殺，血當順下；青若枉死，血當逆流。』既行刑已，其血青黃緣旛竹而上，極標，又緣旛而下云。」〔註 7〕

較諸此文與《漢書》所載，最大的差異在於《搜神記》的孝婦曾經官「拷掠毒治」，孝婦因不經苦楚而招認罪刑。另一重要的差別則在長老之語，由於多了長老傳語，孝婦於《搜神記》中有了「周青」之名氏，同時也出現第三誓，即血緣竹竿逆流而上。因此竇娥臨刑三誓於此全部出現，也代表關漢卿極力刻繪竇娥冤死之深怨，故有蒐羅前朝冤死者之異象，以顯其冤的動機。

竇娥三誓爲本劇的高潮，關漢卿運用前朝傳說與史傳所載，將東海孝婦的孝行與冤屈，做了更強的鋪張，同時也適時的加入元代的時代色彩。「東海孝婦」原僅小姑之誣告與太守一人之昏庸以鑄大錯，其間並未顯現任何時代色意義與社會問題，而至關漢卿筆下，則益顯竇娥孝婦的貞烈及其悲慘冤屈的命運。由劇中情節，可知問題之始在於竇父與賽盧醫向蔡婆婆的借貸。「羊羔利兒」乃元代社會嚴重的經濟問題，一本一利的借貸之下，竇天章以女質與蔡婆婆爲媳、賽盧醫因無力償還而欲殺蔡婆婆賴賬。因借貸關係而使得蔡婆婆惹上張驢兒父子，一連串的不幸至張驢兒這一對潑皮父子的出現，將蔡家婆媳推入痛苦的深淵。凡此均「東海孝婦」所無，關漢卿源於孝婦屈死情節鋪演成劇，係其個人之編撰藝術的修養，但若非基於現實社會的經驗，亦

年 6 月第一版第四次印刷），頁 3041～3042。

〔註 7〕參見晉干寶著，《搜神記》，卷十一（世界書局，民國 54 年 3 月再版），頁 84。

難有此情節之增飾。

由《漢書》之無酷刑，與《搜神記》之不忍毒治伏刑，以至於《竇娥冤》中，竇娥「一杖下一道血一層皮」的拷掠〔註8〕，可見關漢卿刻意著重元代官員濫用酷刑逼供與其貪昏的黑暗面；由《搜神記》中周青不忍己苦，乃至於《竇娥冤》之竇娥對獄訟，自充滿希望——絕望——怒責——悲誓——冥訴伸冤的心理轉折，竇娥的性格也有了更生動的刻劃，同時竇娥最後因不忍蔡婆婆受酷刑而認罪的劇情安排，致使竇娥的孝婦形象較諸東海孝婦周青也更爲具體深沉。

（二）《蝴蝶夢》

《蝴蝶夢》的獄訟劇情與漢劉向《古列女傳》卷五之「齊義繼母」甚爲相似，此舉相關文字以資參考：

> 齊義繼母者，齊二子之母也。當宣帝時，有人鬥死於道者，吏訊之，被一創，二子兄弟立於傍……期年，吏不能決……相召其母問之，曰：「母之子殺人，兄弟欲相代死。吏不能決，言之於王，王有仁惠，故問母何所欲殺活？」其母泣而對曰：「殺其少者。」相受其言，因而問之，曰：「夫少子者，人之所愛也。今欲殺之，何也？」其母對曰：「少者妾之子也，長者前妻之子也。其父疾且死之時，屬之於妾曰：『善養視之。』妾曰：『諾！』豈可以忘人之託……。」……相入言於王，王美其義，高其行，皆赦不殺，而尊其母號曰「義母」。君子謂：「義母信而好義，絜而有讓。」詩曰：「愷悌君子，四方爲則。」此之謂也。〔註9〕

本劇之情節與此文所載大略相同，故羅錦堂先生以爲本劇當自此脫出，其可能性甚高。惟劇中言三子之殺人爲父報仇，其罪本不當誅。蓋作者但設此事，以見兄弟之爭死而不推諉，而母復力救前妻之子，皆人所極難，故不論其犯由爲何，均特赦之。〔註10〕

本劇雖自「齊義繼母」脫化而出，仍可查覺「齊義繼母」的情節於《蝴蝶夢》中的轉化。其一，「齊義繼母」之眞正殺人兇手與動機均不詳，《蝴蝶

〔註8〕同註3，頁144。

〔註9〕參見漢劉向編，《古列女傳》，卷五〈齊義繼母〉（臺灣商務印書館，民國55年3月臺一版），頁137～138。

〔註10〕同註1，頁109。

夢》的王家三子則爲報其父慘遭惡霸葛彪無故打死之仇，乃有復仇殺人之舉；其二，「齊義繼母」之吏員於無法查出眞正兇手之時，輾轉呈報至齊王，並未有任何抓人頂罪結案，或濫施酷刑以逼供，至《蝴蝶夢》之重審官包拯，其審案的態度仍落於「不打不招」之官僚思想；其三，由於「齊義繼母」的終審者爲齊王，曰赦即赦，而葛彪卻是個皇親國戚，其平日惡行雖包拯亦有所聞，卻無法似「齊義繼母」之經由正統程序予以特赦，因此包拯只得以不法之冒充行爲，解救王家兄弟。

於此，關漢卿所欲展現的主題已非「齊義繼母」所標舉之信義仁愛，而是透過劇中人王母所云之「使不著國戚皇親、玉葉金枝，便是他龍孫帝子打殺人也吃官司」(【鵲踏枝】)〔註11〕，與「這一還一報，從來是想皇天報應不容私」(【金盞兒】)〔註12〕。天理報應與庶民同罪的司法正義在劇中有完滿的回應，然而經由包拯之費盡思量，仍是以不法懲處不法，公義正理則相對地無地自容。劇末聽斷時，作家急轉彎的將不法的司法社會忽而躍至「國家重義夫節婦，更愛那孝子順孫，聖明主加官賜賞，一齊的望闕謝恩。」〔註13〕此飛天一筆或出於當時演出的限制與需要，也可能是劇作家對黑暗社會所賦予的期盼吧！

（三）《燕青博魚》

《燕青博魚》是有關梁山泊人物的描寫，但僅人物名稱相同，於現存之《水滸傳》中則不見如此情節，或云爲當時水滸故事尚於演變傳說之間，未有定本。本劇爲避免依附於不確定之中，只對今存文字記錄，可資參照者爲限，故不以《水滸傳》爲其本事淵源。

有關博魚之記載，與《續夷堅志》卷四之「盜謝王君和」一文甚似。其文曰：

> 馮翊士人王君和……字獻可。元豐中試京師，待牓次一日晨起，市人攜新魚至，擲骰錢賭之。君和骰祝錢以博前程，一擲得魚，市人拊膺曰：「我家數口絕食已二日，就一熟分人賒此魚，望獲數錢，以爲舉家之食，子乃一擲勝之，我家食祿盡矣。」君和惻然哀之，不取魚，又以數錢遺之，市人謝而去。及下第西歸……猝爲群盜所

〔註11〕參見《全元雜劇初編》，第一冊，頁408。

〔註12〕同註11，頁409。

〔註13〕同註11，頁442。

執……一少年忽直前問君和：「非京師邸中，乞我魚不取者乎？今日乃相見於此。」再三慰謝，并同行皆免。〔註 14〕

劇作家李文蔚於本劇將貧賤市人更爲燕青、士人王君和改爲燕大。燕青於《燕青博魚》中乃落拓於市，借錢買魚，希冀博魚賺錢，未料輸給燕大。燕青與市人同樣乞求博者，所異者，乃王君和隻身前往博魚，可自己作主將魚還給市人；燕大則與妻前行，經過一番哀求與燕大之代爲求情，燕妻方同意把魚還給燕青。於此燕大與王君和皆有恩於燕大、市人，因此當王君和及燕大有難之時，市人與燕青乃挺身相救。

「盜謝王君和」與《燕青博魚》之另一相同處，即市人日後淪爲盜賊，此與燕青至始即爲梁山群盜之一的身份又不謀而合。由「盜謝王君和」的簡短小文，鋪演成元雜劇時，劇作家李文蔚同時也融入了「楊衙內」此一元劇典型的權要人物。楊衙內所代表的是與執政者關係密切的權豪勢要；燕青則是反對執政者的盜匪，兩者本即不相容，李文蔚在二人對立的身份地位上，適時地安排二人大街相撞，與楊衙內的仗勢欺人，以致引來燕青的揍打，燕青的身份於此顯現，也展現了梁山人物不畏權豪的一面，但也帶來二人的緊張關係，並爲燕大惹來牢獄之災。

由燕大與王君和的落難，可見作者立足點的不同。王君和爲盜所持，復爲盜所救，最終則安然離山；燕大則因燕青指點，當場逮住楊衙內與其妻幽會，反遭衙內誣爲殺人賊，最終靠燕青破獄，帶往梁山。此差異點，將盜匪作亂易爲權要之仗勢欺人，對執政者具有一定的批判力。而將楊衙內與燕妻送至梁山行刑、燕大兄弟二人依附於梁山，也透露出劇作家對現實社會與正統司法的絕望，同時對梁山群盜寄予極高的期望。

本劇所稱之「同樂院」疑即「同樂園」，宋徽宗時設置，寓與民同樂之意。金人趙秉文《同樂園詩》嘗云：「過卻清明遊客少，晚風吹動釣魚船。」與劇中清明遊春吻合〔註 15〕，此見元劇作家善於用典，乃深諳民間習俗。

（四）《盆兒鬼》

《永樂大典》之〈戲文十八〉曾著錄宋元戲文《包待制判斷盆兒鬼》一

〔註 14〕參見金元好問著，《續夷堅志》（百部叢書——得月叢書），卷四〈盜謝王君和〉（藝文印書館影印，民國 56 年），頁 1。

〔註 15〕參見莊一拂編著，《古典戲曲存目彙考》（上），卷四〈中編雜劇一〉（上海古籍出版社，1982 年 12 月第一版第一次印刷），頁 222。

名，其故事應出於民間傳說〔註16〕，但《後漢書》卷八十一有關王忳的故事，與《盆兒鬼》之劇情類似，因此《盆兒鬼》之傳說，與王忳一文應有所關連。事載：

> 夜中聞有女子稱冤之聲。忳咒曰：「有何枉狀，可前求理乎？」女子曰：「無衣，不敢進。」忳便投衣與之。……忳曰：「汝何故殺數客？」對曰：「妾不得白日自訴，每夜陳冤，客輒眠不見應，不勝感恚，故殺之。」忳曰：「當爲汝理此冤，勿復殺良善也。」因解衣於地，忽然不見。明旦召游徼詰問，具服罪，即收繫，及同謀十餘人悉伏辜，遣吏送其喪歸鄉里，於是亭遂清安。〔註17〕

王忳故事之女鬼與楊文用咸因無法自申冤屈，而須假託陽世之人爲其告官。前文之女鬼藉衣現形訴冤；楊文用則藉張撇古三敲盆罐，鬼魂方出盆罐訴冤。元代獄訟劇的鬼魂通常皆能直接至陽間訴冤，或自尋原兇報仇，少有似《盆兒鬼》之楊文用託張撇古代爲告官理冤。《盆兒鬼》除了與王忳一事相似之外，與《浮漚記》之劇情也頗多類似，如二人均係避百日之災，而外地行商獲利百倍，返家前夕客宿旅店，事前曾夢兇事，並果眞慘遭橫禍。二劇之被害者均名「文用」，唯姓氏不同，此或已成元劇之通用程式。

劇中盆罐趙在謀財害命之後，尙將楊文用的屍骨搗製成盆罐，此乃元代獄訟劇中，所見最爲狠毒之手法。兼開旅店與瓦罐業之盆罐趙夫婦，利用旅店將具有錢財之過客謀財害命，爲求毀屍滅跡，乃將楊屍捏製成盆罐。盆罐趙夫婦之毒辣雖遠過於《浮漚記》之白正，然仍畏懼神鬼，急將楊屍製成之盆罐賣與張撇古，不似白正之神鬼不懼。

劇作家安排盆罐趙將楊文用的屍骨支解和泥爲瓦罐，使盆罐趙的兇殘形象更爲深刻具體。透過惡徒的深度刻劃，與楊魂之訴冤，均揭露出劇作家的重點是對於無惡不作的匪徒及當時黑暗混亂的社會，提出強烈的指控與批判。

（五）《神奴兒》

《南九宮譜》之〈黃鐘賺・集戲文名〉記載著：「開封府，神奴兒幼小爲厲魂，爲逢何正。」〔註18〕其本事應出於《搜神記》中何敞夜遇蘇娥一文。

〔註16〕參見《永樂大典》（附編下），頁40。

〔註17〕參見宋・范曄等編，《後漢書》，卷八十一〈獨行列傳〉（北京：中華書局，1965年5月第一版，1987年10月北京第四次印刷），頁2680～2681。

〔註18〕同註16，頁51。

其故事記載漢時交州刺史何敞夜宿於亭，忽有一女訴冤曰前年與婢同遭亭長龔壽毒手，遭其殺害之後，埋屍於樓下，苦無處訴冤，乃託何敞爲其申冤理屈，將屍首回葬歸鄉。何掘之，果然不誤，因而爲其報仇。劇中龔壽雖理當抵罪，然何敞以爲「壽爲惡首，隱密數年，王法自所不免。令鬼神訴者，千載無一，請皆斬之，以明鬼神，以助陰誅。上報聽之。」〔註 19〕於漢千載無一之鬼魂訴冤情事，於元代獄訟劇則俯拾皆是，卻始終未有如龔壽家族因其一人罪行而遭連坐者。

蘇娥與神奴兒二人，前者因亭長之好色死於非命；後者的嬸嬸王臘梅欲獨霸家產而慘遭殺害。兩名兇手雖皆就近埋屍於地下，其動機與所反映的社會問題則互異。神奴兒的原兇與被害人爲親屬關係，尤其神奴兒遭父喪，與母被趕出家門，再加上神奴兒係一名稚子，且是李家唯一的血脈，嫁作李家婦的王臘梅卻忍心爲財痛下毒手，其中所反映的不僅社會風氣敗壞的問題，更顯現出家庭倫理的瓦解。

關於鬼魂訴冤的情節，蘇娥直接訴諸刺史何敞；神奴兒則遭害之後，首先託夢於家僕老院公，老院公與其母方至李德義家尋找神奴兒，未料反遭李德義夫婦誣爲殺害親夫李德仁及親子神奴兒的兇手。於此同時，神奴兒之鬼魂於大街上撞上了包拯的坐騎，包拯乃主動派員勾神奴兒魂魄至府陳情。前者蘇娥一文著重於對不法者之重懲，神奴兒則重視包拯審案之過程，審案的過程中，既融入了神鬼之力，也處處透露出元代政治社會的一面，較諸蘇娥訴冤一文有更強的社會性與豐富的情節，但相同的是，揭發善惡終須有報的主旨。

二、強調節操義行的墮落

（一）《裴度還帶》

《裴度還帶》之本事可溯自《唐摭言》卷四之「節操」，其文載有：

> 晉公……時造之問命。相者曰：「郎君形神稍異於人，不入相書。若不至貴，即當餓死。然今則殊未見貴處……」……因退遊香山佛寺，徘徊廊廡之下。忽有一素衣婦女，執一緹縉於僧伽和尚欄楯之上……叩頭瞻拜而去。少傾，度方見其所致，意彼遺忘，既不可追，然料其必再至，因爲收取。躊躇至暮，婦人竟不至，度不得

〔註 19〕參見《搜神記》，卷十六，頁 119～120。

已，攜之歸所止。詰旦，復攜就彼……俄睹向者素衣疾趨而至……度從而訊之。婦人曰：「新婦阿父無罪被繫，昨告人，假得玉帶二；犀帶一，直千餘緡，以遺津要。不幸遺失於此。今老父不測之禍無所逃矣！」度憮然，復細詰其物色，因而授之。婦人拜泣，請留其一。度不顧而去。尋詣相者，相者審度聲色頗異，大言曰：「此必有陰德及物！此後前塗萬里，非某所知也。」再三詰之，度偶以此言之。相者曰：「祇此便是陰功矣，他日無相忘！勉旃！勉旃！」度果極人臣。〔註 20〕

《裴度還帶》與此文之情節梗概大致相同，皆將裴度之由貧至相，諉之於陰德所致。陰德之說與裴度的節操為《唐摭言》的主題。《裴度還帶》則以韓瓊英之救父為主，二者的主題意識顯有變異。《裴度還帶》因裴度未居相位時之貧，增飾其借居姐夫家中；因「新婦阿父無罪被繫」，轉化為韓廷幹之堅持操守，得罪國舅，以致遭陷。此增飾強化《唐摭言》所欲稱揚的節操義行，再借韓瓊英之口：「此時世俗惟先生之一人，禮義廉恥道德之風餘者，俗子受不明之物，取不義之財，有幾人也！」〔註 21〕襯托出當世道德風俗之敗壞，尤其在國舅斂財、栽贓之下，益突顯出韓廷幹與裴度之操守。

至於裴度與韓瓊英二人的結合，也是異於前文之處，此則可歸諸元劇喜以團圓收場有關。身處於元代的作家，必有其本身的時代限制，團圓收場為其一；另則為謝裴恩，贈女為婦以資謝禮，亦是當時父母主婚的時代限制。《蝴蝶夢》中關漢卿以功名文章為重的標舉，猶於本劇可見，當韓母為夫提出以女為恩禮之意見以後，道士趙野鶴則搶於裴度之前，告訴韓母：「中立當以功名為重，必當先進功名，後妻室也。」〔註 22〕足見關劇仍無法擺脫文章立世，朝中為臣的窠臼。

（二）《汗衫記》

《汗衫記》之本事約出自《原化記》之「崔尉子」。此文記載崔尉攜妻乘孫氏之舟赴任，途中孫氏覬覦崔氏財貨，推崔落水，並以刀刃恐嚇崔妻與家僕，並於當夜佔有崔妻——王氏。王氏不久產下崔子，養成之後，入京赴舉，

〔註 20〕參見五代王定保著，《唐摭言》，卷四〈節操〉（世界書局，民國 64 年 4 月三版），頁 43。

〔註 21〕參見《全元雜劇初編》，第二冊，頁 740～741。

〔註 22〕同註 21，頁 756。

途中夜宿崔莊，崔母以其貌似亡子，倍加疼愛。崔應舉不捷，返家途中又過崔莊，崔母以崔尉臨行之際，留作紀念之衣贈與崔子。崔子返家之後，未嘗提及此事，一日忽著此衣，其母王氏驚而告之實情，並告官誅孫，王氏因事發未曾告官，而被判從坐，因子哀請而免。〔註 23〕

《汗衫記》將孫氏易爲張孝友一家收留的陳虎，陳於本劇已非單純的劫財殺人。陳於落難乞討途中，爲張員外所救濟，張員外之子孝友並以兄弟相稱，而留至張家解典鋪，此爲救命之恩，不意陳卻心存歹念，唆使張孝友夫婦至徐州東嶽廟進香，以致有下手的機會。相較之下，張家施恩的趙興孫則感恩圖報，適時爲張家解圍，並抓住陳虎，爲張家報仇。「崔尉子」之孫氏與崔家並無淵源，陳虎則於暴行之外，並且忘恩負義，此爲劇作家所指責的目標之一，也是造成張家破敗分離的主要原因。除此之外，與陳虎同樣蒙受張家之恩的趙興孫，則將張家恩情銘記在胸，並在落草之後替張家抓拿陳虎。陳虎與趙興孫在本劇中，可說是劇作家刻意的安排，使二人的品行於此成爲一種強烈的對比，加強了對陳虎指控。

汗衫認親的典故由下襟之火燒孔，至臨行前特意撕裂汗衫爲來日相逢之證，可謂張國賓爲劇情所預設的伏筆。至於陳豹應舉得第、張家火燒、張家二老淪爲乞丐、張孝友落水爲和尚所救，皆強化了本劇的戲劇性，人物特色也更加突出，而孝友未死亦是元劇爲求團圓收場所下之伏筆。

三、強調鴇母的重利輕情

（一）《青衫淚》

《青衫淚》的主要取材來源爲唐代詩人白居易之詩作〈琵琶行并序〉。其序自云：「元和十年，予左遷九江郡司馬。明年秋，送客湓浦口，聞舟船中夜彈琵琶者……問其人，本長安倡女，嘗學琵琶於穆、曹二善才，年長色衰，委身爲賈人婦……。」〔註 24〕序中已點出白居易之行蹤與琵琶女之身份。待至本文又曰：

> 自言本是京城女……十三學得琵琶成，名屬教坊第一部……暮去朝

〔註 23〕參見宋李昉等著，《太平廣記》（二），卷一二一〈崔尉子〉（文史哲出版社，民國 76 年 5 月再版），頁 856～857。

〔註 24〕參見唐白居易著，《白居易集》（一），卷十二〈琵琶行并序〉（漢京文化事業有限公司，民國 73 年 3 月 20 日初版），頁 241～242。

> 來顏色故。門前冷落鞍馬稀，老大嫁作商人婦。商人重利輕別離，前月浮梁買茶去。去來江口守空船……同是天涯淪落人，相逢何必曾相識！……。〔註25〕

雖白居易與元稹交情最善，然白居易身在江州之際，元稹亦方遭貶官，故無至江南之事；其次，白居易於中書舍人時遭貶，並非侍郎，亦未曾任職吏部；雖與賈島同時，卻頗少贈答；至於孟浩然乃開元天寶時人，相去更遠。此當因白居易〈琵琶行〉之作，有老大嫁作商人婦，及商人重利買茶等語，故劇作家馬致遠方借此演繹爲裴興奴嫁與茶商一事。〔註26〕

劇中娼妓裴興奴之名，蓋取於《樂府雜錄》中有關裴興奴之記載：

> 貞元有王芬、曹保保其子善才，其孫曹綱皆襲所藝。次有裴興奴，與綱同時，曹綱善運撥……興奴長於攏撚……時人謂曹綱有右手，興奴有左手。〔註27〕

白居易詩序中，曾言琵琶女嘗習琵琶於穆、曹二善才，琴藝亦甚佳，故乃與裴興奴有所連想。本劇之裴興奴亦善於琵琶，白居易即於江中認出裴興奴指撥，乃請裴過船一見。本劇安排白與裴本屬情人，但自原詩觀之，白與琵琶妓實素不相識。考之於史，即知《青衫淚》所載與史實不符，此乃本劇原非史事記錄，而是以顯現鴇母重利輕情及裴興奴的深情爲主。

四、強調負心漢與癡情女的對比

（一）《瀟湘雨》

一般將《南詞敘錄》中〈宋元舊篇〉所錄之「崔君瑞江天暮雪」〔註28〕與元劇《瀟湘雨》爲同一劇情。現存〈宋元戲文輯佚〉本有存殘曲二十九支、〈傳奇彙考標目〉別本無名氏中有《江天暮雪》一本。

《崔君瑞江天暮雪》一戲演崔君瑞、鄭月娘情節，與雜劇《臨江驛》相類，一以秋雨，一以冬雪。劇情敘崔棄妻贅蘇女，月娘知崔別娶往尋，崔誣

〔註25〕同註24，頁242～243。

〔註26〕參見清黃文暘編，《曲海總目提要》，卷一（新興書局，民國56年出版），頁2。

〔註27〕參見唐段安節著，《樂府雜錄》（臺灣商務印書館，民國55年3月臺一版），頁24。

〔註28〕參見明徐渭著，《南詞敘錄》（歷代詩史長編二輯第三冊）（鼎文書局，民國63年2月初版），頁251。

以逃婢，械押歸鄉，至江天驛，因暮雪不能行，而哭坐驛廊。月娘之兄鄭廷玉恰値登第給假省墓，而與月娘偶遇。蘇父謁廷玉，令其親押崔君瑞登途，亦値風雪，匍匐請罪。此劇以崔、鄭二人完聚於江天驛故名。〔註29〕

鄭月娘之異於張翠鸞者，乃翠鸞至崔宅方知崔士甸已然他娶，仍堅持前往尋夫，但皆被誣爲逃婢的罪名之下，鄭月娘僅係械押歸鄉，翠鸞卻遭刺字配往沙門島，崔士甸又於暗中吩咐解子中途殺害張翠鸞，於是同時強化了張翠鸞的悲慘命運及崔士甸的薄倖毒辣。

劇作家楊顯之將冬雪易爲秋雨，實具其文學意義與藝術性，因爲秋天本具悲意，此將外景內情合而爲一，益顯翠鸞悽愴無助。雨和淚俱下的哀情於押解途中，透過翠鸞於第三折【尾聲】的唱詞：「天與人心緊相助，只我這啼痕兒向臉兒邊相聚天那！天那！只我這淚點兒，更多如他那秋夜雨。」〔註30〕令人不免爲其泥濘難行的人生路途沾襟，也更襯托出崔士甸的兇殘。

五、強調因果輪迴的果報觀

（一）《後庭花》

《後庭花》之本事以源自《妒記》之記載最有可能。根據《曲海總目提要》卷一之記載：

> 按《妒記》，載唐兵部尚書任瓌，賜二女，妻爛其髮禿。太宗賜金瓶酒，云飲之立死，不妒不須飲。柳氏拜敕曰：「誠不如死。」乞飲盡。太宗謂瓌曰：「人不畏死，卿其奈何？」〔註31〕

本劇趙廉訪之妻妒欽錫之女，或即影借其事鋪演而成。有關妻妾猜妒毒辣手段，《妒律》之記載尤夥〔註32〕，然欽賜二女之事，則與本劇較爲相似。

劇中趙妻之所以命人暗殺二女，乃恐己身無後，若張翠鸞有孕在先，則其地位與家產不保，因此趙妻在與張氏母女見面之後，即瞞著廉訪使暗中派祇候殺害二女，此較諸任妻的「爛其髮禿」毫不遜色。張翠鸞最後雖非死於祇候手下，卻間接因此而遭店小二之侮，以致驚嚇過度而亡，因此趙妻仍未脫其責。

〔註29〕同註18，頁61。

〔註30〕參見《全元雜劇初編》，第五冊，頁2183。

〔註31〕參見《曲海總目提要》，卷一「後庭花」，頁38。

〔註32〕參見清陳元龍著，《妒律》（筆記小說大觀叢刊第五編）。

張翠鸞死後，店小二憂其橫死作怪，乃取門首一片桃符插其鬢角。此桃符鎮邪作用於《風俗通義校注》之〈卷八・桃梗、葦茭、畫虎〉中已載：「謹按：黃帝書：『上古之時，有荼與鬱壘昆弟二人，性能執鬼……。』於是縣官常以臘除夕，飾桃人，垂葦茭，畫虎於門，皆追效前事，冀以衛凶也。」之語〔註33〕，其注九並載有《御覽》卷九十六七引《典術》曰：「桃者，五木之精也，故壓伏邪氣者也。桃之精生於鬼門，制百鬼，故今作桃人梗著門以壓邪，此仙木也。」〔註 34〕可知於東漢之時及其前朝，已有視桃木爲仙木，可鎮百鬼之說。時至宋代，此風猶行，《東京夢華錄》即有「桃符」之記載：

> 桃符：陳元靚歲時廣記五，引皇朝歲時雜記，桃符之制，以薄木版長二三尺，大四五尺，上畫神像狻白澤之屬，下畫左鬱壘、右荼神，或寫春詞，或書祝禱之語，歲旦則更之。陳元靚歲時廣記四十引古今詩話，僞蜀每歲除日，諸宮門各給桃符，書元亨利貞四字。時昶子善書札，取本宮策勳府桃符書云：「天垂餘慶，地接長春。」〔註35〕

此於桃符之作用與民間的使用方法都有明確記錄，《後庭花》之桃符即《東京夢華錄》所載之桃符，因有如此傳說與民俗，故店小二於闖下人命之後，乃有急忙取下門首一片桃符，以鎮翠鸞暴死之冤魂的作法。本劇第四折中，明寫著翠鸞鬢角之桃符寫著「長命富貴」，【倘秀才】裡包拯亦唱道：「他那里門室桃符避邪崇增福祿，畫著鍾馗。」〔註 36〕足見宋代民風於元代仍存，因此獅子店門首因僅餘一根「宜入新年」，獨缺「長命富貴」，而透露出此店與翠鸞之死有必然的關連。至此桃符以避邪崇之作用，轉化代伸冤屈的破案證物。鄭廷玉將民間慣貼桃符於門首的習俗融入劇情，並使之成爲破案高潮的物證，足見鄭廷玉的編劇功力，但避開趙妻之刑責，爲其美中不足之處。

符避邪原爲民間的傳統信仰，店小二將桃符差於張翠鸞之鬢角，本也合乎人之常情，但是店小二之舉乃欲遮掩張翠鸞身死的事實，並爲免張魂騷擾，

〔註33〕參見漢應劭著，《風俗通義校注》，頁368。
又其注九云：「玉燭寶典一引莊子：『斲雞于户，縣葦灰于其上，插桃於旁，連灰其下，而鬼畏之。』」（漢京文化事業有限公司，民國72年9月16日初版），頁369。

〔註34〕同註33，頁369。

〔註35〕參見宋孟元老著，《東京夢華錄注》，卷十「十二月」注八（漢京文化事業有限公司，民國73年3月30日初版），頁252。

〔註36〕參見《全元雜劇初編》，第六冊，頁2713。

同時也有為自己脫罪的嫌疑。在《後庭花》一劇中，桃符由店小二手中的脫罪利具，成為破案的關鍵，可見桃符雖能避邪卻不致淪為奸邪之徒的護身符。張翠鸞死後與劉天義的唱和詞曰：

> 無心度歲華，夢魂常顧家；不見天邊雁，相侵井蛙。碧桃花鬢邊斜插，伴人憔悴煞。〔註37〕

點出張翠鸞的身份與所在，而其將店小二插於鬢邊的桃符贈與劉天義為信物，則突顯出天道之不可欺，即使店小二再三掩飾，終無法逃過天理正義的制裁。

（二）《浮漚記》

《雞肋編》中有一文與王文用指滴水浮漚為證之劇情相似者。其文曰：

> 婦年少美色，事姑甚謹，夫為商，與里人共財出販，深相親好，至通家往來。其里人悅婦之美，因同江行會，傍無人即排其夫水申，夫指水泡曰：「此當為證」，即溺。……姑以婦年少，里人未娶，視之猶子，故以婦嫁之，夫婦尤歡睦。後有兒女數人。一日大雨，里人獨坐檐下，視庭中積水竊笑，婦問其故，不肯告，愈疑之，叩之不已。里人以婦相歡，又有數子，待己必厚，故以誠語之，曰：「吾以愛汝之故，害汝前夫，其死時指水泡為證，今見水泡，竟何能為此？其所以笑也。」婦亦笑。而已後伺里人之出，即訴於官鞫，實其罪而行法焉。婦慟哭曰：「以吾之色而殺二夫，亦何以生為？」，遂赴淮而死。〔註38〕

此文將前夫之遇害歸諸於其婦美色所致，且前夫與里人為至交，故事之主題於節婦及里人之不義。《浮漚記》之白正與王文用素昧平生，慣常以打家劫舍、殺人放火為營生的惡匪白正，初乃覬覦其財皆，而一路追殺王文用。由於白正之目標於錢財，並不一定非得殺害王文用，但因王文用道出將告官抓拿，白正方下手為強。王文用遭害之處為「太尉爺爺廟」，故王文用先指太尉做見證，白正乃將王文用拖出屋簷之下，避免太尉之見證，情急之下，王文用只得指浮漚兒為證。對於浮漚之為見證，里人與白正均無所懼。前文之里人因其偽裝獲取被害者一家之信任，並由其母作主嫁與里人；白正則一貫其

〔註37〕同註36，頁2698。

〔註38〕參見宋莊季裕著，《雞肋編》（百部叢書——琳琅秘室叢書），藝文印書館影印，頁13。

兇暴性格，至王家殺害王父、強奪王妻。故而里人乃工於心計，白正則爲不折不扣的惡徒，但憑兇狠手段，謀財害命。

二文之浮漚其實均未有證見之功，里人係過於自信，自述案情始末，以致婦人告官伏刑；白正之被捕，仍出於太尉之力。《浮漚記》可謂承襲了前者行商遇害及指浮漚爲證之情節，其間加入元劇通用的典故，如因懼百日之災而外出行商，卻於返家前一日於郊外遇害等等。白正此一惡匪亦是元代獄訟劇中常見的人物，劇作家將白正描寫爲鬼神共懼的兇惡人物，是元劇之罕見者。劇作家固然可能誇張其兇狠形象，然元代社會上必有如此惡匪，其惡行深爲民眾所痛恨，卻又苦無抵抗之力，因此在深具宗教觀之下，民眾乃有託諸天曹太尉爲民平冤之舉，以符合善惡有報之民眾心理。

六、強調濃厚的宿命觀

（一）《薦福碑》

雷轟薦福碑之故事，可於宋代的《冷齋夜話》中尋其蹤跡。其文曰：

> 范文正公鎮鄱陽，有書生贈詩，甚工，文正禮之。書生自言，天下之至寒餓者，無在某右。時盛行歐陽率更書薦福寺碑墨本，值千錢，文正爲具紙墨打千本，使售於京師，紙墨已具，一夕雷擊碎其碑。故時人爲之語曰：「有客打碑來薦福，無人騎鶴上揚州。」東坡作窮措大詩曰：「一夕雷轟薦福碑」。〔註39〕

此落拓文士的命運乖舛與元劇中的張鎬一樣，但是元劇中的張鎬比宋朝之書生更加噩運連連，雖有范文正之推薦信，卻一事無成，甚至似乎將自己的噩運亦傳染與他人，如收到第一封推薦信之黃員外，於當天夜晚便急病而亡；第二封推薦信之收受者，則在張鎬抵達前一天即已過世，因此張鎬未敢送出第三封信。不過在龍神廟中的執筊不順，卻又爲自己帶來禍事。凡此率皆元劇作家之鋪演，此鋪演過程中，將書生張鎬的不遂推向極至，因此即使爲聖上點爲狀元，卻又因錯陽差的險些丟官喪命。

宋代書生的不遂爲一巧合；元劇中的張鎬，在劇作家筆中則簡直是不見容於天地之間，尤其是龍神的出現與懲罰，更加強了《薦福碑》的宿命色彩。

〔註39〕參見宋釋惠洪撰，《冷齋夜話》（筆記小說大觀叢書二十二編），卷二，頁590～591。

（二）《留鞋記》

有關郭華之故事甚夥，《南詞敘錄》之〈宋元舊篇〉錄有「王女英月下留鞋」〔註 40〕，《宦門子弟錯立身》之第五出於【排歌】中也提及「郭華因爲買胭脂」〔註 41〕，顯見其時已有此一戲文，就其題名可知其內容當與元劇《留鞋記》相似，或本同一題材，但原文僅餘殘曲，難以比較。今可查察者爲《幽明錄》之「買粉兒」與《綠窗新話》之「郭華買脂慕粉郎」。

據南朝宋・劉義慶所著《幽明錄》之記載，尚未出現「留鞋」之情節，其文曰：

> 有人家甚富，止一男，寵恣過常。遊市，見一女子美麗，賣胡粉。無由自達，乃託買粉……積漸久，女深疑之，明日復來，問曰：「君買此粉，將欲何施？」答曰：「意相愛樂，不敢自達，然恒欲相見，故假此以觀姿耳。」女悵然有感，遂相許以私，剋以明夕。其夜，安寢堂屋，以俟女來。薄暮果到，男不勝其悅……歡踴遂死。女惶懼不知所以。因遯去，明還粉店。至食時，父母怪男不起，往視，已死矣，當就殯斂。發篋笥中，見百餘裹胡粉，大小一積。其母曰：「殺我兒者，必此粉也。」入市遍買胡粉，次此女，比之，手跡如先，遂執問女曰：「何殺我兒？」女聞嗚咽，具以實情。父母不信，遂以訴官。女曰：「妾豈復吝死，乞一臨尸盡哀。」縣令許焉。逕往，撫之慟哭曰：「不幸致此，若死魂而靈，復何恨哉！」男豁然更生，具說情狀，遂爲夫婦，子孫繁茂。〔註 42〕

此文與《留鞋記》之情節已甚相似，惟易胡粉爲胭脂；更變二人相會爲郭華醉臥臥廟寺，華醒見月英之留鞋，憤而吞帕氣絕。《幽明錄》中男女主角尚無姓名，故事留傳之宋時，則郭華之名已具，胡粉也已成爲脂粉，留鞋之情節同時具現，可謂元劇之雛形於此皆備：

> 郭華……游京城。入市，見市肆中一女子美麗，賣胭脂粉。華私慕之，朝夕就買。經半年，財本空竭。此女疑之而問曰……答曰：「意相愛慕，恨無緣會合，故假此以覩姿容耳。然每一歸，必形諸夢寐。」

〔註 40〕參見《南詞敘錄》（鼎文書局，民國 63 年 2 月初版），頁 251。

〔註 41〕參見錢南揚著，《永樂大典戲文三種校注》（華正書局，民國 74 年 3 月出版），頁 231。

〔註 42〕參見《太平廣記》（三），卷二七四〈買粉兒〉（文史哲出版社，民國 76 年 5 月再版），頁 2157。

> 女悵有感曰：「……明日……君可從東街多景樓側小門直入，即我屋後花園也……」及期，華因遇親友話，屋已二鼓矣。女久候不來，乃留一鞋而入。華視門扃，扉左得鞋，哽愴歸去，以口吞之，氣噎而絕。翌晨，主人見華尚有餘息，於喉中得鞋，又見胭脂粉多，遂挑鞋於粉肆詢之。其父問女，女不敢隱，父乃同主人歸店視之，華已甦矣。遂命主人爲媒，因嫁爲夫婦。〔註43〕

元劇雖然承襲前代小說而作，卻非全盤的接收，除了因應元劇四折之需，做了必要的增飾，且以前二文中二人的問答，帶出男子的愛慕之意；元劇則是二人自始即互相戀慕，王月英尚爲情消瘦，主動交代婢女梅香代傳情意與相會之地點時間，因此郭華與王月英的相戀過程於元劇已有不同的轉變。

《綠窗新話》中，是夜郭華因親友來訪而遲到，只見女子所留之鞋，氣而吞之；元劇因此更易郭華因當日爲元宵節，雖早到相國寺等待，無奈與親友飲酒過量，不勝酒力而眠。王月英至寺，郭華仍未醒，由於王月英恐夜深未歸，母親責罵，特以香帕包鞋留其懷中以資表記。郭華醒時，見鞋知意，憤吞香帕而亡。郭僕琴童趕到相國寺，誤告當寺和尚爲謀財害命，包拯乃命人持鞋認出王月英。

劇末與前二文皆使郭華死而復生，團圓收場。然三者之團圓寓義則互異，《幽明錄》中女子撫屍痛哭，摯情感人，男子之復活含有眞情感天之意；《綠窗新話》乃郭華本即尚存餘息；《留鞋記》中郭華與王月英之結爲夫婦則含有較強的宿命觀，劇中郭華吞帕而亡之時，只見伽藍鬼力上場，自云其爲相國寺之伽藍，奉觀音法旨：「因爲秀才郭華與王月英是前生夫婦，今爲姻緣未就，吞帕而亡。爭奈秀才壽年未盡，著他七日後還魂，與王月英永爲夫婦。」〔註44〕因此，郭華之復活與王月英爲其取帕並無直接關連，即使包拯亦無來由地感通神意，斷曰：「你二人有宿世姻緣……我著你王月英夫婦團圓。」〔註45〕足見本劇將二人的姻緣歸諸宿緣，經由告官與包拯之下斷，將神意落實於民間，同時因獄訟劇情的加入與王月英之受審，將劇情推向另一高潮。王月英臨屍取帕之舉，將郭華七日還魂之神意，有了較合乎常理的交代，而郭華由吞鞋易爲吞帕也更合於人情。

〔註43〕參見宋皇都風月主人著，《綠窗新話》，卷上〈郭華買脂慕粉郎〉（世界書局，民國51年2月初版），頁45～47。

〔註44〕參見《全元雜劇初編》，第二冊，頁547。

〔註45〕同註44，頁567。

小　結

至於前有所本，但已無法查其本事來源，或無法尋得全文以茲比對者，計有《鴛鴦被》、《留鞋記》、《瀟湘雨》、《殺狗勸夫》、《陳州糶米》、《百花庭》、《酷寒亭》、《盆兒鬼》等八劇。

足以證明元代獄訟劇之本事於前已有相關著作，卻無法考證其原文之重要資料者，主要有《宦門子弟錯立身》之第五出〔註 46〕，與徐渭之《南詞敘錄》的《宋元舊篇》〔註 47〕。據錢南揚先生之研究，《殺狗勸夫》雖有傳本，但已經明人修改，失去本來面目；《郭華因為買胭脂》、《臨江驛》僅存佚曲，餘者皆已隻字無存〔註 48〕，是以無法單就《宦門子弟錯立身》之題名，考查其本來故事。

另外明人徐子室於《九宮正始》也錄有元傳奇《殺狗記》〔註 49〕、《留鞋記》〔註 50〕、《王煥》〔註 51〕、《鄭孔目》〔註 52〕、《郭華》〔註 53〕、《玉清庵》〔註 54〕。《永樂大典》卷三十七，三未韻「戲」字下，也載有戲文二十七卷三十三本，其中與元代獄訟劇有關者為：《楊德賢婦殺狗勸夫》（戲文七・卷一三九七一）、《風流王煥賀憐憐》（戲文十四・卷一三九七八）、《包待制判斷盆兒鬼》、《鄭孔目風雪酷寒亭》（戲文二十四・卷一三九八八）。〔註 55〕

元人劉一清之記載，可知《百花庭》一劇於南宋時已有所傳，至元戊辰、己巳年間更盛行於京都〔註 56〕。此外元人楊朝英於《朝野新聲太平樂府》，《卷六》「集雜劇名詠情」〔註 57〕的記載，可知《鴛鴦被》、《蝴蝶夢》、《瀟

〔註 46〕同註 44，頁 231～232。

〔註 47〕明人徐渭所錄之《宋元舊篇》中有關元代獄訟劇之劇目者，有《殺狗勸夫》、《賀怜怜咽花怨》、《王月英月下留鞋》、《崔君瑞江天暮雪》、《百花亭》等五劇。參見《南詞敘錄》，頁 250～251。

〔註 48〕同註 47，頁 234。

〔註 49〕參見明徐子室著，《九宮正始》（善本戲曲叢刊第三輯）（台灣學生書局，民國 73 年 8 月影印出版），頁 43。

〔註 50〕同註 49，頁 96。

〔註 51〕同註 49，頁 157。

〔註 52〕同註 49，頁 162。

〔註 53〕同註 49，頁 891。

〔註 54〕同註 49，頁 401。

〔註 55〕參見《永樂大典》（附編下），頁 40～41。

〔註 56〕參見元劉一清著，《錢塘遺事》，卷六（筆記小說大觀二十四編）「戲文誨」（新興書局有限公司，民國 70 年 12 月出版），頁 366。

〔註 57〕參見元楊朝英著，《朝野新聲太平樂府》（曲學叢書第二集第二冊），卷六「集

湘夜雨》、《金鳳釵》、《酷寒亭》、《魔合羅》、《後庭花》等劇於元代當時均已盛行。

清人李漁嘗謂：

> 凡人作事，貴於見景生情。世道遷移，人心非舊。當日有當日之情態，今日有今日之情態。傳奇妙在入情，即使作者至今未死，亦當與世推移，自轉其吞，必不能膠柱鼓瑟之談，以拂聽者之耳。〔註 58〕

故知變舊劇為新戲必當「與世推移」，方能與觀眾產生共鳴，為觀眾所接納、喜愛，如此也才稱得上是成功的劇作。元代的獄訟劇在轉化前人作品的同時，已能掌握住「與世推移」的重點，適時地融入當時的時代性與社會性，使觀眾在欣賞已熟知的故事時，能即時有所共鳴。

在強化善、惡對比之下，元人日常生活所能觸及的社會問題，經過劇作家的誇張與轉化，即使前有所本的題材皆有異於前人作品的時代色彩。而凡事經由人間（梁山或官府）、神鬼的獄訟劇情，群民滿足了現世無法得到的公平正義；經過戲劇的演出，對日常生活中均可能觸及的冤屈有了發洩的管道；劇作家同時也在戲劇的編撰和演出之中，與觀眾同時獲得心理的慰藉，與描繪心中理想情境的機會。因此獄訟的過程與結果時有超乎常理之處，此亦戲劇之為戲劇之處，因為戲劇雖能反映人心卻非史傳，故不須照實陳述，甚至因當時法令所限〔註 59〕，劇作家反而無法直抒胸臆，乃造成元人雜劇時有不拘常情之處。

第二節　「錯認」與「巧合」的運用

基於現實經驗所鋪演成戲的元代獄訟劇，融入了現實生活中人人都可能面臨的「錯認」與「巧合」。但凡具有「故事」成份的文學藝術，如民間傳說、

雜劇名詠情」：「鴛鴦被，半床閒，蝴蝶夢，孤幃靜……。【滾繡毬】付能的瀟湘夜雨晴……。【倘秀才】金鳳釵斜簪在鬢影……酷寒亭，傷情對景。【叨叨令】……將一個魔合羅斂兒消磨盡……。【尾】……后庭花歌殘玉樹聲。」（世界書局，民國 50 年 11 月初版），頁 18～20。

〔註 58〕參見清李漁著，《閒情偶寄》，卷四〈演習部・變調第二〉「變舊成新」（長安出社，民國 64 年 9 月臺一版，民國 68 年 9 月臺三版），頁 75。

〔註 59〕參見《元史》，卷一四〇〈刑法三・大惡〉：「諸妄撰詞曲，誣人以犯上惡言者，處死。」頁 2651。
又卷一五〇〈刑法四・禁令〉：「諸亂製詞曲，為譏議者，流。」頁 2685。

小說、說唱與戲曲等等，均無法避免採用「錯認」與「巧合」此二種手法以推波助瀾〔註 60〕。以演出爲最終表演目的元代獄訟劇作家，其將「錯認」與「巧合」廣泛而普遍的運用於劇本之中，並非純粹的無心之作，而是有其戲劇效果的考量。

在獄訟劇中「錯認」與「巧合」的運用具有關鍵性的地位。獄訟劇情的形成、開展與結束通常透過「錯認」與「巧合」來進行，因此這兩種編劇的手法較較其他的戲劇技巧（如物件、非現實意象）更具普遍性與關鍵性。

有關「錯認」之運用不僅限於中國，國外戲劇亦常使用。如 Alan Reynolds Thompson 於《戲劇技巧》一書中，即列舉了以情節製造喜劇效果的四種手法，其中包括誤會、意外、意見衝突及錯認身份等〔註 61〕。另外在《戲劇的分析》一書中，C. R. Reask 也曾就「更高層面的技巧」提出「錯認對象」的技法，他視「錯認對象」爲一種特殊的嘲弄，因爲表演當中，劇中人並不曉得自己錯認對象，可是觀眾卻了然於心，故名之爲特殊的嘲弄〔註 62〕。但元代獄訟劇的「錯認對象」卻不一定是一種嘲弄，有時反而具有強烈的悲劇色彩。

本文擬據林鶴宜先生之解釋，將「錯誤」之內容分爲事實與身份兩種，「錯認」的形成則分爲刻意與非刻意〔註 63〕。「錯認」與「巧合」於元代獄訟劇作家筆下，已是一普遍的現象，今觀四十一本元代獄訟劇，或多或少皆運用了「錯認」與「巧合」的手法，而且兩者均用者佔多數。以下即就四十一本獄訟劇於劇中所使用的「錯認」與「巧合」製爲表格，以助於清楚瞭解元代獄訟劇作家對「錯認」與「巧合」之運用，已非偶一爲之或無心之作。

劇　名	錯　　　認	巧　　　合
竇娥冤	(1) 張驢兒誣陷竇娥使太守桃杌冤判竇娥	(1) 張驢兒恰至賽盧醫處買毒藥 (2) 竇父恰至楚州刷卷

〔註 60〕參見林鶴宜著，〈阮大鋮對「錯誤」「巧合」編劇手法的運用〉，《小說戲曲研究第二集》（國立清華大學人文社會學院中國語文學系主編，聯經出版事業公司，民國 78 年 8 月初版），頁 265。

〔註 61〕參見 *The Anatomy of Drama*, Alan Reynolds Thompson. University of Califonia Press, Berkeley and Los Angeles 1946。引自上註，頁 284。

〔註 62〕參見 C. R. Reaske、林國源譯，《戲劇的分析 *HOW TO ANALYZE DRAMA*》（書林出版有限公司，民國 66 年 6 月初版，民國 80 年 9 月三版），頁 110。

〔註 63〕同註 60，頁 283～284。

切鱠旦	(1) 楊衙內誣陷白士中以致皇上誤判 (2) 譚記兒佯扮漁婦騙取楊衙內的金牌	(1) 白所娶的譚記兒爲恩人楊衙內所愛慕的人
救風塵	(1) 趙盼兒假意欲嫁周舍，騙周周寫休書與宋引章 (2) 趙盼兒誣陷周舍，使宋與安秀實結合	無
蝴蝶夢	(1) 包拯以偷馬賊代王家行刑，使王母錯認死者爲幼子	無
魯齋郎	(1) 包拯將魯齋郎易名，使皇上錯認魯齋郎爲魚齊即而判斬	(1) 魯將李四妻贈與張珪，恰使李四夫婦團圓 (2) 李、張一家於雲臺觀巧團圓
裴度還帶	(1) 國舅誣賴韓建幹使府尹誤判韓罪刑	無
救孝子	(1) 賽盧醫易二女衣衫毀屍容，使春香之母錯認女屍爲春香 (2) 賽盧醫遺刀栽贓使春香之母誤告謝祖，以致謝祖含冤	(1) 春香恰帶興祖欲送謝祖之刀 (2) 恰值六月暑雨，屍腐難認 (3) 興祖歸恰遇春香與賽盧醫
燕青博魚	(1) 楊衙內誣陷燕青	(1) 燕青巧見衙內與燕大之妻約會
青衫淚	(1) 鴇母假造白居易遺書，使裴興奴誤信白已死，改嫁茶商	(1) 裴興奴與白居易江州巧遇重逢
薦福碑	(1) 使官錯認張浩爲上萬言策之張鎬 (2) 張浩誣賴張鎬誘拐家中梅香、偷壺瓶臺盞，命手下殺死張鎬	(1) 張鎬投薦書與黃員外，黃當夜即死
瀟湘雨	(1) 崔士甸隱瞞已婚身份 (2) 崔士甸誣賴張翠鸞爲逃奴	(1) 臨江驛與父重聚
酷寒亭	無	(1) 鄭嵩公幹聞妾奸事 (2) 鄭嵩子女乞討時遇宋彬
汗衫記	(1) 陳虎、張妻隱瞞陳豹身份，使陳豹認賊父爲 (2) 老夫人錯認陳豹爲孝友	(1) 陳豹巧遇張員外夫婦合汗衫 (2) 張員外夫婦與子巧相逢 (3) 張員外夫婦巧遇趙興孫
羅李郎	(1) 孟倉士之子湯哥錯認羅李郎爲親父 (2) 羅之家僕侯興以假銀贈湯哥致其入獄 (3) 侯興欺騙湯哥，使湯哥誤信羅告其偷錢，致湯不敢返家 (4) 侯謊稱湯已死，並假冒湯魂以逞私慾 (5) 蘇文順錯認受春盜唾盂	(1) 侯興恰將受春賣與蘇文順 (2) 羅李郎與湯哥巧遇，誤會冰釋 (3) 羅李郎與蘇文順、孟倉士、定奴巧相
虎頭牌	(1) 山壽馬誤信其叔戒酒	(1) 銀住馬造訪恰聞聖令，山壽馬得轉贈素金牌之權
後庭花	(1)張母誤告劉天義	(1) 張母偶聞翠鸞與劉天義二人唱和

金鳳釵	(1) 張天覺喬裝探民情 (2) 李虎強賴張欠錢 (3) 李虎將金釵易爲銀箸，使楊衙內錯抓趙鶚	(1) 李虎與趙鶚同宿一店，偶聞趙鶚藏金釵之處 (2) 店小二恰聞李虎賣金鳳釵
冤家債主	無	無
遇上皇	(1) 府尹謊騙趙元當差日期 (2) 太祖喬裝平民與趙平結拜	
雙獻功	(1) 李逵喬扮莊稼呆廝李義，使牢子錯誤李爲莊稼呆廝 (2) 白借坐衙門主事 (3) 李逵喬扮祇候，使與孫妻錯誤李逵	(1) 孫榮恰至白衙內借坐之衙門訴冤
還牢末	(1) 李逵易名李得扮莊稼	(1) 蕭娥恰聞李逵自道身份 (2) 蕭娥偶得李逵所贈匾金環爲證
勘頭巾	(1) 劉夫人誣告王小二殺害親夫劉員外 (2) 小二謊稱藏證物的地點 (3) 王知觀栽贓，使府尹誤判 (4) 張鼎將小張兒假扮知觀，使劉夫人錯認小張兒 (5) 張鼎計騙劉夫人，使其誤認知觀已供實情	(1) 小張兒巧聞王小二供詞
玉壺春	(1) 鴇母誣告李玉壺	(1) 斷案太守恰爲玉壺好友陶伯常
生金閣	(1) 郭成誤認龐可代爲引薦 (2) 龐謊稱郭妻乃明媒正娶，使嬤嬤誤信而勸說郭妻	無
灰闌記	(1) 馬妻騙所贈衣物爲己有，使張林錯認海棠不顧兄妹之情 (2) 馬妻謊稱海棠送衣與姦夫，使員外錯認海棠有姦情 (3) 馬妻買通鄰里、接生婆作僞證 (4) 馬妻誣陷海棠殺夫奪子	(1) 海棠於押解途中遇兄誤會冰釋
魔合羅	(1) 文道謊稱毒藥爲風寒之藥，使李德昌誤喝毒藥 (2) 李文道誣陷劉玉娘 (3) 張鼎謊稱老夫人因文道所合之藥身亡，使李受騙，陷誣李父涉案 (4) 李父誤會文道供詞	無
緋衣夢	(1) 王員外誤告李慶安，使縣官誤判 (2) 張千假扮貨郎，致裴妻錯認	(1) 慶安與閨香因箏、鞋相認夜約 (2) 慶安留下血手印 (3) 蠅破紫霞毫 (4) 慶安寢語
張千替殺妻	(1) 錯抓員外	無

留鞋記	(1) 琴童誤告和尚、王月英，使包拯錯勘月英	
殺狗勸夫	(1) 孫大錯認無賴送其返家，而弟偷錢 (2) 孫婦以狗屍騙夫殺人，使眾人錯認 (3) 孫二爲孫大頂罪	(1) 孫二於路上恰遇醉倒的孫大
合同文字	(1) 楊氏謊稱未收文書，使天義錯認安住爲騙子而打傷安住 (2) 包拯謊稱安住已死	(1) 安住遭打巧遇社長岳父
浮漚記	(1) 白正謊騙與文用比賽腳力，使店小二說出文用下落 (2) 白正謊稱爲王文用之友，致王父錯認	(1) 王文用死於東嶽殿、恰有太尉爲證見
盆兒鬼	無	無
陳州糶米	(1) 劉衙內謊稱自己爲包拯，使小撇古錯認劉衙內 (2) 包拯喬扮莊稼，使楊、劉、王三人錯認包拯	(1) 包拯巧遇王粉蓮、小楊衙內 (2) 赦書下，恰只救得小撇古
爭報恩	(1) 趙妾誣陷李千嬌不貞，使趙士謙誤告李，以致縣官誤判	(1) 趙妾巧聞李與花榮之交談
神奴兒	(1) 王臘梅誣陷兄嫂陳氏 (2) 何正錯聽「干證」	(1) 院公買傀儡，神奴兒巧遇其叔 (2) 何正巧見李德義攜神奴兒回家 (3) 李返家忽睏，其妻趁機殺姪 (4) 院公夢神奴兒訴冤
百花亭	(1) 王煥假扮賣查梨者，致高邈錯認	(1) 小二賣梨路過承天寺，巧傳信息
十探子	(1) 李圭喬裝探民情，劉榮祖因而錯認李	(1) 主司龐衙內與被告葛彪恰爲姻親
黃花峪	無	無
鴛鴦被	(1) 巡更錯認員外爲盜賊 (2) 小姑錯認張瑞卿爲劉員外 (3) 李玉英錯認張瑞卿爲員外 (4) 張與李謊稱爲兄妹，使劉員外錯認二人爲兄妹 (5) 張騙說將爲劉李舉行婚禮	(1) 劉道姑臨時至施主家作齋 (2) 張瑞卿吩附小姑勿點燈 (3) 張瑞卿恰至員外酒店逢玉英 (4) 李府尹返家途中遇員外等人
勘金環	(1) 王臘梅誣告大嫂，使縣官誤判	(1) 孫榮刷卷見姐案 (2) 孫曾住李家、證實爲姐夫字跡 (3) 王婆婆於銀匠處巧遇仵作之妻
大劫牢	(1) 李應謊騙韓伯龍爲商人，使韓錯認李應，並與之結拜 (2) 武松與魯智深喬扮僧人，致韓錯認	無
鬧銅臺	(1) 吳學究喬扮相士，致盧俊義錯認吳 (2) 盧妻與李固誣告盧俊，使太守誤判	(1) 燕青偶聞李固與盧妻將陷俊義，因而往梁討救兵

由以上簡表可以發現「錯認」或「巧合」在元代獄訟劇中已極為廣泛地被運用著，而這些刻意或無意之下所造成的「錯認」與「巧合」，均與劇情的發展及獄訟的發生或結束有著極為緊密的關係性。刻意造成的錯認亦高於非刻意的錯認；對事件的錯認也較身份之錯認為多。

「巧合」的運用多係人物的偶遇及不意獲悉某事。無論「錯認」或「巧合」、刻意或非刻意，與劇作家編寫時所使用的次數多寡，皆應著重其戲劇效果，意即因「錯認」及「巧合」的出現，是否能合於劇情發展？與獄訟又產生何種關連？至於元代獄訟劇中多次的運用，則證明了「錯認」與「巧合」的編寫手法，至少於元代獄訟劇中已是一種極為普遍的現象。

一、「錯認」於獄訟劇中的運用

就「錯認」的手法而言，一劇中已不限於一次的使用，而且只有《酷寒亭》、《盆兒鬼》、《黃花峪》、《冤家債主》三劇未曾使用「錯認」的手法，其餘多於劇中運用過多次的錯認手法。《魔合羅》、《羅李郎》、《勘頭巾》、《鴛鴦被》三劇中更出現多達四、五次之錯認。如前所述，「錯認」的對象可分為身份及事件；其形成的原因又可分為刻意與非刻意兩種，以下即分別對錯認身份與錯認事實兩大類探討，其中再分成刻意與非刻意的二種因素討論。

造成身份錯認的原因，有喬裝易容、易名謊稱、字音或容貌相似及裝扮相類，與時間上的純粹巧合等；造成錯認事實的形式則有誤告、誣告、設陷、錯聽等。造成錯認身份或事實的原因及形式，均含有一定的劇情效果，也與獄訟劇情有密切的關聯性，於是此處將就「錯認」在獄訟劇情的發生、開展與結束中，所扮演的關鍵性地位予以分析。

（一）錯認身份

劇中人物無論其劇意令人錯認，或無意之錯認他人身份，都足以構成劇情的衝突或急速地將劇情縮短，以符合元劇四折的限制。因此，在探討身份的錯認時，應著重劇中人為何刻意隱藏眞實的身份，以致造成身份的錯認？而此作為又導致何種戲劇效果？對於獄訟案件、劇情的開展有何影響？故基本上，錯認身份的重點在「人」，及其「錯認」之後所引發的劇情。

1. 刻意造成身份的錯認

刻意造成身份的錯認有《切鱠旦》、《蝴蝶夢》、《魯齋郎》、《救孝子》、《瀟湘雨》、《汗衫記》、《金鳳釵》、《遇上皇》、《雙獻功》、《還牢末》、《勘頭巾》、

《緋衣夢》、《殺狗勸夫》、《合同文字》、《浮漚記》、《陳州糶米》、《百花庭》、《十探子》、《大劫牢》、《鬧銅臺》等二十劇，其中共使用二十四次的刻意錯認，足見刻意造成的錯認在獄訟劇中佔有極大的比例。

（1）**有關獄訟之形成的錯認**

與獄訟的形成有關的錯認身份計，有《救孝子》、《瀟湘雨》、《金鳳釵》、《還牢末》、《浮漚記》、《合同文字》、《大劫牢》、《鬧銅臺》等八劇。

《救孝子》之賽盧醫欲脫罪乃強迫春香與死者梅香更換衣物，並以刀劃破梅香面容，刻意使人無法辨認死者的眞實身份。死者身上的唯一衣物乃成為認屍的憑證，即因賽盧醫的故佈疑證，使得春香之母誤認死老即爲女兒春香。

《瀟湘雨》的獄訟始於崔士甸的嫌貧愛富，爲求功明利祿而謊稱自己係未婚之身份。待張翠鸞尋至府邸，爲保住既有的榮華富貴，又謊騙原配妻子爲家中逃奴，而予以刺字、發配沙門島。使兩種刻意的身份錯認使得《瀟湘雨》一劇成爲獄訟劇。

《金鳳釵》中，張天覺的喬裝改扮，本爲便於打探民情，然而張天覺甫一上街，即遭到潑皮無賴的欺凌，尚賴趙鶚解圍才得脫解，於是張天覺回府之後便派人至旅店贈送趙鶚十雙金鳳釵。張天覺之贈釵原本善意，卻因李虎之惡行，使得趙鶚身陷囹圄，凡此皆因張天覺之喬裝改扮而起。

《還牢末》的獄訟始自李逵登門向李榮祖謝恩。李逵下山時已喬裝成莊稼漢，並易名爲李得，故李榮祖一直誤認李逵的身份。當李逵路見不平，錯手打死人時，李榮祖乃爲其說情減刑，未料李逵於押解途中脫逃，返回梁山之前，感於李之恩情，乃專門登門謝恩。此時李逵說出眞正的身份，卻被李榮祖的妾室蕭娥聽聞，並告發李榮祖結交盜匪，使李榮祖百口莫辯。

《浮漚記》之被害人爲王文用父子，二人死後由王父向天庭控訴白用，於是獄訟的形成在於王父控告。劇中王父之所以被害，乃因白正謊稱爲王文用之友，騙取王父的信任，以致王父在毫無警覺的狀況之下遇害。

《合同文字》的訟因爲劉天祥打傷劉安住，但劉天祥之所以打傷劉安住，係因繼室謊騙劉安住爲騙子，但未曾收取安住的合同文書，以致劉天祥誤以爲安住眞的是爲騙取錢財的騙子，於是一怒之下打傷劉安住。

《大劫牢》中梁山泊爲招安韓伯龍，乃刻意喬裝改扮接近韓伯龍，計逼韓上梁山。劇中李應燒毀其屋，武松與魯智深將韓誘往梁山，使得官府以火燒房舍危及街坊與結交梁山盜賊爲由，逮捕韓伯龍全家。

《鬧銅臺》與《大劫牢》的劇情頗爲相似，亦有梁山人物的喬扮與計誘，將盧俊義帶至梁山。雖然梁山將不願入山的盧俊義或韓伯龍釋回，卻因曾上梁山，而遭義弟李固以此爲由誣告，使之下獄。

（2）**有關獄訟之開展的錯認**

與獄訟劇情的開展有關的刻意錯認身份，有《切鱠旦》、《殺狗勸夫》、《陳州糶米》、《遇上皇》、《雙獻功》、《十探子》、《勘頭巾》等七劇。

《切鱠旦》中的譚記兒爲救白士中免於冤死，刻意喬扮成漁婦與楊衙內賣弄風情，並趁機灌醉楊衙內及身邊的隨從，然後偷走御賜金牌，使楊衙內失去御斬白士中的憑據。由於譚記兒的刻意改扮身份，使得楊衙內失去戒心，被譚記兒偷走金牌。原本御斬白士中已成定局，但因譚記兒的喬扮，使獄訟劇情得有另外的開展。

《殺狗勸夫》的孫婦謊騙孫大酒醉殺人，並以狗屍佯裝人屍爲證，使得孫大、孫二及柳、胡兩名無賴，誤以爲孫大果眞殺人。當兩名無賴漢以此爲由，勒索孫大不果而告向官府之際，孫二爲顧全兄長，遂挺身替孫大頂罪。由於孫二頂替孫大殺者的身份，是在誤信之下的替代，故屬於刻意的身份錯認。

《陳州糶米》的包拯接受小撇古的控訴與范仲淹等人的請託之後，以喬裝打扮的方式，暗中調查劉得中與楊衙內糶米不實的罪證。由於包拯刻意扮成莊稼漢，使王粉蓮在錯認之餘，炫耀與劉、楊二人的特殊交情，並以御賜紫金鎚爲證，以示其所言不虛。至於劉、楊二人也因錯認包拯，將包拯吊於樹上。因此，包拯的喬裝暗訪使獄訟劇情的進行至爲鮮活。

《遇上皇》中趙元的公幹逾期本即死罪，即使是臧府尹擅更當差之日，趙元亦無法推諉其責，但是卻於酒店與喬扮成平民的太祖結義，使得趙元免受處份，並得以任官。

《雙獻功》一劇的孫榮本欲告白衙內奪妻，係爲原告，不料因爲白衙內爲免孫榮告發，因而刻意借坐衙門假扮主長者，使得孫榮誤認白衙內，仍向其控訴白衙內的惡行，於是原告反成被告，秀於死囚之中。

《十探子》的劉榮祖初次告發葛彪時，因官官相護未能伸冤，其子反而因控告葛彪入罪，於是劉榮祖於心灰意冷之下，對喬裝成平民的李圭怒吼，引起李圭之關心，並爲之洗刷冤屈。由於初次告官的經驗已使劉榮祖對官府失去信心，李圭的喬扮反而使劉榮祖失去戒心，得以全盤說出冤屈，因此葛彪殺害劉家婆媳的獄訟於此產生極大的轉折。於是李圭刻意造成的錯認身份，既成爲第一次獄訟開展與轉折的關鍵，也導致第二次獄訟的形成。

《勘頭巾》一劇中，刻意造成錯認身份的是張鼎將小張兒假扮成王知觀，使劉員外夫人錯認小張兒。此錯認使劉夫人一步步地邁向張鼎的陷阱，終於套出王知觀的眞實姓名、身份與住所，案情也因此漸漸明朗。

（3）有關獄訟之結束的錯認

與獄訟之結束有關的刻意錯認身份有：《蝴蝶夢》、《魯齋郎》、《雙獻功》、《緋衣夢》、《陳州糶米》等六劇。

《蝴蝶夢》中包拯感於王母的慈愛與王家三兄弟的友愛，故在依審判王三死刑之後，又以偷馬賊張頑驢替王三受刑，以致王母前往認屍時，誤以爲死者即爲幼子，所以本劇的獄訟於包拯的調換受刑人而結束。包拯此舉既保住爲報父仇而殺人的幼子，也使葛彪的死有交待。

《魯齋郎》中，包拯上奏皇上，「魚齊即」爲害鄉里之間，人民深受其害，請求判斬。足證包拯自知以魯齋郎之身份而言，皇上絕不可能答應，同時也會有其他大臣的阻礙，於是易魯齋郎爲「魚齊即」。皇上之所以判下斬字，亦因包拯所報情事及人名而定，故皇上乃因魯齋郎遭包拯易名，導致其無意的身份錯認。

《雙獻功》的獄訟結束於李逵的劫囚及殺死白衙內、孫妻。此劇中的李逵曾造成兩次的身份錯認，第一次爲欲搭救孫榮出獄，以下山時即喬扮的莊稼呆廝身份，李逵無論裝扮或舉止都刻意扮成莊稼呆廝的模樣，使牢子錯認李逵而失去警戒，順利的救出孫榮。第二次則是扮成祗候人接近白士中與孫妻，亦因其裝扮使二人失去警戒，輕而易舉地砍獲二人首級。

《緋衣夢》一劇的張千受命刻意假扮成賣貨郎，挑著殺死梅香的兇刀於街市上閒逛，本欲引出與兇刀有關的人，以利案情的勘破。殺人兇手裴炎的妻子即因錯認張千，上前與張千爭論兇刀的歸屬，使得本案得以急轉直下，結束獄訟的過程。

《陳州糶米》中，包拯所造的錯認身份既使獄訟劇情有開展的作用，也因王粉蓮的錯認及招承，使得劉、楊二人假公濟私，典當紫金鎚的罪證確定。

元代獄訟劇中之刻意造成身份的錯認者，以喬裝易容爲最常使用的方法，計有十三劇〔註 64〕分別運用易名手法。劇中人物的喬裝易容，皆能符合劇情發展，而非憑空杜撰、飛天一筆，不致使人對其喬裝易容有多此一舉的反感。如《遇上皇》中太祖爲遊郊扮成秀才，乃因地置宜，打扮成秀才也不致失其身份；官吏爲探民情、求破案證據亦須扮成平民，方能深入民間；《鬧銅臺》之吳學究爲招安盧俊義，喬裝相士鐵口直斷，才能誘盧俊義上山……。凡此皆表現出元代獄訟劇家對刻意錯認身份的手法，已能依劇情所需，及合於當時社會現象，靈活地運用身份錯認的編劇技法。

綜觀刻意的身份錯認皆與獄訟案件有關，或造成獄訟的原因，或有助於案其的偵破，或爲案情審理的過程。無論其動機與形成的方式，刻意的錯認身份在元代獄訟劇中，均具有關鍵性的戲劇效果，同時對劇情也產生了推波助瀾或收束劇情的作用，也對獄訟的劇情本身具有相當的功效。

2. 非刻意造成身份的錯認

一劇中的每一次「錯認」與「巧合」多具有聯繫性，即使僅是「錯認」，前一個的錯認也即可能引起下一個錯認或數個的錯認，尤其是在劇中人刻意造成錯認身份之後，通常都將引發另一個或數個劇中人的無意錯認，但並不是每一次的無意錯認，都因前一個刻意的錯認而起。刻意造成的身份錯認中，由於已有一方明瞭眞情，故其引發的懸疑性及衝突性較低；無意造成的身份錯認，可能雙方皆未曾預料有如此的場面出現，其衝突性自然也較強。

（1）有關獄訟之形成的錯認

與獄訟有關之非刻意的身份錯認有《鴛鴦被》、《生金閣》等二劇。

這種非刻意的錯認也是一種偶然。例如《鴛鴦被》一劇中，李玉英與劉員外的玉清庵之約曾出現三次的無意錯認，此皆肇於時間因素之巧合所致。由於玉清庵之約不可爲外人道，故約於夜深之際，致使巡更一遇見半夜出門的劉員外，便錯認劉員外爲盜匪之徒無疑，而抓住官府。玉清庵方面，復因道姑臨時外出與交代，使小道姑錯將前來投宿的張瑞卿誤以爲即劉員外；由於時間之巧合，小道姑與李玉英均未曾詢問張瑞卿，以致琴瑟錯彈。故《鴛鴦被》一劇中，巡更錯認員外爲盜賊；小道姑錯認張瑞卿爲劉員外；李玉英

〔註 64〕此十三劇分別爲《金鳳釵》之張天覺、《遇上皇》之太祖、《十探子》之李圭、《救孝子》之賽盧醫、《勘頭巾》之小張兒、《緋衣夢》之張千、《陳州糶米》之包拯、《切鱠旦》之譚記兒、《大劫牢》之武松與魯智深、《鬧銅臺》之吳學究、《雙獻功》之白衙内與李逵、《還牢末》之李逵、《百花庭》之王煥。

錯認張瑞卿為劉員外等三次，均係非刻意的錯認身份。但是李玉英與張瑞卿有夫婦之實以後，便拒絕接受劉員外，使劉員外憤欲告官。

至於《生金閣》則是郭成自己被龐衙內的高貴裝束所迷，龐衙內本人並未特意喬裝改扮。劇中郭成攜家傳之寶——「生金閣」入京，準備奉贈達官貴人，希冀經由貴人之引薦獲取功名，孰料恰遇個「大人物」龐衙內，透過郭成之於第一折之唱詞，可見龐衙內出遊場面之大：

> 【金盞兒】我則見人馬鬧喧呼，這人物不尋常；我則見飛鷹走犬相扶助，都是些貂裘煖帽錦衣服。雖不見門排十二戟，戶列八椒圖，你覷那金牌上懸著虎符，玉帶上掛金魚。〔註65〕

即因龐衙內出遊時之大場面，及身上所著之貴衣虎符，讓郭成一眼便認定龐衙內是個大人物，必能助其一步登天。於此，郭成並未盡然錯認龐衙內，龐衙內確實是個權要子弟，惟其平生「兩箇眼裡不待見這窮秀才」〔註 66〕。然郭成因外地而來，未知龐衙內為人，僅以其裝束認定龐衙內是個貴人，輕忽店小二之忠告，以致丟妻喪命，魂告包拯。

（2）有關獄訟之結束的錯認

因字音相似而無意錯認身份的有《神奴兒》之何正。當包拯自言當尋破案情之「干證」時，衙役將「干證」誤聽為「何正」，以致由門外衝入，引發另一個「巧合」，使神奴兒的冤情得以迅速理清，劇情與案情乃急速的收束。

由於包拯所謂的「干證」為神奴兒被殺的相關證物或證人，並非一人之姓氏，因此純粹是何正誤聽，導致本人的身份錯認，與兩個姓名的字音相似不同。

由上所述，得知刻意造成的身份錯認遠多於非刻意造成的身份錯認。但相同的是對獄訟劇情的重要作用，若就獄訟的發生、開展與結束而論，其中有以與獄訟之發生有關的身份錯認較多，惟三者間之差異並不太懸殊。

（二）錯認事實

錯認事實與錯認身份常有連帶的關係，但此種關係並無必然性，有時事實的錯認會帶起下一個身份的錯認，反之亦然，但無論身份或事實的錯認皆可獨立存在，並不一定同時出現。在元代獄訟劇中，錯認事實也多與獄訟有

〔註65〕參見《全元雜劇初編》，第八冊，頁3885～3886。
〔註66〕同註65，頁3879～3880。

關，設陷、誣告與錯勘為最常見的錯認事實，此足以證明劇作家乃用心經營獄訟劇情的錯認事實，希望能藉錯認事實的產生，轉化或催化獄訟的劇情，甚至經由事實的錯認，急速地收束劇情。

1. 刻意造成事實的錯認

元代獄訟劇中，刻意造成的錯認事實與獄訟的關係最為密切。其刻意錯認的形式可分為設陷、誤判、栽贓及造假等四種，分別造成獄訟的形成、開與結束。

（1）有關獄訟之形成的錯認

與獄訟之形成有關的刻意錯認事實計有二十二劇，由於事例甚多，特將與獄訟形成有關的「錯認」情節條列如下：

◎《竇娥冤》：張驢兒誣告竇娥藥死公公。

◎《切鱠旦》：楊衙內誣告白士中貪花戀酒、不理公事。

◎《救風塵》：趙盼兒謊稱將嫁與周舍，周舍不甘受騙乃告趙盼兒。趙盼兒誣告周舍強娶他人妻女。

◎《裴度還帶》：國舅誣賴韓廷幹分贓官錢。

◎《救孝子》：賽盧醫刻意遺刀栽贓，仗春香之母誤告楊謝祖。

◎《燕青博魚》：楊衙內誣陷燕青與燕大為殺人賊。

◎《青衫淚》：鴇母假造白居易遺書騙興奴嫁茶商，當興奴與重逢之後，即告茶商計騙人妾。

◎《金鳳釵》：李虎將殺害六兒奪得的銀匙箸與趙鶚之金鳳釵互易，以致楊衙內錯抓趙鶚。

◎《遇上皇》：由於臧府尹素喜趙元之妻，又知趙元貪杯，故刻意令趙元於非當差日出差，欲令其因酒誤期而處斬。

◎《勘頭巾》：劉夫人誣告王小二殺夫。

◎《玉壺春》：鴇母誣告李玉壺撥弄母女感情。

◎《生金閣》：嬤嬤因誤信龐衙內言語，以為郭妻乃龐明媒正娶的妻室，故力勸郭妻順從，待知龐說謊時則予以怒斥以致喪命，郭妻因此攛嬤嬤之子控告龐衙內。

◎《灰闌記》：馬大妻誣告張海棠殺夫奪子。

◎《魔合羅》：李文道誣告兄嫂因姦藥死親夫。

◎《殺狗勸夫》：孫妻以狗屍謊稱夫殺人使眾人誤會。

◎《合同文字》：楊氏指稱安住爲騙子且未收取合同文書，以致天祥打傷安住，社長乃帶安住控告劉天祥夫婦。

◎《浮漚記》：白正爲追趕王文用，向店小二謊稱正與文用比賽腳力，而獲得文正下落。

◎《爭報恩》：趙妾誣陷李千嬌不貞，以致趙士謙誤告李千嬌。

◎《神奴兒》：王臘梅誣告兄嫂陳氏因姦殺害親夫及幼子神奴兒。

◎《鴛鴦被》：張瑞卿爲救王月英脫離員外掌控，謊稱二人爲兄妹騙取員外信任，並謊稱將爲員外與月英舉行婚禮，員外知情，不甘受騙而欲告官。

◎《勘金環》：王臘梅誣告兄嫂李阿孫殺夫、假造遺書。

◎《鬧銅臺》：盧俊義之妻與李固誣告盧俊義通匪。

以上二十二劇共二十三次的錯認身份，極大多數爲刻意的誣告，其餘方是說謊與栽贓造假。其中誣告是獄訟成立的最直接因素，但無論屬於何種形式都是構成獄訟的主要因素，如無這些刻意造成的事實錯誤，則獄訟劇情將不存在，亦無法稱之爲獄訟劇。

（2）**有關獄訟之開展的錯認**

與前一項相比，與獄訟之開展有關的錯認事實，顯然要少得多了。此類僅有《勘頭巾》、《勘金環》與《灰闌記》三劇。

《勘頭巾》中，王小二因畏懼酷刑，隨意謊稱劉員外遇害時遺失的頭巾與金環的藏匿處。由於殺害劉員外的兇手不是王小二，所以王小二並不知二物的下落。有關藏金環與頭巾的處全是王小二臨時所編的謊言，不意經由小張兒傳與王知觀，使眞正的殺人兇手王知觀得以栽贓成功，王小二亦因證物的起出而罪證確鑿。劇情透過王小二的刻意錯認事實，造成府尹的誤判，卻又因此引發張鼎審案的過程，使劇情更具戲劇性與懸疑性。

《勘金環》中，當李仲仁呑環噎死之後，李仲義夫妻卻一口咬定是兄嫂李阿孫因姦夫，爲使李阿孫罪名確認，二人乃稱李仲仁之遺書爲李阿孫之造假。此外，仵作因貪財而私呑金環，也失去李仲仁呑環而死的證據。因此李仲義的刻意錯認遺書非兄親筆，與仵作沈成的驗屍不實，皆獄訟劇情進行的關鍵。

《灰闌記》中，太守由令史全權作主，令史恰是馬妻之奸夫，以致二人得以買通衙門裡外的所有證人，刻意將海棠判成死罪。本劇之重要關鍵在於馬妻收買了街坊鄰舍與接生婆、剃頭婆，使得張海棠無法證實幼子確爲己出，而這幫人的收受賄賂，刻意錯認事實，同時造成獄訟過程的緊張，獄訟的劇情亦因此更吸引人。

（3）有關獄訟之結束的錯認

與獄訟之結束有關的刻意錯認事實，只有《勘頭巾》與《魔合羅》二劇。

《勘頭巾》中的獄訟以張鼎的巧施妙計方得結束。劇中張鼎先後欺騙劉夫人與王知觀，令二人錯認對方已供出實情，尤其是王知觀一聽劉夫人已招承時，馬上承認自己殺害劉員外。因此張鼎的設計誘騙是獄訟劇情收束的關鍵。

《魔合羅》中之張鼎與《勘頭巾》一樣，在已確定原兇之後，爲使對方認罪招承，二劇之張鼎均不約而同地以計謀誘人入甕，運用刻意造成的事實錯認，使《魔合羅》的李文道父子立即招承。

刻意造成的事實錯認與獄訟形成的關係最爲密切，極大多數的獄訟始於事實的刻意錯認。至於獄訟的開展及結束則僅佔極少數，與形成獄訟的錯認有極大的差異性。

2. 非刻意造成的事實錯認

非刻意造成的錯認事實有誤告、誤抓、受陷、誤信及誤聽等六種形式。雖與獄訟劇情有密切的關係，但不如刻意錯認事實的次數之多。

（1）有關獄訟之形成的錯認

非刻意錯認事實以致獄訟的形成者有《後庭花》、《緋衣夢》、《張千替殺妻》、《留鞋記》、《救孝子》等五劇。

《後庭花》中，張翠鸞與母分散遇害之後，張母卻聽聞劉天義與翠鸞唱和之聲，並有詞「後庭花」爲證，乃控告劉天義私藏翠鸞。

《緋衣夢》中，王員外因女閨香告知與李慶安夜約一事，且慶安於路上及家門皆留下沾滿血跡的血手印，以致王員外誤以爲李慶安對退婚一事懷恨在心，於是殺害梅香。

《留鞋記》中，王月英赴約時，郭華已酒醉不醒，故月英遺留鞋、帕與郭華爲證，以表明其曾來赴約。郭華酒醒知情之後，乃憤吞手帕，使月英遺留的憑證成爲琴童（郭華之書僮）誤告月英殺人的證據。又因郭華死於相國寺，因此琴童除了控告王月英，也曾誤告該寺住持。

《救孝子》中，春香之母亦因賽盧醫之喬扮屍身及栽贓，而誤告謝祖。

以上五劇的共同特色在於「誤」，《後庭花》、《緋衣夢》、《留鞋記》、《救孝子》四劇的錯認皆是無心的誤告；《張千替殺妻》的錯認事實則是誤抓員外。〔註 67〕

（2）有關獄訟之結束的錯認

有關獄訟之結束的非刻意錯認事實，僅有《魔合羅》一劇。

《魔合羅》一劇中，張鼎雖知殺害李德昌的原兇係李文道，卻因苦無憑證無法將李文道繩之於法。劇末張鼎的設計是一關鍵，但眞正使獄訟結束的則是李父的錯聽。劇中李文道聽信張鼎的建議，將合藥毒死老夫人的罪責推給可以贖刑的老父，不料其父誤以爲李文道誣陷自己殺害李德昌，因而急著說出原兇是李文道，使獄訟劇情急速地收束。

無論是哪一類型的「錯認」，每一劇中的數個「錯認」經常是與獄訟具有緊密的聯繫性。前一個「錯認」多半是下一個「錯認」的因，如此因因相循之下，後一個「錯認」也是前一個「錯認」的果。藉由以上之解析，足見「錯認」的手法是一種極爲用心經營下的編劇技巧，因爲「錯認」的運用，劇情可以既合於劇情所需，又因應元劇之體裁限制，靈活地使劇情轉化與收束。

綜合以上刻意與非刻意的錯認，可知錯認的手法在獄訟的形成上具有極重的份量。但凡與獄訟之形成有關的錯認，皆是每一劇之所以成爲獄訟劇的關鍵。因此「錯認」不僅是元代獄訟劇作家的常用手法，也是獄訟劇情的重要關鍵，但是「錯認」的運用不止於獄訟的形成，甚至在同一劇中，另一個「錯認」也與獄訟的開展及結束有關，只是數量上遠低於獄訟的形成，故「錯認」在獄訟劇中是具有多樣的作用。

二、「巧合」於獄訟劇中的運用

巴爾扎克曾說：「偶然是世界上最偉大的小說家。若想文思不竭，只要研究偶然」〔註 68〕，此應用於中國小說及戲劇亦然，俗云：「無巧不成書」，即是最好的證明。戲劇的「巧合」不同於眞實生活中所常見的「巧合」，而是已

〔註 67〕觀諸《張千替殺妻》一劇的曲文，可知張千乃義殺淫蕩的義嫂，自不會將罪嫌賴予義兄，因此筆者以爲員外之入獄，乃官府之錯認以致誤抓。

〔註 68〕參見《人間喜劇》前言，引自魯德才《中國古代小說藝術論》，第七章〈偶然性與偶然性情節〉（百花文藝出版社，1987 年 10 月第一版，1988 年 12 月第一次印刷），頁 290。

經作家提煉、轉化以後的情節，並與劇中的其他情節及人物發生聯系。

運用「巧合」的手法，可帶引劇中人以特殊的方式出現，偶然性的情節也會帶動觀眾的注意力、催化劇情的衝突性。尤其是因襲前人作品的劇情，若於其中添加劇作家獨設的「巧」思，將可增加戲劇的奇特性，甚至足以轉化整個原著的基本精神，而賦予新的面貌，注入更鮮活、靈動的生命。

在獄訟的劇情中，「巧合」與「錯認」並非截然二分的，二者之中具有互相牽引的關係，對於獄訟劇情的形成、開展、結束都具有關鍵性的意義。以下即就其與獄訟的關聯性作一探討。

（一）有關獄訟之形成的巧合

與獄訟之形成有關的巧合共有十九劇之多，爲求清晰亦以條列方式表示：

◎ 《竇娥冤》：當張驢兒欲配毒藥時，恰至賽盧醫之生藥鋪，張驢兒乃以賽盧醫欲殺蔡婆婆一事要脅，迫使賽盧醫爲張驢兒配毒藥，致張父誤飲毒藥，張驢兒誣告竇娥藥死公公。

◎ 《切鱠旦》：白士中於不知情之下，娶了楊衙內愛慕的譚記兒爲妻，使楊衙內懷恨在心。

◎ 《救孝子》：春香被賽盧醫挾持時，身上恰好帶著興祖託付代爲轉給謝祖的刀，致賽盧醫以刀砍壞屍容，並遺刀栽贓，使春香之母誤告謝祖。

◎ 《燕青博魚》：燕青偶然間得悉楊衙內與燕大之妻私會，楊衙內擔心姦情曝光，乃以莫虛名之罪抓拿燕青與燕大。

◎ 《青衫淚》：裴興奴受騙改嫁之後，與白居易於江州偶遇重聚，因此告發茶商侵佔人妾。

◎ 《酷寒亭》：鄭嵩公幹返家之際，偶聞店小二提起其妾的姦情，返家之後乃憤殺其妾，致身繫囹圄。

◎ 《汗衫記》：張員外夫婦偶遇孫子陳豹，又因汗衫爲證，得以認親；繼之又與張孝友於寺廟中巧相逢，因此得知陳虎的惡行，最後又巧遇曾受張家救濟的趙興孫，並因其協助而將陳虎送官法辦。

◎ 《虎頭牌》：銀住造訪其姪山壽馬時，恰值聖令山壽馬得轉贈素金牌之權，乃向山壽馬要求領軍、配帶素金牌。日後因貪杯失誤軍機，致遭軍法審判。

◎《後庭花》：張翠鸞死後，其母恰聞張、劉二人唱和，因而誤告張天義私藏其女。

◎《金鳳釵》：李虎與趙鶚同宿一店，偶聞趙鶚藏金鳳釵之處，故易金釵為銀匙箸，使楊衙內誤認趙鶚謀財害命。

◎《雙獻功》：孫榮恰至奸夫白衙內借坐之衙門申告白衙內，致反遭陷害，下於死囚。

◎《還牢末》：蕭娥偶聞李逵身份並偶得李逵所贈的匾金環，因此誣告李榮祖。

◎《緋衣夢》：王閏香與李慶安因箏、鞋相認，並進一步夜約贈金，卻使李慶安成為殺害梅香的主要嫌犯。

◎《留鞋記》：王月英巧遺鞋、帕與郭華為赴約之證，不料反成殺人之罪證。

◎《合同文字》：安住遭打，巧遇社長（岳父）經過特帶往包拯處告狀。

◎《爭報恩》：趙妾偶聞李與花榮交談聲，誣賴李有奸夫。

◎《神奴兒》：院公為神奴兒買傀儡時，神奴兒恰巧獨遇其叔，以致李德義攜神奴兒返家，復因其忽睏使妻子有機會殺害親姪。老院公偶然夢見神奴兒訴說死因與埋屍之處，其母與老院公乃告李德義夫婦殺害神奴兒。

◎《百花庭》：賀憐憐被禁承天寺時，適值王小二路過，透過小二使二人重逢，王煥也因此得知軍人高邈的惡行，並向种師道告發。

◎《鴛鴦被》：劉道姑臨時至施主家作齋，交代為員外開門，故張瑞卿投宿時，小道姑誤以為是員外。張瑞卿因小道姑言詞，以為玉清庵有不好的勾當，乃吩咐勿點燈，故夜深不明之間，李玉英未詳見張之容貌而與張有夫妻之實，引發劉員外的興訟動機。

（二）有關獄訟之開展的巧合

與獄訟劇情之開展有關的有《救孝子》、《勘頭巾》、《灰闌記》、《魔合羅》、《緋衣夢》、《陳州糶米》、《十探子》、《勘金環》等八劇。

《救孝子》：梅香的屍首在遭賽盧醫毀容之後，又恰值六月暑雨，屍腐難認，使得死者身份僅能憑衣物辨別。為此楊母與官吏的極力抗爭，是本劇的重點，也是獄訟過程的高潮。

《勘頭巾》：小張兒至牢中收草錢時，巧聞王小二供詞，並在無意間對王知觀說王小二的供詞，使王小二的罪名因此確定，也引發一連串的平反劇情。

《灰闌記》：海棠於押解途中巧遇兄長張林，誤會冰釋，張林乃爲海棠做證，使海棠有平反的機會，也帶出灰闌搶子的高潮。

《緋衣夢》：錢可欲下斷時，偶然間蠅破紫霞毫，使錢可懷疑案情不單純。慶安寢語剛好道出兇手的姓名的線索，引發精彩的調查經過。

《陳州糶米》：包拯喬裝之後，巧遇王粉蓮及小劉衙內，使包拯在本劇中有異於他劇的詼諧色彩，獄訟劇情的開展便在此一詼諧玩弄之間進行。

《十探子》：劉彥芳剛好向龐衙內控告葛彪，未料龐與葛二人爲姻親關係，以致被繫死囚，而有劉榮祖對喬扮成平民的李圭，有一番指桑罵槐的怒責。

《勘金環》：孫榮回家鄉刷卷時恰見姐案，李阿孫得以詳述始末，使劇情有所轉折。又因孫榮剛好曾住李家，故能卻認遺書爲姐夫字跡無誤，在證實李阿孫並未說謊之下，李阿孫殺夫一案自須重審。

（三）有關獄訟之結束的巧合

與獄訟劇情之結束有關的有《竇娥冤》、《救孝子》、《瀟湘雨》、《酷寒亭》、《玉壺春》、《浮漚記》、《陳州糶米》、《勘金環》、《鬧銅臺》、《鴛鴦被》、《金鳳釵》等十劇。

《竇娥冤》：竇天章恰至楚州刷卷，爲竇娥洗刷冤屈。

《救孝子》：興祖（春香之夫）返家徒中，恰遇春香與賽盧醫，適時解救春香、謝祖，並將賽盧醫正法。

《瀟湘雨》：翠鸞被崔士甸誣陷，於押解途中，恰在臨江驛與身爲廉訪使的父親重逢，而得以獲救。

《酷寒亭》：鄭嵩子於押解途中，子女爲其乞討食物，巧遇曾受鄭嵩之恩的宋彬，宋彬乃劫囚救走恩人。

《玉壺春》：太守陶伯常恰是李斌之友，因此李斌未因鴇母之誣告受冤，反而爲主持正義。

《浮漚記》：王文用恰巧亡於東嶽殿，以致有太尉爲其作證，太尉並並至人間抓拿白正，使王父向天曹控訴的獄訟得以解決。

《陳州糶米》：劉衙內爲子、婿求得但赦活人不赦死者的赦書，未料赦書到時，劉、楊二人已亡，恰只救得以紫金鎚打死小衙內的小撇古。

《勘金環》：王婆婆至銀匠處合配金環時，剛好沈成之妻亦至銀匠處典當沈成私吞的另一隻金環（即導致李仲仁噎死的金環），使案情得以澄清，也救了李阿孫一命。

《鬧銅臺》：燕青偶聞李固與盧妻將陷害義兄盧俊義，乃往梁山泊求援，終於破牢救出盧俊義。

《鴛鴦被》：劉員外原本欲告李玉英與張瑞卿二人，卻於途中巧遇多時未曾返家，卻已升官的李府尹，終於爲李玉英理屈平冤。

《金鳳釵》：店小二至銀匠鋪裡典賣金鳳釵，恰聞李虎亦至此賣金鳳釵，乃要求銀匠合力將李虎送官法辦，終爲趙鶚洗冤。

經由以上的分析，足見「巧合」中以人物的偶遇爲主。「巧合」的出現於獄訟劇，充份發揮轉化案節發展、集中衝突性、加速案情節奏與收束案情的功用。在這方面，顯然地，「巧合」的戲劇作用毫不遜於「錯誤」，但是其運用次數則不如「錯誤」之常見。如前所述，次數多寡無損於運用技巧之好壞，而且「巧合」與「錯誤」在元代獄訟劇中，已具有相呼應的襯托作用；「錯誤」與「巧合」於元代獄訟劇中，通常是伴隨著出現的，因此「錯誤」與「巧合」無法完全劃分開來，但是如能運用得宜的話，兩者並用不僅不致陷入互相妨礙的窘境，反而互添光彩，足以添加劇情的懸疑性及衝突性。

「巧合」與「錯誤」在戲劇中可集中矛盾、減少筆墨，尤其是在體制上有四折限制的元劇中，減少場次及縮短時間和空間的距離，都有助於劇作家的編寫。普遍而廣泛地運用「巧合」及「錯誤」的手法，使得它們成爲人物與情節之間的紐帶，既是情節發展的契機，也突顯了人物的性格。作者在偶然性中灌注了自己對生活的認識和判斷，以「巧合」與「偶然」誘發觀眾積極思考、領會作品的涵義。〔註 69〕

「巧合」及「錯誤」同時突顯與集中劇情的矛盾與衝突，使其具有足夠的強度以便將衝突推進而危機點，同時也刺激了觀眾欣賞過程中的懸疑、緊張的心理。其次，也足以增加故事的曲折、趣味，使戲劇更有吸引力。這些於元代獄訟劇家在劇情的運用上，皆能得到映證，「巧合」及「錯誤」既激起觀眾的心理緊張，也適時地具有西方戲劇家所謂的「特殊的嘲弄」〔註 70〕，

〔註 69〕參見魯德才，《中國古代小說藝術論》，頁 301～303。此書與魯德才所引之例子雖是小說，但其解說於元代獄訟劇中亦然，故仍採用。

〔註 70〕同註 62。

如《陳州糶米》中，王粉蓮錯認包拯，命包拯爲其牽驢；劉得中亦因錯認，將包拯吊於樹上；劉衙內求來的赦書恰巧只救了小撇古等。當清官廉吏以智計賺得證詞及證物時，也由受騙者身上得到了嘲弄的效果，但在清官廉吏使用非法手段以伸張正義之中，對現實社會與司法正義，產生更多的諷刺。

小　結

「巧合」與「錯認」經過劇作家的誇張、設計以後，使平凡的人物與生活化的對白開展出「奇」、「巧」的風貌。此不僅豐富與靈活了元代的獄訟劇，也展現出此時這些作家的技法已臻成熟，因爲偶然的生命在於眞實，「巧」的情節，需有情節發展的眞實可信的依據；「巧」的情節須與眞實生活相結合，並與作品的主題深刻地連繫，才是眞實的，也才具有藝術的說服力。

所謂出人意外是偶然，卻在情理之中是必然，這種偶然與必然必須互相調和。所謂「莫不因方以借巧，即勢而會奇」，「巧」不能離開「方」，「奇」也不能離開「勢」，要「巧」得合情合理，令人信服〔註 71〕，才能達到與觀眾共鳴的戲劇效果。

元代獄訟劇中，顯見「巧合」及「錯誤」的成熟運用。「錯誤」與「巧合」對獄訟的形成具有極重要的關鍵性，也佔有極高的比例，甚至若無「錯誤」或「巧合」的出現，則獄訟將無法成立。由於元劇的篇幅有限，雖能巧妙地運用「錯認」、「巧合」構成獄訟的形成，卻無法大量運用在劇情的開展上，以免收束不及〔註 72〕。因此，此兩種編劇手法的運用多用在獄訟的形成，次則獄訟的結束，至於獄訟的開展則最少運用。元劇的體制雖限制了「錯認」、「巧合」的運用，卻也因篇幅的短小，使得元劇作家更謹愼使用，而不至於刻意地賣弄「奇」與「巧」。

第三節　獄訟劇的悲劇性

據杜仁傑在〈莊家不識构闌〉〔註 73〕中的描述，元雜劇的觀眾是市井小

〔註 71〕同註 69，頁 306。

〔註 72〕同註 60，頁 268。

〔註 73〕此見杜仁傑〈莊家不識构闌〉中：

【般涉調・耍孩兒】……來到城中買些紙火。卻正打街頭過，見吊箇花碌碌紙榜，不似那答兒鬧穰穰人多。

【五煞】耍了二百錢放過咱，入得門上箇木坡。見層層疊疊團圞坐。抬頭覷、

民，而非貴族士子。因此戲作必須通俗易懂，能爲一般販夫走卒所接受，其思想基礎亦須奠基於當時人民的心理。在此情形之下，最能反映民眾的冤屈與理想的獄訟劇，往往由獄訟的過程中，透露出當時百姓在追求理想實所遭遇的現實衝突。此種現實與理想的衝突展現出一種美的悲劇色彩，現存元代獄訟劇中極大多數的作品，都具有或濃或淡的悲劇色彩。元劇的悲劇性無法脫離中國戲曲悲劇的脈絡，但在「獄訟」題材與時代的背景之下，仍有其異於不同時期的特殊悲劇性，而這種悲劇性也使戲曲得到更高的藝術成就。於是，藉由探討元代獄訟劇的悲劇性，將更能深入瞭解元代獄訟劇的特色及價值所在。

一、悲劇的定義

中國戲曲，尤其是元劇爲符合觀眾的需求，劇作的內容與觀點自然也有切入民間的需要。元代獄訟劇乃基於中下階層對政治社會與身家性命的危機感，反映出人民此一社會心理。在反映現實生活之餘，劇作中所展現的道德批判與價值觀，也深受民間宗教信仰的影響。由於科舉的廢行與異族統治的介入，當時民間的思想與信仰，乃至於影響戲劇觀念的已非正統的儒家或道家思想，而是已深入民間信仰的道教與佛教觀念。

道教思想對於民間最大的影響，在於建立了神仙世界、宿命的人生觀、祈禳之術等三大方面；佛教的基本概念又可分爲輪迴之說、解脫之道、果報觀、水陸法事等四種〔註 74〕。這些宗教觀在元代獄訟劇中皆可略見一二，尤其是宿命的人生觀與果報觀更是常見。中國的民間宗教，基本上融合了各家之說，元代獄訟劇中也透露出劇作家及當時民眾的宗教觀，其實是結合了儒、釋、道三教的思想。姚一葦先生曾提出，這種結合形成三種主要的特色：泛神的宇宙觀、宿命的人生觀、公平的鬼魂世界。〔註 75〕

此一宗教觀之下，中國人既希望也堅信所謂善惡必報的果報觀，是確實存在於「天道」之中。因此，中國戲劇甚難符合亞里斯多德對希臘悲劇所下

是箇鍾樓模樣，往下觑。卻是人旋窩。見幾箇婦女向臺兒上坐。又不是迎神賽社，不住的擂鼓篩鑼。

此見曾永義、王安祈選註，《元人散曲選詳註》（學海出版社，民國 70 年 10 月初版），頁 46。

〔註 74〕參見姚一葦著，《戲劇與文學》，〈元雜劇中的悲劇觀初探〉（聯經出版事業公司，民國 78 年 9 月初版），頁 5～9。

〔註 75〕同註 74，頁 9～11。

的狹義定義〔註 76〕。但若以更廣泛的定義而論，亞里斯多德所說的：悲劇必包含受難，亦即包含「一種破壞或痛苦性質之動作，諸如舞台上之謀殺、肉體之折磨、傷害，以及其他類似者」〔註 77〕且此種動作，足以引起觀眾哀憐與恐懼之情緒〔註 78〕，便是所謂的悲劇，此種解釋顯然較符合中國的悲劇意義。

綜合中國戲曲的發展與民族思想與亞里斯多德的定義，悲劇之於中國應是：正義、合理或善良的一方，與非正義、不合理或邪惡的一方產生衝突。前者在衝突之中被後者所擊敗，導致個人或親屬的死亡或不幸的遭遇，引起觀眾對邪惡的一方產生壓惡，並憐憫悲劇人物的遭遇；亦即中國悲劇著重於善與惡的衝突，因爲善的一方的失敗與不幸，使觀眾與劇中人的悲感產生一種共鳴，即可稱之爲悲劇。因此，中國悲劇不一定要如同亞里斯多德的標準，必須以逆境結束，悲劇主人翁也不需要是個高貴的英雄。所以西方悲劇只能用來參考比較，不能完全地套在中國戲曲。

二、獄訟劇的悲劇性

元代獄訟劇的悲劇性，其主要特色爲：以小人物爲悲劇性主角、以現實生活爲悲劇性主線、悲喜交集的結構方式等三大方面。

（一）以小人物為悲劇性主角

元代獄訟劇之悲劇人物大多以升斗小民爲主角，如《竇娥冤》的童養媳竇娥、《魯齋郎》的孔目張珪與銀匠李四、《救孝子》之書生楊謝祖及村婦春香、《瀟湘雨》的官家女張翠鸞、《汗衫記》的解典鋪員外一家、《後庭花》婢女張翠鸞母子、《救風塵》的娼妓宋引章、《金鳳釵》的秀才趙鶚、《冤家債主》的解典鋪員外張孝友、《雙獻功》的孔目孫榮、《勘頭巾》的無業幫閒王小二、《生金閣》的郭成與嬤嬤、《灰闌記》的從良小妾張海棠、《魔合羅》的商販妻子劉玉娘、《浮漚記》的商販王文用、《盆兒鬼》的楊文用、《陳州糶米》的

〔註 76〕亞里斯多德認爲：悲劇是對一個嚴肅的動作之模擬。通常悲劇中會有一位具有致命缺陷的英雄，悲劇英雄因其缺陷而導致死亡。悲劇能激起吾人哀憐及恐懼之情緒，從而使之得到發散。悲劇英雄做了替罪受難的犧牲品，觀眾卻因而深刻地認識了其自身與這個世界。這就是亞里斯多德所定義的希臘悲劇。直到今日其悲劇理論與原則，仍是討論悲劇中的古典標準。此見 C. R. Reaske 著、林國源譯，《戲劇的分析 HOW TO ANALYZE DRAMA》（書林有限公司，民國 66 年 6 月初版，民國 80 年 9 月三版），頁 5～6。

〔註 77〕參見《詩學箋註》第十一章，頁 97。

〔註 78〕同註 77，頁 67。

張撇古、《神奴兒》的陳氏、《百花庭》的娼妓賀憐憐及書生王煥、《青衫淚》的娼妓裴興奴與白居易、《十探子》的劉家婆媳、《鴛鴦被》的官家女李玉英、《勘金環》的李阿孫、《裴度還帶》之韓廷幹等等。

由以上所舉的例子，可見元代獄訟劇中的悲劇性人物大多是社會中所常見的小人物。除了韓廷幹、白居易、與爲官之父分離的李玉英及張翠鸞二人爲官家女之外，餘者雖具有官職，亦爲中低階級的衙役。整體而言，獄訟劇的悲劇性人物仍以尋常老百姓爲主要刻劃的對象。這些具有悲劇色彩的主人翁，無論性別與身份均具有廣大的代表性。就性別而言，劇作家並未偏向特定性別，男女都可以是悲劇人物；就身份地位而言，小官爲大官所欺凌、有財勢者欺壓無財勢者，因此乃有韓廷幹之遭國舅誣賴下獄。除了官吏之外，這些百姓有的是童養媳，有的是小商販或小手工業者，有的則是秀才、書生或娼妓，連無業的幫閒漢與嬤嬤也是獄訟劇的悲劇性主角。

因此，中國的悲劇甚難以西方悲劇定義，西方悲劇裡的英雄，在元代獄訟劇中則化爲與劇作家、觀眾最爲密切的小老百姓。這種現象與元代戲劇的觀眾及劇作家的社會階層有相當的關係，首先是元劇屬於場上之戲，其觀眾對象以城鄉百姓爲主，次則當時之劇作家大都是與中下階層的知識份子或專門編劇的才人，因此劇作家乃能抓住編劇的要點與觀眾的心理，貼切而深入地以日常小人物爲主人翁。以小人物爲悲劇性的主角，不只是因爲劇作家最爲瞭解與能夠掌握此類人物，更因爲以中下階層爲主角的描寫，才能切入廣大民眾的認知對象，劇中人喜、樂、哀、怒等情緒，也才能引起觀眾的共鳴，進而得到觀眾的歡迎。

（二）以現實生活為悲劇性主線

由於獄訟劇之悲劇性主角係以市井小民或低階吏員爲主，因此悲劇性的主線自亦與小老百姓有關連的日常生活爲劇情發展。這些與悲劇性主角有連繫的故事，雖以現實生活所接觸的日常事物爲開展點，但並不代表其遭遇爲單一的偶發事件。相反地，透過小人物日常生活所及的情境，而所引發的悲劇性遭遇，反而突顯出此事件的普遍性。

1. 美滿婚姻遭到破壞

元代獄訟劇中之具有悲劇性質者，主要表現在善與惡之爭，或追求理想的挫敗。這種善惡衝突或理想與現實的矛盾，可微小如個人對婚姻、愛情的美好追求，也可大如對政治體制或官僚體系的抗爭。因此，例如《救風塵》、

《青衫淚》及《百花庭》等三劇，即描寫娼妓對脫離神女生涯，從良爲人婦的渴望。置身青樓的宋引章、裴興奴與賀憐憐等人所追求的婚姻，僅係單純地尋個善心相待的知心，而非腰纏滿貫的富家子，但這種願望的追求並不易，除了有唯利是圖的鴇母從中作硬，更因爲花臺子弟多非眞心相待，以致娼妓從良之願甚難達成。經由其他戲劇對從良娼妓的描寫〔註 79〕，亦不難了解普通人家對於娼妓之本性難移的不信任感，即因如此，《灰闌記》的馬員外才會輕易地受其妻挑撥，誤信張海棠眞有奸夫〔註 80〕。這種娼妓從良的渴望與所衍發的家庭或社會問題，自亦是當時社會問題的呈現，娼妓之中仍有人努力追求此一理想，但也有如《救風塵》之趙盼兒對前例深以爲鑑，並苦勸一廂情願的宋引章：

【元和令】做丈夫的做子弟，他終不解其意；做子弟的他影兒里會虛脾，那做丈夫的忒老實。

【上馬嬌】我聽的說就里，你原來爲這的，引的我忍不住笑微微。你道是暑月間扇子扇著你睡，冬月間著炭火煨烘炙著綿衣。

【游四門】喫飯處把匙頭挑了筋共皮；出門去提領系、整衣袂、戴插頭面整梳篦，塡一味是虛脾，女娘每不省越著迷。

【勝葫蘆】休想這子弟道求食，娶到他家里，多無半載相抛棄，又不敢把他禁害著，拳打腳踢，打的你哭啼啼。

【么】恁時節傳到江心補漏遲，煩惱怨他誰，事要前思免勞後會。

〔註 79〕參見《全元雜劇初編》第五冊《酷寒亭》第二折中衹候趙用爲鄭孔目送文書時，因見其妾蕭娥虐待前妻子女，乃憤而罵道：「街坊鄰舍聽著：勸君休要求娼妓，便是喪門逢太歲，送的他人離財散家業破，鄭孔目便是傍州例。這婦人生的通草般身軀、燈心樣手腳，閒騎蝴蝶穿花柳，……定星盤上何曾有這婦人，搽得那粉青處青、紫處紫、白處白、黑處黑、恰便似成精的五色花花鬼。他生的兔兒頭、老鼠嘴，打街坊罵鄰里，則是腌腌臢臢的潑東西。」頁 2212。

又見《全元雜劇初編》第七冊《還牢末》李孔目亦因妾蕭娥不改惡習，與趙令史有私情，而趁機陷害李榮祖，故李榮祖遭酷刑認招之後，亦嘆道：「【青哥兒】他則是一般一般滋味，我喫了六問六問三推。我如今手搁著胸膛後悔遲，往當初憑著良媒取到我家里，換套兒穿衣、揀口兒喫食。這婆娘飽病難醫，把贓物拿，只送入衙內。我勸你這一火良吏，再休把妓女娼人娶爲妻，則我是傍州例。」頁 3481。

〔註 80〕參見《全元雜劇初編》，第九冊《灰闌記》。

我也勸你不得，有朝一日，準備著搭救你塊望夫石。〔註81〕

宋引章嫁後即如趙盼兒所料，最後由於趙盼兒的智騙休書，方能救出宋引章。由此可見，獄訟劇中娼妓的從良歸屬仍是一大問題，然而並不能澆滅她們追求美滿婚姻的渴望，於是如賀憐憐與裴興奴二人雖然幾遭鴇母阻礙欺哄，依然無法阻卻兩位有情人的努力。由每一劇中觀之，似乎此一婚姻問題乃單一事件，但細審其劇情與比對相關劇本，將可發現娼妓對從良嫁給他人婦的追求，乃爲一種普遍的現象。

2. 地方惡霸的欺壓

元代社會中到處橫行的潑皮與權豪勢要之家，經由衝突的劇情結構，亦可發現其中隱含著對於當時惡霸的指控。

這些惡霸包括以殺人放火爲營生的《盆兒鬼》之盆罐趙夫婦及《浮漚記》的白正、《汗衫記》的陳虎、與《鴛鴦被》中的劉員外，他們有的以正當營業爲幌子，暗地裡卻對旅客謀財害命、有的因美色兒忘恩負義，殺兄奪嫂、有的則是強娶人女抵債，儘管被害者求饒、抵抗，卻仍躲不了魂歸他鄉、妻離子散的惡運，尤其是官家女李玉英，只因其父李府尹欠債過期，而遭劉員外逼婚，名爲逼婚，實則與以人爲質無異。地方豪富，既感欺壓無財勢的父母官，一般無財無勢又無功名的老百姓又能奈之何？

3. 朝廷權貴的剝削

對於元代特殊階層的權貴子弟，廣大的群眾乃至官吏都心存著被壓迫的悲憤。這在《蝴蝶夢》、《魯齋郎》、《雙獻功》、《陳州糶米》、《後庭花》、《十探子》、《瀟湘雨》等劇中的悲劇情節中，皆可明顯感受到各階層人民對權貴的非法行徑之抗爭。

《蝴蝶夢》中，王老被葛彪的坐騎撞倒了以後，又被活活的打死，卻能揚長而去，繼續街市遊逛；王家三子攔住了葛彪，打死了葛彪，爲父報仇之後，則當場被捕，送往衙門，其間相差之待遇何止千里。當王家三子於大街上質問剛飲酒作樂罷的葛彪時，葛彪毫無所懼的稱道：「就是我來，我不怕你。」〔註82〕王母則堅信：「若是俺到官時，更做您一枝兒，使不著國戚皇親、玉業金枝，便是他龍孫帝子打死人也吃官司。」〔註83〕當打死葛彪之後，首

〔註81〕同註80，第一冊《救風塵》第一折，頁278～280。

〔註82〕同註80，頁408。

〔註83〕同註80。

見王家三子擔心的卻是「俗家無有錢鈔，打這官司使些什麼？」〔註 84〕再由王家母子四人共囚一牢，尙得遭衙役索討「冤苦錢」、「燈油錢」看來，這種以錢鈔打官司的問題，已由個人的復仇行動，衍生爲整個司法體制的問題，此亦悲劇性的情節以現實生活爲主線開展出社會普遍現象的例子之一。正由於此種不平與悲憤之心，王母乃指責包拯：「你都官官相爲倚，親屬更做道國戚皇族。」〔註 85〕此不僅道出劇中人的悲憤之情，也揭露出小老百姓與權貴抗爭的結果，及對獄政司法的絕望。

《蝴蝶夢》以外，《陳州糶米》一劇中的張撇古，其公然與擅改官價、假公濟私的劉、楊二人的一番激烈抗爭，則更足以代表這種悲憤的悲劇性人物與劇情。

劇中劉衙內保舉子、婿二人往陳州糶米之後，一出府門便急著交代二名慣於放刁撒潑的後生：

> 孩兒也！您近前來，論俗的官位可也勾了，止有家財略略少些，如今你兩個到陳州去，因公幹私將那學士定下的官價，五兩白銀一石細米，私下改做十兩銀子一石米，裡面再插上些泥土糠粃，則還他個數兒罷，斗是八升的斗、秤是加三的秤，隨他有什麼議論，到學士根前放著我哩！〔註 86〕

正所謂「上樑不正下樑歪」，劉得中與楊金吾較諸劉衙內反而是「青出於藍更勝於藍」，劉得中尙且求得「打死勿論」的紫金鎚爲自保，再加上有劉衙內爲後盾，劉、揚二人更是目無法紀，爲所欲爲。一方面緊抓住濟民的糶米之便私飽中囊，另一方面又藉紫金鎚的「鎭暴民」之效，只要有人膽敢抗議秤子的公平性，小衙內劉得中便祭出紫金鎚，將百姓當頑民打來，以致陳州百姓只得忍氣吞聲。在如此隱忍的衝突矛盾之中，偏有一位如外號一般性格的張撇古，僅由張撇古的上場詩，我們即可預料衝突之將暴發，其曰：

> 窮民百補破衣裳，污吏春衫拂地長；稼穡不知誰壞卻，可教風雨損農桑。……人見我性兒不好，都喚我做張撇古。〔註 87〕

張撇古的直硬性格令其子小撇古甚爲擔憂，但是當奉小衙內做假的大斗子汙了張撇古辛苦籌來的銀兩時，張撇古依然直秉其性，大罵：

〔註 84〕同註 80，頁 409。

〔註 85〕同註 80，第二折【紅芍藥】，頁 425。

〔註 86〕參見《全元雜劇初編》，第四冊《陳州糶米》，頁 1329。

〔註 87〕同註 86，頁 1338。

【金盞兒】你道你奉官行，我道你奉私行，俺看承著的一合米，關著八九個人的命，又不比山麋野鹿眾人爭，你正是餓狼口裡奪脆骨，乞兒碗底覓殘羹，我能可折升不折斗，你怎也圖利不圖名。〔註 88〕

此番怒責其實正代表著陳州百姓的心聲，異於他人者，乃張撇古不將其受欺壓事實隱忍爲理應承受者，而是直接挺身出來與其抗爭。但是張撇古有的只是剛烈的性子，自然無法與「打死勿論」的紫金鎚爲敵。

張撇古、王母及《雙獻功》的李逵是少數勇於挺身抗爭者，其餘毫無力量、機會反抗的張珪、李四或張翠鸞等人，則是隱忍在心，但這股悲憤卻仍然存在著，一如張珪的退隱山林亦是一種無言的抗爭。這種因個人而起的抗爭行爲或心態，具有一定的政治社會基礎，他們和權貴政要的衝突矛盾並不是偶發的個例，而是普遍的在當時社會中蔓延著。

4. 司法不公的荼毒

元代的獄政一如第三章第一節之介紹，自《蝴蝶夢》中由王母對於龍孫帝子與庶民同罪的願望破滅，至一門三人同囚一房，仍需遭衙役的無理索討，即充份展露司法正義在元代獄訟劇中的黑暗面。然而與王母一樣，對司法正義充滿期望之心的仍不在少數，如《竇娥冤》的竇娥、《神奴兒》的陳氏、《勘金環》的李阿孫及《魔合羅》的劉玉娘等人即是。當面臨惡人的威脅時，他們因對司法正義的信任，以至滿懷信心的抉擇官休一途，正因爲「心中無事」的坦蕩心懷，使他們上了元代司法的當。

《救孝子》之書生楊謝祖因縣官之急於結案，一心屈打逼供，在此楊母充份產現其護犢心切的母愛，同時也把經由唱詞將官府的昏聵無能及對司法正義的絕望一齊奔洩。在《救孝子》的第二折、第三折中皆可見楊母之怒責，尤其是第二折的【煞尾】，透過急切的節奏，生動的刻繪出爲人母者面對昏官濫吏的悲憤：

【煞尾】到來日急煎煎的娘親插狀論，怎禁他惡嗽嗽的曹司責罪緊。實呸呸的詞因不准信，磣可可的殺人要承認，生剌剌的刑法枉推論，粗滾滾的黃桑杖腿筋，硬邦邦的竹簽著指痕，紇支支的麻繩箍腦門，直挺挺的廳前悶又昏，哭吖吖的連聲喚救人，冷丁丁的慌忙用水噴，雄赳赳的公人手腳狠，那時節敢將你個軟怯怯的孩兒性

〔註 88〕同註 86，頁 1344。

命損。〔註89〕

此段唱詞，描寫出官府濫用酷刑逼供的生動畫面，也表現出楊母積極抗爭的一面。這種「爭到底」的抗爭行爲也同樣的出現在《竇娥冤》之中。竇娥與王母、楊母一樣，強忍酷虐拷打，一意爭到底，但是終究敵不過官府，到頭來仍然只落得指天地怨鬼神。所指責的雖是天地不辨清濁，實則也將代替王法的貪官濫吏影射其中。

以上四種均係理想與現實的衝突矛盾，除此之外，在《生金閣》的郭成與嬤嬤、《灰闌記》的從良小妾張海棠、《裴度還帶》之韓廷幹與《竇娥冤》的童養媳竇娥等人身上，則除了具有以上的衝突之外，更展現出人們對節操義氣的堅持。

首先以《竇娥冤》爲例，竇娥能夠抗拒嚴刑逼供，抵死不招，但一聽府尹要脅將打死婆婆時，竟同意畫押招承，所爲的無非是「婆婆！若是我不死，如何救得你。」〔註90〕在此竇娥已是孝與節的化身，而不是單純的冤死者。

《生金閣》的郭成不爲功名犧牲妻子、其妻得知郭成冤死之後，仍堅拒龐衙內的逼婚、從小帶大龐衙內的嬤嬤得知郭家冤屈之後，也能明理的不再爲龐衙內說服郭妻順從，並因直言冒犯龐衙內，落得慘死井底。此三人皆能不畏權勢的爲其節操與義氣，斷然的反抗龐衙內，所展現的是動人的夫妻情義與操行。

《灰闌記》中的從良小妾張海棠，由於護子心切，在包拯所設的灰闌搶子中，未敢使盡全力拉扯懷胎十月的幼子，寧願爲大妻所奪也願傷害親子。此段令人動容的情節將張海棠爲人母者的心情表露無遺。因此張海棠與《救孝子》的楊母、《蝴蝶夢》的王母均已然成爲母愛的最高代表。

《裴度還帶》則展現了韓廷幹爲官清廉自持的節操與無奈，由於不同流合汙，得罪了國舅，埋下日後遭其誣陷的伏筆。因此，韓廷幹的廉節也襯托出國舅與當時官場的貪風惡況。至於裴度還帶的行舉，更藉由韓瓊英的稱許，突顯出裴度義行於世的罕見，同樣有著反諷的效果。

以上這些堅持節義者，除裴度因此及時積下陰騭，救了一命之外，餘皆因其堅持分遭不幸的待遇，於是，節義的堅持在獄訟劇的悲劇情節中，既具褒揚之意，亦有藉揚善以達懲惡的目的。

〔註89〕參見《全元雜劇初編》，第三冊《救孝子》，頁1128。

〔註90〕同註89，第一冊《竇娥冤》第三齣【尾聲】，頁146。

由於中國人深信因果報應，一旦面臨不合理的待遇，極易將此冤氣伸展至天地之怨。獄訟劇中最明顯的例子即是《冤家債主》的解典鋪員外張善友。劇中張孝友於短暫時日之間，忽然一妻二子均先後過世，令張孝友極爲不滿，乃一狀告至縣官崔子玉府中，但被告卻是當地閻神。張善友之向人間衙門告閻神的背後思想，即中國人的傳統思想，天志既下傳予民意，民意自亦可上達天神地府。同時以人間體制轉移至天神地祇亦與人間擁有一樣的體制，於是當他懷疑天道有失公允，云：「我如今想來不干別人事，都是這當境土地和這閻神，勾將俺婆婆和兩個孩兒去了。我如今告俺那崔縣令哥哥，著他勾將閻神、土地來，我和他對證。」〔註91〕張善友所要告的則是：

【白鶴子】我告著閻神，他有向順；土地忒糊突，因甚交俺老漢妻亡，我兩個兒化，可是因何故。〔註92〕

但憑著「因何故」的不平情緒，支持著張善友勇於向天地抗爭。這種善惡的因果報應自該是無所閃失，若行惡得善果、行善反得惡果時，便會激發人民強烈的抗爭。這在《浮漚記》的商販王文用老父身上，同樣可以看到。王老遭白正推落井底之後，亦是魂告陰曹與天神，這就是最佳的寫照。

在衝突矛盾之中，展現了《盆兒鬼》的小手工業者和商販的不得安身立命、《灰闌記》的「祖傳七輩是科舉人家」子女的天大冤枉、《勘金環》的義門子弟爲分家而鬧出人命等等，這是當時社會問題的典型寫照。

與悲劇性主人翁有關的悲劇性故事，大都描寫了廣大人民群眾不幸的生活境遇，在衝突上表現出悲劇性主角最普遍的生活願望與理想的幾經挫折摧殘和不可能實現。這種衝突普遍具有社會性；即使是一些以個人命運爲中心的悲劇性衝突，往往都是以社會普遍的矛盾爲背景所開展的。關漢卿把這一悲劇性衝突歸納爲「冤」、「哭」；馬致遠又用「秋」這一自然景觀加以概括，戲劇作家高則誠則把這些用「動人難」三字加以概括，就透露出這種落筆於最普遍的司空見慣的普通人物的不幸遭遇的艱難。先秦哲學家韓非子把這種美學觀點歸結爲：「畫犬馬難畫鬼魅易」〔註93〕。而這種一般百姓的基本理想與當時現實社會的衝突矛盾，透過尋常的日常生活，更能刻劃出元人悲劇性衝突的基本思想。

〔註91〕同註89，第六冊《冤家債主》第三折，頁2881。

〔註92〕同註89，頁2882。

〔註93〕參見焦文彬著，《中國古典悲劇論》（西北大學出版社，1990年5月第一版第一次印刷），頁54～55。

（三）悲喜交集的結構方式

我國的悲劇，從悲劇成份的構成特點看，一般都是悲喜交集、苦樂相錯的，亦常以「寓哭於笑」的喜刻化的手法來表現，在悲劇的冷處插入丑、淨插科打諢的喜劇性表演，從而加深悲劇的感染力（當然也有單純爲了逗趣，以致影響悲劇效果的敗筆）。淨、丑角色所扮演的喜劇性人物，也常在三言兩語之中就揭示眞諦。他們以幽默、毫無掩飾的語言說出了其他人物不該說或不便說的話，由他們來點明主題，從而以喜劇的手法，深化了悲劇的思想深度。〔註 94〕

在我國古典悲劇中，不僅一般人物可以用淨、丑來扮演，進行插科打諢，調劑場子的冷熱，甚至主要悲劇人物都可賦予喜劇性格。李漁在《閒情偶寄》《科諢》一節中曾說：「科諢二字，不止爲花面而設，通常場色皆不可少。生、旦有生、旦之科諢，外、末有外、末之科諢。淨、丑之科諢，則其分內事也。然淨、丑之科諢易，爲生、旦、外末之科諢難。」〔註 95〕這段話雖指整個戲曲而言，也包括了具有悲劇性的戲劇。這種以喜寫悲的手法，收到了回味無窮的藝術效果。

元代獄訟劇中已有如此悲喜交集、以喜襯悲的結構方式。以元代最著名的悲劇《竇娥冤》爲例，全劇四齣一楔子，作者採用元代獄訟劇中劇常見的手法，亦即「上場帶戲」的技巧，人物一上場便將身世與劇情做了一番簡短的敘述。透過竇天章的自我介紹，立刻點出竇家家道中落的窘境，並開啓了竇娥悲慘命運的端點。竇娥在喪母離父之後，尙遭夫亡，與蔡婆婆相依爲命的悲苦境遇。張驢兒父子的出現，在解救蔡婆婆時，曾使劇情有過短暫的舒緩與喜悅，但緊接而來的卻是無賴父子的逼婚，但是一經淨扮的張驢兒樂道：「我們今日招過門去也，帽兒帽兒光光，今日做個新郎；帽兒帽兒窄窄，今日做箇嬌客，好女婿！好女婿！不枉了！不枉了！」〔註 96〕不僅爲緊張的劇情帶來笑意，也更突顯了竇娥的堅貞不屈。待竇娥與張驢兒二人的衝突至最高點時，丑扮的楚州太守卻自道：「我做官人甚殷勤，告狀來的要金銀，若是上司來刷卷，在家推病不出門。」〔註 97〕一見張驢兒拖著竇娥上衙門，又急

〔註 94〕參見張庚、蓋叫天著，《戲曲美學論文集》，《中國古典悲劇的民族特徵》（丹青圖書有限公司），頁 40～44。

〔註 95〕參見清李漁著，《閒情偶寄》，〈詞曲部・科諢第五〉「重關係」，頁 58～59。

〔註 96〕同註 90，頁 134。

〔註 97〕同註 90，頁 142。

忙下跪，只因「但來告狀的就是我衣食父母。」〔註 98〕簡單而深刻的描繪出元代官吏的貪贓枉法，也因爲張驢兒父子及太守，加深了竇娥的悲苦惡運，同時也使竇娥一人的悲劇具有濃厚的社會意義。這種反襯式的科諢既加強化悲劇的舞臺效果，也加深悲劇的思想深度。〔註 99〕

爲人民做主的父母官，在元代獄訟劇的悲劇情節中，多的是與《竇娥冤》中的太守如出一轍者。如《救孝子》的鞏得中：「我做官人只愛鈔，再不問他原被告。」〔註 100〕及令史：「我務必要問成一個……這管筆著人死便死，比刀子快。」〔註 101〕《勘頭巾》的府尹：「官人清似水，外郎白如麵，水麵打一和，糊塗成一片」〔註 102〕等等。這些官吏的科諢皆是一種悲喜交雜的手法運用，也達到了以喜襯悲的悲劇效果。另外，在《百花庭》中，除了外扮賣查梨的王小二的科諢之外，第二折時正末的王煥爲了與被關在承天寺中的賀憐憐相見時，刻意與王小二更換衣物，並學其叫賣聲，此則說明了元劇的科諢不以淨、丑爲限。

我國古典的戲曲理論家都以觀眾學的角度出發，他們認爲戲曲只要符合廣大觀眾的人情，任何感情都是能夠動人的。因此晚清的三愛曾說：

> 戲曲者，普天下人類所最樂睹、最樂聞者也，易入人之腦蒂，易觸人之感情。故不入戲園則已耳，苟其入之，則人之思想全未有不握於演戲曲者之手矣。使人觀之，不能自主，忽而樂，忽而哀，忽而喜，忽而悲，忽而手舞足蹈，忽而涕泗滂沱。雖些少之時間，而其思想之千變萬化，有不可思議者也。〔註 103〕

此亦正如飲冰所云之：「然其外愈達觀者，實其內愈哀痛、愈心酸之表徵也」〔註 104〕。且看張珪忍氣吞聲奉命送妻子與魯齋郎之後，因爲自忖「幼子嬌妻我可也做不的主」〔註 105〕的悲憤而悲退隱山林，雖然與妻兒、義弟李四重逢

〔註 98〕同註 90，頁 143。

〔註 99〕同註 93，頁 112。

〔註 100〕參見《全元雜劇初編》，第三冊《救孝子》，頁 1130。

〔註 101〕同註 100，頁 1122～1123。

〔註 102〕同註 100，第八冊，頁 3704。

〔註 103〕此見三愛〈論戲曲〉（收錄於阿英編《晚清文學叢鈔．小說戲曲研究卷》，北京：中華書局），引自《戲曲美學論文集》，頁 47。

〔註 104〕此見飲冰《小說叢話》（收錄於阿英編《晚清文學叢鈔．小說戲曲研究卷》，北京：中華書局），引自《戲曲美學論文集》，頁 47。

〔註 105〕參見《全元雜劇初編》，第二冊《魯齋郎》，頁 479。

之後，仍堅意不肯還俗，其謂：

【七弟兄】你那里問我爲何受寂寞，我得過時且自隨緣過，得合時且把眼來合，得臥時側身和衣臥。

【梅花酒】不是我自間闊，趁浪逐波落落托托，大笑呵呵。夫和妻能摘離，兒和女且隨他，我這里自磨跎，飲香醪、醉顏酡，沉醉了臥松蘿。

【牧江南】抵多少南華老子鼓盆歌，任人笑我似風魔，塵寰物我不張羅，把雙眉不鎖，松窗一枕夢南柯。〔註 106〕

此即李漁所謂的「說悲苦哀怨之情，亦當抑聖爲狂，寓哭於笑。」〔註 107〕「哭不得則笑，笑悲深於哭也。」〔註 108〕此一悲喜交錯、以悲襯喜的悲劇手法即是中國悲劇的特色，同時也已成爲元代獄訟劇中悲劇情節的手法之一。

三、獄訟劇的收束

亞里斯多德在《詩學》第十三章中曾說：悲劇的結局「不應由逆境轉入順境，而應相反，由順境轉入逆境。」〔註 109〕但是我國悲劇講究「有團圓之趣」〔註 110〕，在悲劇主人翁遭到不幸之後，往往給予一線光明，或以團圓結局，如《竇娥冤》的伸冤昭雪，幾乎已成了我國傳統悲劇的普遍現象。王國維把這種結局必然與願望合的悲劇性，認爲是由於「吾國人之精神，世間的也，樂天的也；故代表其精神之戲曲小說，無往而不著此樂天之色彩，始於悲者終於歡，始於離者終於合，始於困者終於亨」〔註 111〕。作者爲了滿足廣大觀眾精神上的需要，作者爲了滿足廣大觀眾精神上的需要，往往在大悲之後，用各種手段製造一些歡樂的氣氛，讓觀眾在淚痕依稀的臉上帶有一絲笑容離開劇場。〔註 112〕

〔註 106〕同註 105，頁 491～492。

〔註 107〕參見清李漁著，《閒情偶寄》，〈詞采第二〉「重機趣」，頁 21。

〔註 108〕此見巽倩龍友氏在孟稱舜的悲劇《二胥傳》第二十三齣「哭庭」【三煞】上的眉批，引自《戲曲美學論文集》，頁 47。

〔註 109〕參見《詩學箋註》第十一章，頁 97。

〔註 110〕同註 107，《詞曲部・格局第六》「大收煞」，頁 64。

〔註 111〕參見王國維著，《王靜庵文集》，〈紅樓夢評論〉（僶勉出版社，民國 67 年 6 月出版），頁 95。

〔註 112〕參見張庚、蓋叫天著，《戲曲美學論文集》，頁 50。

另外，也因中國戲劇強調善惡的對立與衝突，這種衝突對立是絕對性的。元代獄訟劇在這方面的特色更為突出，正由於處在善與惡的衝突上，是故必要合於中國人民的果報觀；即最後必要善有善報，惡有惡報。此種形式係建立於中國人的宗教觀與宇宙觀的基礎上，不僅表露出中國人的思想和哲學，尤表現出中國人的信仰。

從獄訟劇的作品看來，王國維所謂的「始困終亨」、「先離後合」，應就整個悲劇情節或其理想性的完成而言，並非針對悲劇人物而論。因為若就悲劇人物論之，則《後庭花》的張翠鸞母子離散之後並未聚合；《陳州糶米》的張撇古並未「始困終亨」，而是身軀與理想一同遭到毀滅。因此本文對於王國維所論之「先離後合」與「始困終亨」乃就劇情的整體性而言。

因此，悲劇性的主人翁即使身軀與理想均被毀滅，但他們夢寐追求的理想或所遭受的極大不幸，都能由後人或親朋好友、忠臣義士們的努力而沉冤昭雪或實現；或借助於超自然的力量使其理想得以實現。這些劇情在結構上，其突衝的發生、開展以至結局都是完整的，其悲劇情節長度與主導地位都是該劇的主要部份，只是在結尾處有著「奇峰突起」、「柳暗花明」的情節。〔註113〕

雖然獄訟劇具有悲劇性，但其結局均以團圓方式結束，並且是經明君、良官或宋江、鬼神的獄斷做為全劇的收束。其收束的方式又可分為兩大類：陽判與冥判。

（一）陽　判

陽判是由在陽間的世人為劇中的善惡做了結，獄訟悲劇性的特色在於陽判乃經明君、良官或綠林好漢之賞善罰惡，以合善惡有報的收束局面。於是陽判時，不論斷獄者的身份，必然要替受冤者（善的一方）洗刷冤屈，並與以補償；對陷害者（惡的一方）也必然的要與以懲罰。

1. 沉冤昭雪

元代獄訟劇中出面替受冤者主持公道的有代表正統司法的賢帝與清官，及與執正者對立的梁山泊。這兩股原本互相排斥對立的勢力，在為民沉冤昭雪上，則又處於同樣的救世主的地位。但由兩者所代表的意涵，卻是背道而馳的。

〔註113〕參見焦文彬著，《中國古典悲劇論》，頁55。

（1）賢帝清官

賢良皇帝與清廉官吏的爲民伸冤，不僅在我國古典悲劇裡屢見不鮮，在元代的獄訟悲劇中也是最常見的一種手法。這種方式使觀眾對執政者存有希望，同時也是劇作家的時代侷限性所致，因此即使在最黑暗的時代中所提的幻想，仍是當時情境中較能符於現實的處理方式，並藉此使觀眾能以樂觀的心態面對人生。

在獄訟悲劇中，御斷屬少數，仍以清官斷獄爲主，但這些斷獄的官吏即可能只在劇中出現兩、三次而已，不一定是爲民洗刷冤屈之官吏。這些官吏的最大特色是無論案情與皇帝有無關聯，在斷案之後，必然要帶領大家「一齊的望闕謝恩」。甚至《蝴蝶夢》中的爲惡多端的權貴子弟遭包拯換人頂罪之後，包拯依然要大家謝皇恩，並「願得龍椅上君王萬萬載」〔註 114〕。而赦書的憑空出現，雖使得謝恩有了依據，然而赦書的出現卻過於牽強，也可見斷獄之後的謝恩已成元代獄訟劇結局的模式之一。

（2）綠林好漢——宋江

綠林好漢的代表人物——宋江是除了賢帝良官之外，另一名斷獄的典型人物。

若說皇恩浩蕩是清官斷案時的「依據」，則正直天道便是宋江等梁山人物的「憑證」。如上所言，清官斷案的最終，必將功勞往上推給皇帝，而宋江下斷之後，往上所推的則是「天道」。因此「秉直正替天行道」〔註 115〕成爲宋江斷獄時的原則，此與清官功成不居，而指稱皇帝賢明有異曲同工之妙。因此宋江認爲梁山好漢乃「三十六永耀罡星，一箇箇正直公平」〔註 116〕，「雖落草替天行道」〔註 117〕。由於宋江自認乃「替天行道」，故其作爲並不遜於官吏斷案，宋江之秉天道爲民伸冤理屈，仍是善惡終是有報的來源之一。

2. 報　償

報償在含有悲劇色彩的獄訟劇中並不僅限於陽世。既有對存活在世的冤屈者，或冤死家屬的封贈，也有對死亡者進行水陸大醮，爲亡魂超度升天者；自於爲惡的一方也透過各種管道必懲之而後快，方能符合中國的果報觀。

〔註 114〕參見《全元雜劇初編》，第一冊《蝴蝶夢》，頁 443。
〔註 115〕同註 114，第七冊《雙獻功》，頁 3219。
〔註 116〕同註 114，第三冊《燕青博魚》，頁 1234。
〔註 117〕參見《全元雜劇初編》，第六冊《黃花峪》，頁 2538。

（1）生　者

對尚存活在世的受冤者或其家屬而言，執政者最常運用的報償，乃敕賜封官晉爵，或將惡徒的家財撥給冤屈者所有；而爲害的一方，在劇中多是「在市曹中明正典刑」，或押赴梁山「正法」。

由於這種報償爲一種戲曲的表演，並非眞實情境，所以在此可見劇作家充份發揮其想像力，並藉由演出，讓觀眾也能得到十足的欣慰。因爲元代獄訟劇中的敕賜多數是不合情理的，如《救孝子》與《蝴蝶夢》之楊謝祖與王家三子雖說辛勤讀書，但劇中並未展露其文采，亦未曾得過任何功名，然而因其遭受無妄之災，或爲父報仇，卻得封爲縣令，其母並遭封誥。《救孝子》中遭賽盧醫綁架的春香加爲賢德夫人、楊謝祖加爲翰林學士、《後庭花》的劉天義主簿榮身、《十探子》的劉彥芳爲祥符縣主簿及《裴度還帶》的韓廷幹陞爲都省參知政事等等，均爲報償其冤屈。

因此可知，具悲劇性的獄訟劇對冤屈者，但求盡力報償其所受的冤屈，至於理、法則非其所考量者，而觀眾自亦不曾質疑有何不妥。此乃善惡絕對對立的情況下，人們但求惡者將遭到最嚴厲的懲罰，對於受屈的一方，若能極力強調、誇張其美好的德性或才學，則更能突顯善惡的衝突性，與其報償的合理性。

（2）死　者

對於已死冤魂，「水陸道場」與「黃籙大醮」則爲不變的法則。例如《竇娥冤》一劇的收束方式，正是竇天章所云：「做一個水陸大醮，超渡我女兒生天。」〔註 118〕此外，《後庭花》的張翠鸞、《神奴兒》的神奴兒、《生金閣》的郭成等都是，恰巧後三劇之斷獄者均爲包拯，他們對於亡魂所能做的，似乎也只有爲其行水陸大醮，超渡亡魂罷了！但在《生金閣》中，包拯將其人間的司法力量延伸到陰間，對於屈死的郭成，包拯如是判下：「封郭成神位主城隍，受香火萬載追封考。」〔註 119〕與對陽世間人的敕賜是一樣的，由於郭成的屈死，使其無功而收祿。此種對死者的封贈爲元代獄訟劇中之特例。

透過對亡魂的超度與封贈，使得人們相信天道猶存，人心之感召確實可以通天志，宇宙的公道得以維護，也安撫了陽世間的人心。於是本來受到損害與懷疑的天道正義，又與社會之司法得以重建。

〔註 118〕同註 114，頁 165。
〔註 119〕參見《全元雜劇初編》，第八冊《生金閣》，頁 3929。

（二）冥　判

冥判式的結局，往往借助人們想像中的陰曹地府，懲罰爲害人間的惡徒，並協助悲劇主人翁申報生前所受的冤屈。這種結局處理，雖也在一定程度上表達人民的一種願望與對惡勢力的抗議，卻較不如陽判式的強而有力。

1. 生　者

由陰曹懲罰人世者，有《冤家債主》及《浮漚記》二本。

《冤家債主》一劇的主角張善友是一個好善長者，但是家庭卻遭到一連串的變故，一夕之間妻子俱亡，傷心欲絕的張善友乃狀告當地土地與閻神，控訴天理不平。第四折中劇作家安排張善友於夢中，與閻王、妻、子對質，此夢屬於倒敘法，閻神在此將妻、子驟逝的原因揭露出來。所以最後張善友無奈地唱道：

> 【沽美酒】你可便怎學的情性狠，怎全無些舊恩分，則俗這親者如同似陌路人，我爲你哭的我行眼立盹……兩下里將我來不揪不問。
>
> 【太平令】他共我常懷著冤恨，兒也！你也待背義忘恩……大哥你也須識一個高低遠近……你道我不親，走將來便強親，俗須是親子父，一言難盡。〔註 120〕

表面上張妻與二子乃應因果報應而先後來到張家或離開張家，冥判的是張妻的混賴人財、趙廷玉與和尚的還債與討債，罰的是張妻與大子（趙廷玉），償還的是二子（和尚）。但實際上，張善友卻因此成爲一位無辜的受害者，由於因果報應的天理運作，使得張善友必須承擔家破人亡的悲慘命運，而觀眾所見的亦正是冥判中所展現的天理不爽。

至於《浮漚記》中太尉所云的：「人間私語，天聞若雷，暗室虧心，神目如電。」〔註 121〕即是對於作惡多端的歹徒所發的警語，同時也是中國人所深信不疑的，正因有如此的信念，人世間所無法弭平的冤屈，只得交由天曹地府來審斷。於是有了《冤家債主》的冥判，也有《浮漚記》中太尉對白正的冥判。劇中的白正被形容成連地曹也懼的兇暴之徒，最後得請出天曹太尉，方抓拿得住白正。由此可知，人們相信人世間的冤憤可於死後，魂告陰曹，若陰曹地府仍無法受告，尚可經由天曹爲之主持公道。天曹可派太尉、鬼力

〔註 120〕同註 119，第六冊，頁 2890～2891。

〔註 121〕同註 117，頁 1115。

到人世間抓拿惡徒，並將惡徒繩之於法。劇中太尉的獄斷即爲：

> 這廝押赴酆都受諸苦惱，永爲餓鬼，以報王文用之仇。你聽著：則爲這鐵旛竿做事忒兇，趕文用入吾廟中，因圖財傷人性命，犯天條罪業非輕。將白正罰往酆都，墮阿鼻永不超昇。〔註 122〕

足見天曹地府之神通廣大，祂們既掌管人類的輪迴轉世，也能將爲惡的世人帶往陰曹地府，爲在世間的行爲遭受懲罰。於是《冤家債主》的張妻私吞人財之後，須受十八層地府之懲處，白正更因罪孽深重，被打入阿鼻地獄，永不超生。

2. 死　者

在懲處世間的惡人之餘，雖能滿足觀眾的激憤，卻無法撫平對冤死者的哀憐，因而冥判仍須爲不幸屈之冤魂予以報償。《浮漚記》中的王文用即因屈死，而被陞認任爲天神，得以判斷幽冥。此一報還一報的因果輪迴，在賞善懲惡中才能展露天道的公平正義。

綜上所述，含有廣義的悲劇性的元代獄訟劇中，善惡必得報應。凡是惡人必獲得懲罰，此種懲罰可以是生前，也可以是死後（地獄）；善人也會獲得補償，而補償的方式可以是今生的封贈，也可以是死後的旌表，因此是多樣化的報償形式。由於此一報應方式的複雜化，正是所謂「善惡事休言不報，恰須是只爭做來早共來遲。」〔註 123〕因此，「想青天不可欺，想人心不可欺，冤枉事天知地知」〔註 124〕，「這一還一報，從來是想皇天報應不容私」〔註 125〕。在此因果輪迴與天理不爽的觀念下，現世生活的痛苦與不幸是短暫的，亦是可以忍受的，因爲可以在死後或是來生獲得補償。此一宇宙觀或信念形成中國百姓堅忍不拔的支柱，更成爲維護社會道德標準與善良風俗的基本力量。

小　結

在藝術結構上，具有悲劇色彩的元代獄訟劇已完成了中國古典悲劇的完整結構形式：即矛盾衝突的有開始、發展、高潮和解決。這歷經抗爭、衝突與矛盾之後，仍能得到現實生活的圓滿或陰間的報償，使得結局能夠將浪漫主義與現實主義的巧妙結合。此一「本正末奇」的悲劇結構，經由劇中人的

〔註 122〕同註 117，頁 1116～1117。
〔註 123〕同註 119，第九冊《魔合羅》，頁 4588。
〔註 124〕同註 119，第一冊《竇娥冤》，第一齣【尾聲】，頁 145。
〔註 125〕參見《全元雜劇初編》，第一冊《蝴蝶夢》，第一折【金盞兒】，頁 409。

悲劇命運，在揭露社會罪惡的同時，以各種方式的對悲劇人民善惡必報的復仇心與果報觀的相結合。在惡人必受到懲罰，善人必獲得補償的情形下，觀眾得以藉天理昭然的公平性而獲得心寧的慰藉，甚至滿足。

綜觀元代的獄訟劇，惡人均以一己之私利爲出發點，爲滿足其財富或美色的欲望滿足，而不擇手段的任意迫害好人，甚至將其毀滅。而好人在具悲劇性的獄訟劇中也不全然是一位單純的無辜受害者，大多數是一種意念的化身，這種意念可以是美滿婚姻的追求，可以是節義孝悌的堅持，也可以是對執政者的怒吼，因此自單一的個人或事件出發，卻能代表一種普遍的社會現象。

第四節　結　論

藉由獄訟劇的劇情轉化及「錯認」與「巧合」的編劇寫法的剖析，足徵元代獄訟劇的作家們，已能在「與世推移」的基礎上，靈活地運用古今題材、與當時人民生活相關的民間風俗及民間的宗教思想，熔鑄於一爐，既巧妙地運用當時群眾已熟悉的素材，加以提鍊、鋪陳，使得這些素樸的傳聞、典故，至元代獄訟劇家的筆下，能具有更生動、更深刻的時代意義，而非僅是因襲以往的故事。尤其透過「錯認」與「巧合」的編劇手法，使元代獄訟劇能在四折一楔子的體制中，巧妙地完成獄訟的形成、發展及收束。

至於獄訟劇中的悲劇性人物與情節，則早已經透露出中國悲劇的先聲。悲喜交錯的悲劇性，既使劇情更加豐富，也充分達到以喜襯悲的戲劇效果與嘲諷的舞臺效果。以小人物、日常生活爲素材的主線，既展露了劇作家的編劇功力，也增強了觀眾的感染力，使得劇作演出時，觀眾能產生共鳴。善與惡的對立，則突顯了劇情的衝突性與張力，善惡終須有報的果報觀與輪迴觀念，強烈地充斥在元代獄訟劇之中，因此賞善懲惡是劇作的基本精神，此一理念造成劇作家均以團圓的方式收束劇情，此亦元代獄訟劇的一大特色。

由此可見，元代的獄訟劇作家在現實的基礎下，以極爲戲劇性與嘲諷性的手法，完全其寓悲於喜、揚善以懲惡的現實關懷與終極理想。這種現實主義與浪漫主義的成功結合，使得元代獄訟劇的地位除了顯著的時代意義與社會批判之外，更蘊含著成熟的戲劇藝術。

第五章　結　論

本研究以獄訟爲關懷的核心，因此先介紹與說明產生元代獄訟劇的時代背景，方能建立此一研究的基礎，而由第二章的討論確能證實元代獄訟劇的現實性及時代意義。

由獄訟爲核心所開展而出的是形成獄訟的因素與勘獄的過程與結果。經由劇情的安排與人物的賓白，深而入微地反映出人民的苦悶與抗爭。基於善惡終須有報的果報觀與復仇理念，賞善罰惡則成爲獄訟劇的基調。因此殺羊宰牛做個喜慶筵席的團圓結局，是元代獄訟劇收束劇情的慣用手法。

以下即就元代獄訟劇產的時代背景、「法」與「人」的糾葛、劇作的藝術性三方面加以解說：

一、元代獄訟劇產生的時代背景

元代以異族統治中原，其立國精神即重武輕文與種族歧視，反映於獄政及司法上便形成取士不公、用人不當、獄政黑暗與律法的不平等。

元朝統治者對於漢人、南人充滿敵意與畏懼，許多特有的禁令與罰責均爲漢人、南人而設，於是元代除了中國既有的貴賤階級之外，還有種族階級的歧視。這種雙重的歧視於現存的《通制條格》與《元典章》之中處處可見，因此人民的權利與義務，乃至個人生命之保障均缺乏公平的待遇，使得這個異族統治的元代社會政治充滿亂象，此又與元代統治者未能建立一套公正嚴謹的法典有關。

元代帝王以成吉思汗所立的大札撒爲依據，使得元代的法典無法擺脫法律成例書的特色。正因爲元代以成例爲法典的編纂要點，以致由北地入主中原的統治者，無法以蒙古成例應付日與變遷的複雜社會。元代官吏自然難以避免無法可據又缺乏前例可援的窘境；人民也面臨無法可守的困境。復因用人不當與階級歧視的偏執，更加速了元朝政治的腐敗，並使元代的獄政及社會日趨紊亂與黑暗。這種種時代因素與紊亂暴虐的獄政，即是元代獄訟劇產生及蓬勃發展的時代背景。

二、「法」與「人」的糾葛

本研究以「法」與「人」爲切入點。造成獄訟的關鍵及條件不外乎「法」與「人」，肇因客觀條件的不公平法律與主觀條件的人爲因素，形成元代獄訟劇的基本結構。

元代獄訟劇中，含冤受屈的一方，均能經由人間或神鬼之助得以洗刷冤屈。但是冤屈的洗刷無法證明人間公義的存在，或司法獄政的清明，因爲在獄訟劇中充斥著權要子弟的弄「法」逞慾、清官良吏的依「法」斷案與綠林好漢的破「法」行義。凡此種種均將代表統治階層的正統律法摧毀殆盡。經由劇作家在獄訟劇中對「法」的不同詮解，不難了解劇作家對於當時的律法同時懷有失望與冀望的矛盾心情。因此同一時期的作家們方有如此懸殊的表達方式，但相同的是，在四折的體制中，劇作家藉由善與惡、強與弱、貴與賤的衝突或對立，表達對政治社會的關懷與諷刺。

因個人的利害衝突或強勢的欺凌弱勢，是造成獄訟的主要因素。但是其中亦有例外，如《虎頭牌》的違犯軍紀、《大劫牢》的火燒房舍、《冤家債主》的獄神不公、《殺狗勸夫》的孫婦巧計及《留鞋記》等，均屬於單純的公訴或誤會，僅有《虎頭牌》因個人的無意而形成犯罪的事實，餘者則因誤會引起誤告，雖構成獄訟卻無犯罪事實。

另因劇作家安排被害人於受害之前即與重審者具有私人情誼，以致我們不免設想，劇中人若未幸與權貴者結交，是否即無法受其眷顧，永無洗刷冤屈之時？迴避原則〔註 1〕之忽略致私人情誼成爲重審或解救被害人姓命之重要企機，而非官吏清廉執法或梁山泊充分發揮其義勇精神。足見司法極度黑

〔註 1〕《元史》，卷五十〈刑法一・職制〉：「諸職官聽訟者，事關有服之親并婚姻之家及曾受業之師與所讎嫌之人，應迴避而不迴避者，各以其所犯坐之。」頁2619。
又《元典章》，卷五十三〈刑部十五・訴訟・被告〉「被告官吏迴避」：「凡言告官吏不公之人，所犯被告官吏，理應迴避。」頁710。

暗之時，人民對於清官良吏與梁山泊之出現已漸失信心，唯有與權貴的私人情誼，才可能有平冤雪恨的機會。於此王脩然、包拯、張鼎、張商英等清官良吏以及宋江、李逵、魯智深等梁山好漢僅是群眾心中的期待，殘酷的事實反映在平冤首重私人情誼之上。於是中國法律社會中「情」高於「法」之特有現象，再度於此展露無遺，同時也生動地傳達百姓對執法者與律法的極度失望。

三、劇作的藝術性

王國維先生論及元劇時，曾謂元劇作家「以意興之所至爲之，以自娛娛人」，因此「關目之拙劣，所不問也；思想之卑陋，所不諱也；人物之矛盾，所不顧也。彼但摹寫其胸中之感想與時代之情狀」〔註 2〕王氏所云均爲元劇之特色，但關目（劇情）之拙劣則不盡然。僅就元雜劇中的獄訟劇而言，其中雖或有過份重覆以致冗長呆板之弊，但經由第四章「獄訟劇的藝術性」之討論，顯然劇作家的編撰技巧已臻成熟之境，並非王氏所認爲的拙劣不堪。

藉由獄訟劇的劇情轉化及「錯認」與「巧合」的編劇寫法的剖析，足徵元代獄訟劇的作家們，已能在「與世推移」的基礎上，將古今題材、當時人民生活相關的民俗風情及宗教信仰，巧妙地熔鑄於一爐，使得這些民眾熟知的傳聞典故得以轉化成極具時代意義的戲曲。

劇作家對於劇中的主角，往往予以極端的典型形象。無論是欺凌善良百姓，造成獄訟的原兇，或是受人欺壓的善的一面，劇作家均予誇張、對比的方式來刻劃這兩種不同類型人物的性格。這種善惡兩極的類型化，雖然使得人物的性格較爲單調，卻有助於其體製限制內的發展。同時這種描寫方式，亦有助於觀眾對劇情的瞭解，透過此種類型化的人物刻劃，爲惡的一方能普遍地激起觀眾的憤慨；善的一方也能引發觀眾同情的哀憐。

善惡的對立雖足以激發群眾之感情，但是獄訟事件必須是觀眾所能體會與共感者，方能得到好的戲劇效果。於是劇作家廣泛地以市井小民爲悲劇性人物，並將故事主線圍繞在小人物身上的現實生活：生命保障、美滿婚姻和家庭和諧等基本需求的無法滿足。

在以社會關懷爲前提，及觀眾的喜愛爲主導的情況之下，元劇作家並非

〔註 2〕參見王國維撰，《宋元戲曲考》，卷十二〈元劇之文章〉（藝文印書館，民國 63 年 4 月三版），頁 121。

一成不變地因襲以往故事，反而廣泛地運用「錯認」與「巧合」的編劇手法，成功地融入以往的文學題材與當時的口語及習俗，在悲喜交錯中，靈活地刻劃出劇作家與觀眾對現實社會的悲憤。「錯認」與「巧合」在元雜劇中的獄訟劇，具有相當重要的關鍵地位，劇作家經由此兩種編劇技法，構成獄訟的成立，繼而引發一連串的審案過程與收束，因此「錯認」與「巧合」並非出自劇作家的賣弄文筆，而是獄訟劇情的關鍵手法。元代獄訟劇除了深刻地反映當時的政治與社會問題，同時也是極具藝術價值的文學創作。

強烈的時代思想與成熟的藝術技巧是元代獄訟劇的優點，但是劇作家仍無法避免時代的侷限性，因此在元代政府對戲曲演出的禁令之下，劇作家只能以類型化的名字或官職代稱不法人士。並且在強烈指責正統司法與貪官濫吏的同時，又落入「孝子賢孫」的封誥之中，甚至期盼藉文章以入廟堂。此皆緣於劇作家當時的時代限制，以致產生既撻伐正統司法又期盼回歸正統的矛盾性。

主要參考書目

說明一：各類中以原著者之年代先後爲序。

說明二：年代相同者以其姓氏筆畫爲序。

說明三：姓氏筆畫以中國人爲先，西方學者於後，並以英文字母爲序。至於著者不詳者，一律以「佚名處理」，排列於該類之後。

說明四：今人所著之戲曲相關論著中，以後人編撰之古典戲曲專著爲先，學者專家之個人論著於後。

一、古典文獻

（一）史　料

1. 東漢班固撰，《漢書》，北京：中華書局，1962 年 6 月第一版第四次印刷。
2. 宋范曄等撰，《後漢書》，北京：中華書局，1965 年 5 月第一版，1987 年 10 月北京第四次印刷。
3. 多桑著．馮承鈞譯，《多桑蒙古史》，臺灣商務印書館，民國 52 年出版。
4. 札奇斯欽譯註，《蒙古黃金史譯註》，聯經出版事業公司，民國 68 年出版。
5. 札奇斯欽譯註，《蒙古秘史新譯並註釋》，聯經出版事業公司，民國 68 年 12 月初版，民國 81 年 9 月第二次印行。
6. 明宋濂等撰，《元史》，北京：中華書局出版，1976 年 4 月第一版，1987 年 11 月第三次印刷。
7. 明陳邦瞻原編、臧懋循補輯、張溥論正，《元史紀事本末》，三民書局，民國 57 年 4 月初版，民國 78 年 8 月再版。
8. 清趙翼撰，《廿二史箚記》，世界書局，中華民國 77 年 4 月十版。

（二）律　法

1. 唐長孫無忌著，《唐律疏議》，臺灣商務印書館，民國54年5月臺一版，民國79年12月臺六版。
2. 唐張九齡著，《唐六典三十卷》，臺灣商務印書館，民國65年出版。
3. 黄時鑑點校，《通制條格》，浙江古籍出版社，1986年3月第一版。
4. 元中書省編著，《大元聖政國朝典章》，文海出版社，民國63年4月再版。
5. 清高宗敕撰、洪浩培影印，《續通典》，新興書局，民國52年10月新一版。
6. 崑岡等續修，《清會典》，臺灣商務印書館，民國57年3月臺一版。

（三）經　籍

1. 漢孔安國傳、唐孔穎達等正義，《尚書》，臺灣開明書店，1984年臺六版。
2. 東漢鄭玄注、唐賈公彥疏，《周禮注疏》，中華書局，民國54年出版。

（四）戲曲之相關論著

1. 唐段安節著，《樂府雜錄》，臺灣商務印書館，民國55年3月臺一版。
2. 元楊朝英著，《朝野新聲太平樂府》，世界書局，民國50年11月初版。
3. 元鍾嗣成撰、明賈仲明續、馬廉孝校注，《錄鬼簿新校注・續錄鬼簿新校注》（中國曲學叢書第一輯第五冊），世界書局，民國71年4月三版。
4. 明朱權撰，《太和正音譜》（歷代詩史長編二輯第三冊），鼎文書局，民國63年2月初版。
5. 明徐渭著，《南詞敘錄》（歷代詩史長編二輯第三冊），鼎文書局，民國63年2月初版。
6. 明徐子室著，《九宮正始》（善本戲曲叢刊第三輯），臺灣學生書局，民國73年8月景印出版。
7. 明臧晉叔編，《元曲選》，臺灣商務印書館，民國57年臺一版。
8. 清李漁著，《閒情偶寄》，長安出版社，民國64年9月臺一版，民國68年9月臺三版。
9. 清焦循著，《劇說》，臺灣商務印書館，民國62年12月臺一版。

（五）筆記、小說、詩文集

1. 漢劉向編，《古列女傳》，臺灣商務印書館，民國55年3月臺一版。
2. 漢應劭著，《風俗通義校注》，漢京文化事業有限公司，民國72年9月16日初版。

3. 晉干寶著，《搜神記》，世界書局，民國 54 年 3 月再版。
4. 唐白居易著，《白居易集》，漢京文化事業有限公司，民國 73 年 3 月 20 日初版。
5. 五代王定保著，《唐摭言》，世界書局，民國 64 年 4 月三版。
6. 宋李昉等著，《太平廣記》，文史哲出版社，民國 76 年 5 月再版。
7. 宋孟元老著，《東京夢華錄注》，漢京文化事業有限公司，民國 73 年 3 月 30 日初版。
8. 宋皇都風月主人著，《綠窗新話》，世界書局，民國 51 年 2 月初版。
9. 宋莊季裕著，《雞肋編》（百部叢書——琳琅秘室叢書），藝文印書館影印。
10. 宋釋惠洪撰，《冷齋夜話》（筆記小說大觀叢書二十二編），新興書局，民國 70 年 12 月出版。
11. 金元好問撰，《遺山先生文集》，臺灣商務印書館印行，民國 57 年 12 月臺一版。
12. 金元好問著，《續夷堅志》（百部叢書——得月簃叢書），藝文印書館，民國 56 年影印。
13. 元王惲著，《秋澗先生大全文集》（四部叢刊初編集部），上海商務印書館，縮印江南圖書館明弘治刊本。
14. 元蘇天爵編，《元文類》，世界書局，民國 78 年 4 月三版。
15. 元胡祗遹撰，《紫山大全集》，中文出版社，1985 年 9 月出版。
16. 元陶宗儀撰，《輟耕錄》，世界書局，民國 76 年 9 月四版。
17. 元劉一清著，《錢塘遺事》（筆記小說大觀叢書二十四編），新興書局，民國 70 年 12 月出版。
18. 清陳元龍撰，《妒律》（筆記小說大觀叢書五編），新興書局，民國 70 年 12 月出版。
19. 清陳衍撰，《元詩紀事》，鼎文書局，民國 60 年 9 月初版。
20. 清趙翼著，《陔餘叢考》，新文豐書局，民國 64 年 11 月初版。
21. 清錢大昕著，《十駕齋養新錄》，世界書局，民國 52 年 4 月初版。

二、現代專著

（一）通史及專史

1. 王志瑞編，《宋元經濟史》，臺灣商務印書館，民國 58 年 4 月臺一版，民國 69 年臺四版。
2. 中國社會科學院文學研究所、中國文學史編寫組編著，《中國文學史》，人民文學出版社，1962 年 7 月北京第一版，1991 年 5 月湖北第七次印刷。

3. 曲彥斌著，《中國典當史》，上海文藝出版社，1993 年 1 月第一版。
4. 李甲孚著，《中國法制史》，聯經出版事業公司，民國 77 年 10 月初版。
5. 李甲孚著，《中國監獄法制史》，臺灣商務印書館，民國 73 年 6 月初版。
6. 李則芬著，《宋遼金元歷史論文集》，黎明文化事業公司，民國 80 年 11 月初版。
7. 柯劭忞撰，《新元史》，上海古籍出版社，1989 年 12 月第一版。
8. 袁冀著，《元史論集》，聯經出版事業公司，民國 67 年 9 月初版，民國 75 年元月修訂再版。
9. 陳寶良著，《中國流氓史》，中國社會科學出版社，1993 年第一版第一次印刷。
10. 陳顧遠著，《中國法制史》，中國書店，1988 年 4 月第一版第一次印刷。
11. 葉慶炳著，《中國文學史》，臺灣學生書局，民國 76 年 8 月出版。
12. 傅樂成著，《中國通史》，大中國圖書公司，民國 72 年 8 月三版。
13. 楊鴻烈著，《中國法律發達史》，上海書店，1990 年 10 月第一版第一印刷。
14. 錢穆著，《國史大綱》，臺灣商務印書館，民國 29 年 6 月初版，民國 63 年 11 月修訂一版，民國 79 年 3 月修訂十六版。
15. 劉大杰編著，《校訂本中國文學發展史》，華正書局，民國 76 年 7 月版。
16. 薩孟武著，《中國社會政治史》（四），三民書局，民國 64 年 10 月初版，民國 80 年 8 月五版。
17. 佚名，《新編中國文學史》，出版社及時間皆不詳。
18. 佚名，《元朝史話》，木鐸出版社，民國 77 年 9 月初版。

（二）戲曲、小說之相關論著

1. 楊家駱主編，《全元雜劇》初編，世界書局，民國 51 年 6 月初版。
2. 楊家駱主編，《全元雜劇》三編，世界書局，民國 52 年 2 月初版。
3. 楊家駱主編，《全元雜劇》外編，世界書局，民國 52 年 2 月初版。
4. 楊家駱主編，《元人雜劇注》，世界書局，民國 78 年 10 月四版。
5. 錢南揚著，《永樂大典戲文三種校注》，華正書局，民國 74 年 3 月出版。
6. 王季思著，《玉輪軒戲曲新論》，花城出版社，1993 年 3 月第一版第一次印刷。
7. 王長安著，《古今戲劇觀念探索》，學林出版社，1992 年 9 月第一版第一次印刷。

8. 王國維著，《王靜庵文集》，僶勉出版社，民國67年6月出版。
9. 王國維著，《宋元戲曲考》，藝文印書館，民國63年4月三版。
10. 吉川幸次郎著、鄭清茂譯，《元雜劇研究》，藝文印書館，民國 76 年 10 月四版。
11. 吳梅著，《中國戲曲概論》（民國叢書第一編），據大東書局 1926 年版影印。
12. 吳梅著，《顧曲麈談》，臺灣商務印書館，民國77年11月臺四版。
13. 吳國欽著，《中國戲曲史漫話》，木鐸出版社，民國72年8月初版。
14. 余秋雨著，《中國戲劇文化史述》，駱駝出版社，民國76年8月初版。
15. 青木正兒原著、王吉廬譯述，《中國近世戲曲史》，臺灣商務印書館，民國54年3月臺一版。
16. 青木正兒著、隋樹森譯，《元人雜劇序說》，長安出版社，民國 70 年 11 月臺二版。
17. 周白著，《中國劇場史》，長安出版社，民國65年元月初版。
18. 季國平著，《元雜劇發展史》，文津出版社，民國82年3月初版。
19. 姚一葦著，《戲劇原理》，書林有限公司，民國 81 年 2 月出版，民國 81 年 11 月二刷。
20. 姚一葦著，《戲劇與文學》，聯經出版事業公司，民國78年9月初版。
21. 姚一葦著，《戲劇論集》，臺灣開明書店，民國58年12月初版，民國82年2月八版。
22. 耿湘沅著，《元雜劇所反映之時代精神》，文史哲出版社，民國76年7月初版。
23. 孫楷第著，《元曲家考略》，文史哲出版社，民國78年6月出版。
24. 徐扶明著，《元代雜劇藝術》，上海文藝出版社，1981年1月第一版第一次印刷。
25. 陳萬鼐著，《元明清劇曲史》，鼎文書局，民國76年11月增訂三版。
26. 黃麗貞著，《南劇六十種曲情節俗曲諺語方言研究》，臺灣商務印書館，民國61年11月初版。
27. 張淑香著，《元雜劇中的愛情與社會》，大安出版社，1991年11月第一版第三刷。
28. 張庚著，《戲曲藝術論》，丹青圖書有限公司，民國76年6月1日初版。
29. 張庚、蓋叫天著，《戲曲美學論文集》，丹青圖書有限公司，民國76年三版。
30. 張庚、郭漢城著，《中國戲曲通史》，丹青圖書有限公司，民國74年臺一版。

31. 國立清華大學人文社會學院中國語文學系主編，《小說戲曲研究第二集》，聯經出版事業公司，民國78年8月初版。
32. 焦文彬著，《中國古典悲劇論》，西北大學出版社，1990年5月第一版第一次印刷。
33. 賀應群著，《元曲概論》，臺灣商務印書館，民國56年4月臺一版，民國69年6月臺三版。
34. 曾永義著，《中國古典戲劇論集》，聯經出版事業公司，民國64年初版，民國75年4月第五次印刷。
35. 曾永義主編，《古劇說彙》，學海出版社。
36. 曾永義著，《說戲曲》，聯經出版事業公司，民國65年9月初版，民國66年7月第二次印刷。
37. 曾永義著，《詩歌與戲曲》，聯經出版事業公司，民國77年4月初版。
38. 曾永義著，《參軍戲與元雜劇》，聯經出版事業公司，民國81年4月初版。
39. 曾永義、王安祈選註，《元人散曲選詳註》，學海出版社，民國70年10月初版。
40. 葉長海著，《中國戲劇學史稿》，駱駝出版社，民國76年8月出版。
41. 寧宗一、陸林、田桂民等編著，《元雜劇研究概述》，天津教育出版社，1987年第一版，1989年7月第二次印刷。
42. 趙山林著，《中國戲曲觀眾學》，華東師範大學出版社，1990年6月第一版第一次印刷。
43. 趙景琛主編，《中國古典小說戲曲論集》(第二輯)，上海古籍出版社，1987年8月第一版第一次印刷。
44. 鄭騫著，《景午叢編》(上編)，臺灣中華書局印行，民國61年1月初版。
45. 魯德才著，《中國古代小說藝術論》，百花文藝出版社，1987年10月第一版，1988年12月第一次印刷。
46. 錢南揚著，《戲文概論》，木鐸出版社，民國77年9月初版。
47. 鍾林斌著，《中國古典戲曲論著名著簡論》，春風文藝出版社，1979年11月第一版第一次印刷。
48. 藍凡著，《中西比較論稿》，學林出版社，1992年11月第一版第一刷。
49. 羅錦堂著，《現存元人雜劇本事考》，順先出版公司，民國65年4月再版。
50. 羅聯添編，《中國文學史論文選集》(四)，臺灣學生書局，民國68年4月初版，民國75年9月第二次印刷。
51. 譚達先著，《講唱文學．元雜劇．民間文學》，貫雅文化事業有限公司，民國 82 年 6 月初版。

52. 顧學頡著，《元明雜劇》，上海古籍出版社原出版，1979 年 9 月第一版，國文天地雜誌社發行，民國 80 年 2 月初版。
53. Aristotle（亞里士多德）原著、姚一葦譯著，《詩學箋註》，國立編譯館，民國 55 年 9 月初版。
54. C. R. Reaske 著、林國源譯，《戲劇的分析 HOW TO ANALYZE DRAMA》，書林有限公司，民國 66 年 6 月初版，民國 80 年 9 月三版。

（三）社會、法律、政治及相關論著

1. 王明蓀著，《元代的士人與政治》，臺灣學生書局，民國 81 年 3 月初版。
2. 札奇斯欽著，《蒙古文化與社會》，臺灣商務印書館，民國 76 年 11 月初版。
3. 李鐵著，《中國文官制度》，中國政治大學出版社，1989 年 7 月第一版。
4. 沈家本著，《歷代刑官考》，臺灣商務印書館，民國 65 年 8 月臺一版。
5. 沈家本著，《歷代刑法分考》（上、中、下），臺灣商務印書館，民國 65 年 10 月臺一版。
6. 沈家本著，《刑具及行刑之制考》，臺灣商務印書館，民國 65 年 11 月初版。
7. 沈家本著，《歷代獄考》，臺灣商務印書館，民國 65 年 8 月臺一版。
8. 袁國藩著，《從元代蒙人習俗軍事論元代蒙古文化》，臺灣商務印書館，民國 62 年 6 月初版。
9. 箭內亙著、陳捷、陳清泉譯，《元朝怯薛及斡耳朵考》，臺灣商務印書館，民國 64 年 6 月臺一版。
10. 箭內亙著、陳捷、陳清泉譯，《元代漢蒙色目待遇考》，臺灣商務印書館，民國 64 年 5 月臺一版。
11. 臧雲浦、朱崇業、王雲度編著，《歷代官制、兵制、科舉制表釋》，江蘇古籍出版社，1987 年 4 月第一版，1991 年 11 月第三次印刷。
12. 徐朝陽著，《中國訴訟法溯源》，臺灣商務印書館，民國 62 年 7 月臺一版。
13. 瞿同祖著，《中國法律與中國社會》，里仁書局出版，民國 73 年 9 月 25 日出版。

三、學位論文

1. 林妙勳撰，《西方悲劇理論在中國戲曲批評中的應用——以元雜劇《趙氏孤兒》爲例》，成功大學史語所碩論，民國 80 年。
2. 柯秀沅撰，《元雜劇的劇場藝術》，台灣大學中國文學研究所碩論，民國

77年6月。

3. 洪素貞撰，《元雜劇中的悲劇觀》，師範大學中國文學研究所碩論，民國77年6月。
4. 翁文靜撰，《包拯故事研究》，輔仁大學中國文學研究所碩論，民國78年6月。
5. 郭薇靜撰，《三言獄訟故事研究》，輔仁大學中國文學研究所碩論，民國79年5月。
6. 陳秀芳撰，《元雜劇中夢的使用及其象徵意義》，台灣大學中國文學研究所碩論，民國63年。
7. 齊曉楓撰，《元代公案劇研究》，輔仁大學中國文學研究所碩論，民國64年5月。
8. 諶湛撰，《元雜劇中道教故事類型與神明研究》，國立臺灣師範大學國文研究集刊第二十八號，民國73年出版。
9. 魏惠娟撰，《元代家庭劇研究》，國立臺灣師範大學國文研究集刊第三十號，民國75年6月。
10. 顏天佑撰，《元雜劇所反映之元代社會》，政治大學中國文學研究所博論，民國69年6月。

四、期刊論文

1. 古添洪著，〈悲劇：感天動地竇娥冤——元人雜劇的現代觀之二〉，《中外文學》第四卷第八期，民國65年1月出版。
2. 李元貞著，〈元明愛情團圓劇的思想框架〉，《中外文學》第十卷第一期，民國70年6月出版。
3. 李正治著，〈中國民間處世思想的探索與批判〉，《鵝湖》第一三五期，1986年9月出版。
4. 李則芬著，〈漢蒙思想出衝突對元代政治的影響〉，《東方雜誌》復刊第七卷第三期。
5. 周昭明著，〈「蝴蝶夢」中殺人償命的問題和解決——元人雜劇現代觀之九〉，《中外文學》第五期第十二卷，民國66年5月出版。
6. 柯迂儒（James l. Grump）著、廖朝陽譯，〈元雜劇的規律及技巧〉，《中外文學》第九卷第三期，民國69年8月出版。
7. 范長華著，〈元雜劇裡的衙內式人物〉，《國文天地》八卷十一期，民國82年4月出版。
8. 容世誠著，〈『竇娥冤』的結構分析〉，《中外文學》第十二卷第九期，民國73年2月出版。
9. 島田制郎著，〈亞州北部游牧民族的「法」的生活〉，《大陸雜誌》第二十卷第七期。

10. 張漢良著，〈關漢卿的竇娥冤：一個通俗劇——元人雜劇的現代觀之三〉，《中外文學》第四卷第八期，民國 65 年 1 月出版。
11. 陳芳英著，〈團圓與收編之間——以關漢卿劇作爲例〉，關漢卿國際學術研討會論文發表，民國 82 年 5 月 22 日。
12. 黃美序著，〈「竇娥冤」的冤與怨〉，《中外文學》第十三卷第一期。
13. 馮明惠著，〈「魔合羅」雜劇的欣賞——元人雜劇的現代觀之六〉，《中外文學》第四卷第十一期，民國 65 年 4 月出版。
14. 郭博信著，〈悲劇起源考〉，《中外文學》第六卷第十期，民國 67 年 3 月出版。
15. 葉慶炳著，〈『元雜劇的規律及技巧』讀後〉，《中外文學》第九卷第三期，民國 69 年 8 月出版。
16. 齊曉楓著，〈元代公案劇的基型結構〉，《文學評論》第四集，民國 66 年 5 月初版。
17. 顏天佑著，〈元雜劇中的平民意識〉，《中外文學》第九期第十二卷，民國 70 年 5 月出版。
18. David Hawks 著、梁欣榮譯，〈環繞幾篇元雜劇的一些問題〉，《中外文學》第六卷第十期，民國 67 年 3 月出版。
19. George A. Hayden 著、小英譯，〈元及明初的公堂劇〉（上），《中外文學》第六卷第八期，民國 67 年 1 月出版。
20. George A. Hayden 著、小英譯，〈元及明初的公堂劇〉（下），《中外文學》第六卷第九期，民國 67 年 2 月出版。

五、類書、辭書

1. 宋李昉等編，《太平御覽》，新興書局發行，民國 48 年 1 月初版。
2. 明姚廣孝等奉敕監修，《永樂大典八六五卷》，世界書局，民國 51 年出版。
3. 清黃文暘編，《曲海總目提要》，新興書局，民國 56 年出版。
4. 李惠綿編著，《戲曲要籍解題》，正中書局，民國 80 年 12 月臺初版。
5. 邵廣銘、程應鏐主編，《中國歷史大辭典・宋史》，上海辭書出版社，1984 年 12 月第一版第一之印刷。
6. 姜椿芳總編，《中國大百科全書・中國文學》（I、II），中國大百科全書出版社，1988 年 9 月第二版第一次印刷。
7. 姜椿芳總編，《中國大百科全書・戲曲曲藝》，中國大百科全書出版社，1983 年 8 月第一版，1985 年 3 月第二次印刷。

8. 袁世碩主編，《元曲百科辭典》，山東教育出版社，1989 年 4 月第一版第一次印刷。
9. 徐嘉瑞著，《金元戲曲方言考》（民國叢書第一編），據商務印書館 1948 年版影印，上海書店。
10. 莊一拂編著，《古典戲曲存目彙考》，上海古籍出版社，1982 年 12 月，第一版第一次印刷。
11. 湯草元、陶雄主編，《中國戲曲曲藝詞典》，上海辭書出版社，1981 年 9 月第一版，1985 年 2 月第三次印刷。
12. 蔡美彪主編，《中國歷史大辭典・遼夏金元史》，上海辭書出版社，1986 年 6 月第一版第一次印刷。
13. 龍潛庵編著，《宋元語言詞典》，上海辭書出版社，1985 年 12 月第一版第一次印刷。

附錄：元代獄訟劇的婚姻問題

前　言

構成元代獄訟劇之訟因中，兩性問題實一重要課題，其中又以婚姻問題爲要，故本文特將元劇中之婚姻問題獨立研究，並與元代之婚姻制度及婚姻現象交叉探討，期能從中有所獲得。

本文之首要問題即前輩研究者所肯定的反映社會現實之元代雜劇，是否如實地呈現元代社會中獄訟之主因？此於《新元史》的記載中或許可資佐證。〈刑法志上〉記載：

> 諸獄訟之繁，婚田爲甚。其各處官司宜使媒人通曉不應成婚之例；使牙人知買賣田宅違法之例；寫狀詞人知應告不應告之例。仍取管不違法甘給文狀以塞起訟之源。諸訴婚姻、家財、田宅、債負，若不係違法重事，並聽社長以理論結，免使妨廢農務，煩擾官司。〔註1〕

文中明示獄訟之繁已婚田爲甚，正因婚姻問題所導致的獄訟確實相當繁多，以致元代律令中，社長可代爲處理較爲輕簡的案件。家財、田宅及債負等問題雖於元劇中亦曾出現，卻不如婚姻問題之嚴重與繁多。因此，就元劇之訟因而言，婚姻問題所引發之種種社會問題絕非僅止於劇作家之渲染與現象。本文將針對困擾元代官司之婚姻事例，與充斥獄訟劇之婚姻問題加以比對探討，期能進一步了解劇作家如何轉化此一普遍的社會現象？而其強調與淡化之間又具何種背景思想？以下即對以上之種種課題予以深入研析。

〔註1〕參見《新元史》卷一〇二〈刑法志上・刑上〉，頁467。

一、成婚的限制

元代之婚姻制度大致仿唐宋婚制而來，惟沿用舊制之原則乃婚姻的成立和方式，須未違背蒙古族的傳統婚姻習俗或基本精神。換言之，元朝「因種族的差異和宗教的不同，所以雖摹倣前朝各代編篡法典的一般形式，而在內容上卻大部分都是當時的現行律」。〔註2〕

元律對於婚姻已有明文的判決例紀錄，對於部分婚姻的原則、儀式亦均有明確的規定，並備載於各典籍、條格之中。蒙古統治者對婚姻制度雖存蒙漢相融之企圖，終究難脫濃厚的蒙古舊俗，故對於不同種族人氏之規範，常見「蒙古並不在此限」的但書，或是不准漢人及色目人為之等限制。此種既融合又時相違悖之法典條例，形成了蒙、漢二族並存的元代婚律，因此研究元代的婚姻問題及婚姻制度時，絕不能棄蒙古舊俗於不顧。

婚律既成，不僅保障了婚姻，同時也付予婚姻種種的限制，《新元史・刑法志》即明言：「其各處官司宜使媒人通曉不應成婚之例婚姻的型式」〔註3〕。此不應成婚的規範之中，不僅保留了蒙漢相通之處，也呈現出異族統治下，婚姻制度及社會規範的轉變。凡此均突顯元代獄訟劇中，種種由婚姻問題所引發的社會問題，此問題已非單純的婚姻事件，同時也是異族統治下，傳統禮俗的轉變。以下即就元代婚律對成婚的限制中，探究元雜劇之婚姻事件。

（一）掠奪婚

掠奪婚即指男子搶奪婦女為妾，卻未得該女子及其親屬之同意。此婚姻方式尚衍變為搶親、奪婚、劫婚、竊婚，或以師為婚者等等〔註4〕。此掠奪婚不止盛行於北地之游牧民族，漢族於上古社會亦有劫奪婦女之風〔註5〕，惟掠

〔註2〕參見楊鴻烈著，《中國法律發達史》，頁681。

〔註3〕同註1。

〔註4〕參見陳顧遠著，《中國婚姻史》，臺灣商務印書館，民國60年9月臺三版，頁78～79。

〔註5〕參見張釆亮著，《中國風俗使》，頁78：「此時婦女多因戰勝他族，俘虜而來，故以奴婢待之。此時又有摽掠婦女之俗。其標掠必以昏夜，所以乘婦家之不備。」
又見柳徵貽著《中國文化史》（上），頁27註・轉引自劉師培著《中國歷史教科書》一劉師培：「上古婚姻未備……有劫奪婦女之風，凡戰後他族，必繫累婦女，以備嬪嬙。故娶女必於異部……親迎必以昏者，則古代劫掠婦女，必乘婦家之不備，且使之不知為誰何，故比以昏時。」對於古時婚禮以昏為期，親迎必在黃昏之後，及女子出嫁必哭之俗，多位學者亦以為乃初民時代掠奪

奪婚並非穩定與和平之結婚方式，故後世漸予鄙視並否認此一婚姻事實，漢族執政者早已制成婚律與婚俗。

蒙古族於游牧社會時，盛行掠奪婚，入主中元之後，執政者雖屢加禁止，仍難立收成效，因而蒙古之掠奪婚事例，於史料上隨處可見。最早載有掠奪婚之史料者爲朵奔・蔑兒干搶得阿蘭爲妻一例〔註6〕。朵奔・蔑兒干之例，尚在意該女子是否已婚，但並不代表蒙古人之掠奪目標受限於未婚女子。與上例同一出處之《蒙古秘史》中發現，被掠奪之婦女並不因已婚身分而保全，甚至已懷有身孕者亦無法倖免：

> 孛瑞察兒先鋒在擄掠中，拿住了（一個）懷孕的婦人，問（她）：「你是什麼人氏」那婦人說：「我是札兒赤兀惕族阿當罕氏的兀良合眞。」……那個懷著孕的婦人歸了孛瑞察兒以後，生了一個兒子，因爲他是外族人之子，給他起名叫札只剌歹他就是札答闌族的祖先。……那個婦人又跟著孛瑞察兒生了一個兒子。因爲（她）是捉拿來的女人，就給那個兒子起名叫巴阿里歹。他就是巴阿鄰氏的祖先。〔註7〕

即使是成吉思汗之父親也速該亦以搶婚之方式，奪得訶額論爲妻。《新元史・后妃傳》中有所明載〔註8〕。由此可知，不論因戰興師所得，或純粹因喜愛而奪之，早期社會中掠奪女子爲妻已爲蒙古人之習俗。入主中原後亦無法即刻除卻舊俗，保留掠奪婚之遺風。元代獄訟劇中之權豪勢要或地痞流氓便隱含

婚之遺風。並參見謝康著《中國社會制度研究》、何聯奎著《中國禮俗研究》、陳顧遠著《中國婚姻史》。

〔註6〕參見《蒙古祕史》卷一〈第五～九節〉：「一天都娃，鎖豁兒同哲他的弟弟朵奔・蔑兒干上不峕罕山。都娃・鎖豁兒從不罕山上遠望，看見有一群百姓正順著統格黎克小河（游牧）遷徙而來。（他）說：「在那群遷徙來的百姓之中，有一個黑篷車的前沿上，（坐著）一個好（看）的姑娘。若是還沒許配給人家的話，就給我弟弟朵奔・蔑兒干你求（親）吧。」說著就叫他弟弟朵奔・蔑兒干前去看看。……朵奔・蔑兒干到那些百姓那裡（一看），果眞有一個美麗，很有名氣，聲譽高，名叫阿蘭・豁阿，還沒有（許）給人家的女子。……朵奔・蔑兒干在那裡娶豁里——禿馬惕（部）豁里剌兒台・蔑兒干（之妻）在阿里黑——兀孫所生的女兒阿蘭・豁阿的經過是這樣。」頁 8～11。

〔註7〕同上註，卷一〈第三十八～四十一節〉，頁 28～32。

〔註8〕參見《新元史》卷一○四〈列傳第一・后妃〉：「列祖宣懿皇后，斡勒忽訥氏，諱訶倫，先爲蔑兒乞部人也客赤列都所娶，也客赤列都御后行至斡難河。烈祖出獵見后美，與族人捏坤太石答里斡赤斤共劫之。……以后歸，遂納焉。」頁 481。

著蒙古族掠奪婚之習俗，唯執政者已然日漸接受中原婚律，不只設有一套禮俗規範，並明訂須有媒通說、女方家長同意，不容有掠奪婚之存在。《通制條格》中即有如下之禁令：

> 大德八年三月，中書省御史臺呈：流官到任，欺凌部民，咨問室女婦人，虛寫婚書，捏合財錢，娶作妻妾，實爲傷敗風化。送刑部，與禮部一同議得：外任遷轉官員時常不歸鄉里，如無正妻，或乏子嗣，若絕禁止不許任所求娶，恐涉未便。以此參詳，今後流官如委亡妻或無子嗣，欲娶妻妾者，許令官媒往來通說，明立婚書，聽娶無違礙婦女。如違，治罪離異，追沒元下財錢。都省准擬。〔註9〕

此條文主要禁制官員倚仗權勢，搶娶其管轄處之民婦，後文則加諸人道考量，若是兩廂情願，有媒爲憑，立下婚書爲證者則不禁。由於元法以事例爲主，故此禁令應就當時實例所考量，意即元代社會中，不乏流官欺侮部民，搶奪婦女爲妻之事。〔註10〕

元代社會中不只具有權勢之官家如此，即使富家與地方無賴亦時有掠奪他人妻女情事。《通制條格》之〈豪霸遷徙〉條中，便有相關之記載：

> 大德七年十一月，中書省福建省江西道奉使宣撫呈：諸人言告豪霸之家內，有曾充官吏者，亦有曾充軍役雜職者，亦有潑皮凶頑者，皆非良善，倚強凌弱，以眾害寡，妄興橫事，羅織平民，騙其家私，奪占妻女，甚則害傷性命，不可勝言。交結官府，視同一家，小民既受其欺，有司亦爲所侮。〔註11〕

此條文詳載權豪勢要與潑皮無賴對官府與良民的欺壓，而「奪占妻女」更顯見它們於掠奪婦女之際，依然無視於該婦女知已婚身分，此誠爲掠奪婚之遺風。

元代獄訟劇中，《竇娥冤》、《魯齋郎》、《救孝子》、《汗衫記》、《後庭花》、《生金閣》、《浮漚記》、《黃花峪》等八劇便分見權豪勢要與吏目、潑皮等各階層人物之恣意強搶民婦爲妻。

〈豪霸遷徙〉一條中所謂之豪霸指官吏與地方潑皮，並不包括權豪勢要。元雜劇中搶民掠民女爲妻之權豪爲《救孝子》中之賽盧醫。醫生於元代屬權

〔註 9〕參見《通制條格》卷四〈户令・嫁娶〉，頁 51。
〔註10〕參見《元典章》（下）卷五四〈刑部十六・非違〉「縣官強取部民小妻」，頁 742。
〔註11〕同註 10，卷二十八〈雜令・豪霸遷徙〉，頁 321。

豪勢要之家，劇中之賽盧醫之行爲完全符合〈豪霸遷徙〉條中所指陳之倚強凌弱的特性。其於拐帶、殺害官奴之外，尚且搶押路過之春香爲妻。此可證諸蒙元習俗之搶婚對象不論是否已婚，如本劇之春香即爲有夫之婦。

《魯齋郎》、《生金閣》、《黃花峪》等五劇則是職官、吏目利用職權強奪婦女爲妻。元律禁止職官利用職權強奪部民爲妻，今觀諸元劇中官吏搶婚的對象並不以部民爲限，其搶奪女子之範圍尚且擴及同僚或較低之官吏，此或元代執政者所始料未及，亦或元劇對於世襲子弟之刻意污蔑亦未可知。

《魯齋郎》之魯齋郎、《生金閣》之龐衙內與《黃花峪》之楊衛內三人除爲朝廷命官之外，其另一共同點即爲權貴弟子。此三人平日即仗勢欺人，尚誇口「嫌官小不做，馬瘦不騎」，尤其魯、龐二人之權勢亦震懾專與權豪做對之包拯，知二人必官高州縣長官之職，而元代之權貴子弟又多屬蒙古、色目之屬，故權勢遠高於一般官員。劇中龐衛內及楊衛內紛奪平民之妻、魯齋郎則首奪小民之妻，繼而限期逼令孔目自動獻妻過府。此三人掠奪之時，均知所奪婦女爲有夫之婦，仍執意搶奪，與孛瑞察兒之例較爲吻合，即不如朵奔·蔑兒干於行搶時先過問其是否已婚，可知掠奪婦女時並不顧其已婚身份。

至於民間之掠奪婚者，陳顧遠先生稱之爲「劫婚」。此或因徒貪他人妻女美色使然，或因門第之隔不易得妻而爲之〔註 12〕。元劇中之《竇娥冤》、《汗衫記》、《後庭花》、《浮漚記》等四劇即市井潑皮強搶民女爲妻。此四劇之共同點，即此輩潑皮均戀美色而欲強將爲妻，並無陳先生所舉門第之隔的例子。

其中《竇娥冤》之張驢兒及《後庭花》之王小二乃強逼未遂者，張驢兒與王小二雖逼迫竇娥與張翠鸞爲妻，卻遭二女嚴拒。前劇之竇娥因堅拒而冤死、張翠鸞則懾於王小二之淫威，驚嚇過度而亡。《汗衫記》及《浮漚記》則劫婚成功，後者對於白正如何強佔王文用之妻未曾詳述，《汗衫記》則清楚交代陳虎爲張義收留之後，便覬覦義嫂，並趁義嫂足月未產之機，唆使張孝友攜妻離家遠赴他鄉祈福。再於半途推孝友落江，不顧義嫂有孕之身，強逼爲妻。孝友之妻顧及腹中胎兒勉強許之，此可證諸孛瑞察兒奪有孕的兀良合眞之例。

古時帝王及入主中原之異族雖屢奪婦女爲妻妾，對於民間之劫婚方式，則一概予以禁止，並否認其婚姻效果。以上九劇中民間無賴所搶婚者均爲平

〔註 12〕參見《中國婚姻史》，頁 82。

民，而職官掠奪者則平民與官婦兼具，唯一權豪之家的劉員外亦侵奪官女。此掠奪婦女為妻之劇情，均反映出掠奪婚於元代盛行之弊。劇中十名被奪婦女有五名曾抵抗或予以嚴拒，惜現存史料中，蒙元入主中原以後對於掠奪婚之記載多為禁令，事例中則未見被奪婦女之描述，故無法就此點進行比對研究。

（二）買賣婚

買賣婚即視女子為貨物，而以其他財物換取為妻妾之意。買賣婚日後演變為聘娶婚，禮法所承認之聘娶婚，除了聘財之授受外，尚須有父母之命、媒妁之言與立下婚書〔註 13〕。此與純粹將婦女與財貨互易之方式截然不同，故為非法之婚姻方式。

買賣婚之行於中國雖非起於元代，然蒙元統治下之中國，均遭受嚴重的摧殘。統治者不僅徵收地稅、商稅及酒、醋、鹽、鐵等稅金，尚施行高利貸的辦法，時稱之為羊羔利。所謂羊羔利係指約於羊產羔之期內，一本一利還之〔註 14〕，百姓受害尤深，為償此依幾何級數所累加之巨額，典妻鬻子之事乃時有所聞。元好問之〈順天萬戶張公勳德第二碑〉便載曰：

> 軍興以來，賈人出子錢致求贏餘，歲有倍稱之積，如羊出羔，今年而二，明年而四，又明年而八，至十年則累而千。調度之來，急於星火，必借貸以輸之，債家執券日夕取償，至於買田業，鬻妻子，有不能給者。〔註 15〕

又王磐〈中書右丞相史公神道碑〉亦云：

> 兵火之餘，民間生理貧弱，往往從西北賈人借貸，周歲輒出倍息，謂之羊羔利。稍積數年，則鬻妻賣子，不能盡償。〔註 16〕

對於典妻賣子償還錢債一事，耶律楚材特為此上奏，旨令「本立相侔而止，永為定制」〔註 17〕。元代禁令亦申言「年月雖多」，仍應「一本一息」〔註 18〕，事實上卻形同具文。因元代之帝王、貴族、官府，大都熱衷於放高利貸取利，這對當時典質業等高利貸的興盛，無疑是極具鼓勵意義的條件。至元二十年

〔註 13〕參見劉啓章著《中國文化新探》，頁 245。

〔註 14〕參見耿湘沅著《元雜劇所反映之時代精神》，文史哲出版社，民國 76 年 7 月初版，頁 78。

〔註 15〕參見《遺山先生文集》卷二十八。

〔註 16〕參見《元朝文類》卷五八。

〔註 17〕參見《元史》卷一四六〈耶律楚材傳〉。

〔註 18〕同上註，卷一○五〈刑法志四・禁令〉。

由國家設立斡脫總管府，地方則設有斡脫所。一時不只民間有著繼宋已興之解典業與高利貸，官方亦正式參與借貸，王室貴族為其私人利益豈有依律「一本一息」者！〔註 19〕因此「營利之徒，以人為貨」以及「轉送孩兒媳婦」以償債務之事屢禁不絕〔註 20〕，由借貸引發的人間悲劇深刻地反映於元雜劇。《鴛鴦被》第一折中，劉員外即對道姑云：

> 自從李府尹借了我一個銀子，今經一年光景不見來，本利都無，該兩個銀子，你與我討去。……我不瞞你說，你如今問他那小姐討那銀子去。有便還我，若無呵！這裡也無人，我口說是個員外，我如今無個渾家。她若肯跟我做個渾家，一本一利都不要他還。〔註 21〕

由此可知，廉潔官吏跟百姓一般，均有求助高利貸業者之時，一旦無力償還債務，即使身為官吏千金之玉英，亦不免淪為質子。《竇娥冤》中竇天章的債主蔡婆婆也看上其女竇端雲，屢次遣人要竇端雲做兒媳婦。竇天章為上京赴考缺少旅費，只得「將孩兒竇端雲送與蔡婆婆做兒媳婦」，然而竇娥至蔡家主要仍是為了償還本利十兩，畢竟是出於無奈，故竇天章又嘆道：「那裡是做媳婦？分明是賣與他一般！」〔註 22〕二劇中，債主並不在意金錢之回收，反而託人上門言明以其女抵押錢債。因此玉英初時之應允員外婚事與竇娥之嫁入蔡家，皆為償父債，故而名為婚配，實則將女子視同財帛，以抵押錢債。

買賣婚的緣起，除了高利貸的壓迫之外，也見家長貪圖厚祿，狠心將女兒嫁與富戶以換取財禮錢者。《青衫淚》、《玉壺春》及《百花庭》等三劇即是。此三劇之共同點乃三名女子皆為上廳行首，強行買賣者為其親生母親或義母。

裴興奴、李素蘭與賀憐憐三人雖為教坊樂伎，然與虔婆是母女關係，應異於一般虔婆與樂伎之商業關係。不過即使親如母女，虔婆貪財之特性仍未稍減，猶視其女為搖錢樹。故而《青衫淚》第二折中，裴興奴對於娘親強嫁與富商劉一郎時，大嘆「情知普天下虔婆那一個不愛錢」（【倘秀才】），在母親的逼迫誘騙下，又激動地責罵：

> 【三煞】母親！我是你親生之女，替你掙了一生，只為了這幾文錢，

〔註 19〕參見曲彥斌著《中國典當史》，上海文藝出版社，1993 年 1 月第一版，頁 50～51。

〔註 20〕參見《元典章》（上）卷二十七〈戶部十三〉。

〔註 21〕參見《全元雜劇三編》第一冊，頁 2559。

〔註 22〕同上註，初編第一冊，頁 124～245。

千鄉百里賣了我，母親好狠也！〔註23〕

「錢眼裡安身，掛席般出落著孩兒賣」的虔婆，一見願出高價者，便用盡各種手段逼騙女兒出嫁，似《救風塵》的宋母擔憂宋引章嫁與周舍，久後必受苦之關愛者究竟少數。《青衫淚》之虔婆假造白居易遺書、《玉壺春》之虔婆上官控告與素蘭相戀之李玉壺破壞母女感情、《百花庭》之虔婆則將賀憐憐軟禁於寺廟之中，三名虔婆圖謀的是豐厚的財禮錢。至於富戶亦深知虔婆所好，盡對虔婆展開今銀攻勢，家無恆財之高邈尚且不惜挪用官錢萬貫，買得賀憐憐為妻。以父母之命是從的古代社會，嫁娶之雙方當事人並無婚姻自主權。於是，一心以財勢購買美妻與唯利是圖的虔婆相遇之下，縱使親生女兒，千鄉百里也賣了去。

金錢為買賣婚之關鍵點，蒙元一朝的商業畸形發展，興起一股強烈的商業社會風氣，不僅促使商人地位抬頭，同時也加速人們對金錢的需求與渴望。於是，元雜劇中充斥著以金錢為衝突的劇情發展〔註24〕，如竇娥及李玉英即因金錢而導致悲慘的命運，裴興奴等三人亦因此與心愛的人分離，並遭母親強嫁富豪之家。

（三）收繼婚

中國邊疆各族向有收繼之俗。惟中國之「嫂叔隔離」的觀念根深柢固，收繼行為雖未絕於中原，卻始終為禮法所不容〔註25〕。《救孝子》之楊謝祖即礙於叔嫂關係，未敢貿然答應送嫂歸寧，須母親以領父母之命為大孝相勸始應允。途中，謝祖猶不敢與嫂並行，僅跟隨至浪嘴波即返回，此乃謹守嫂叔之界。

元朝於遊牧社會之時，以無力收繼為恥〔註26〕。待入主中原以後，則對收繼行為有所規範，此因蒙元統治中國本有異族異俗之慮，因而只允許蒙古人及色目人收繼；漢人、南人則依律禁止〔註27〕。但元朝對於人民之居住地

〔註23〕同上註，初編第四冊，頁1914。

〔註24〕參見顏天佑撰《元雜劇所反映之元代社會》，政治大學中國文學研究所博士論文，民國69年6月，頁270～278。

〔註25〕參見《中國婚姻史》，頁105～106。

〔註26〕參見郭文惠撰《蒙古文化對元朝婚姻制度的影響》，政治大學民族研究所碩論，民國80年6月，頁21～23。

〔註27〕《元典章》（上）卷十八〈户部四婚姻〉：「漢兒人不得接續。舊例漢而渤海不在接續有服兄弟限，移准中書省咨義得舊例，同類自相犯者各從本俗法，其

並無限制，漢、蒙雜處之後，習俗亦不免互相浸染。不僅漢人漸受蒙古收繼婚之影響，蒙古人之收繼範圍也漸有規範，僅限於有條件的收繼庶母，及弟收其嫂。〔註 28〕

《魔合羅》一劇中，李文道毒死堂兄，逼迫堂嫂爲妻一例可爲收繼行爲之一，然而元律對於弟收其嫂係指親兄弟而言，姑表兄弟嫂叔不得相收，否則以姦論之〔註 29〕。元律所許之收繼範圍中，寡婦之收繼並非必然，其有絕對之自主權，若守志不嫁，夫家不能強令改嫁或收繼。〔註 30〕

元劇中夫死守志不嫁之例有：《竇娥冤》、《魔合羅》、《勘金環》、《神奴兒》等劇。在收繼婚漸侵中原之際，蒙古及色目人中亦不乏深受中國禮教影響之婦女〔註 31〕。就《元典章》所載之事例觀之，收繼之俗已超越種族之限，判決有時有不同〔註 32〕，可知元代收繼婚之混亂與頻仍。元代獄訟劇中僅有《魔合羅》一劇有堂弟欲收嫂爲妻，此或劇作家囿於中國禮法，刻意對此現象予以淡化處理，甚至避而不談。

（四）良賤不婚

賤民於元代獄訟劇中最常出現的爲倡優，次爲奴婢。樂戶與奴婢的來源不外罪犯、戰俘、買賣，也有因少數家道中落而流入風塵的「良家子」，《灰闌記》之張海棠即是。元代將歌伎舞女列於「樂戶」，故倡優又名爲「樂人」或「行院」、「弟子」〔註 33〕，京師之樂人仍依前代制度，隸屬教坊〔註 34〕。在元人之階級分等中，樂人身居「八娼」之低下地位，其平時出入之衣著、乘坐均有嚴格限制〔註 35〕，並不得與良人互婚，《元典章》之戶部中，「樂人

漢兒不合指例。比及通行定奪以來，無令接續，若本婦人服闋自願守志，或欲歸宗改嫁者聽。」頁 277。又《元史》卷一〇三〈刑法志・戶婚〉：「諸漢人、南人，父沒子收其庶母，兄沒弟收其嫂者，禁之。」頁 2644。

〔註 28〕參見《食貨半月刊》第一卷第十二期陶希聖著〈十一至十四世紀的各種婚姻制度〉。

〔註 29〕參見《元史》卷一〇三〈刑法志二・戶婚〉，頁 2644。

〔註 30〕《通制條格》卷三〈戶令・夫亡守志〉，頁 40。

〔註 31〕參見《元史》〈卷列女傳〉，及〈烏古孫良楨傳〉。又《輟耕錄》卷十五〈妓妾守節〉，頁 218～219，及卷二十七〈記妾守節〉，頁 419。

〔註 32〕參見《元典章》。

〔註 33〕參見嚴明著《中國名妓藝術史》，文津出版社，民國 81 年 8 月一版，頁 84。

〔註 34〕《灤江雜詠》，注：「儀鳳司天下樂工隸焉，每宴教坊，美女必衣冠錦繡，以備供俸」。

〔註 35〕同註 32，卷二十九〈禮部二・禮制二服色〉「貴賤服色等第」，頁 429。

婚」便記載禁娶樂人爲妻：

> 中書省咨至大四年八月十八日，李平章特奉聖旨，辛洽恩的爲娶了樂人做媳婦的上頭，他性命落後了也。今後樂人只教嫁樂人，咱每根底近行的人並官人每，其餘的人每，若娶樂人做媳婦呵！要了罪過，聽離了者，麼道聖旨了也。欽此。〔註36〕

此條文明言官員亦在禁限之內，惟職官若娶倡伎，除了聽離之外，尚責以笞刑五十七下，並于以解職〔註37〕。罪刑雖不輕，卻無法全面禁止官員富戶娶樂人爲妻妾〔註38〕。賤民雖依律無法與良民互婚，但倡優予奴婢可藉「落籍」〔註39〕或「放良」〔註40〕手續而成爲良民，其法律、社會地位即與常人無異，如此便可與良民或職官婚配。

獄訟劇中出現之倡優，除了《救風塵》之趙盼兒與《陳州糶米》之王粉蓮以外，率皆從良爲人妻妾。「立一個婦兒名」（第二折【醋葫蘆】）是樂人的普遍心願，「誰不待揀一個聰俊的？他每都揀來揀去，轉一回，待嫁一個老實的，又怕盡世兒難相配；待嫁一個聰俊的，又怕半路里相拋棄。」（【油葫蘆】）〔註41〕，於是飽經世事的趙判兒看多了傍州例，未敢委身與花臺子弟，然而倡優所識必爲子弟，當趙盼兒以爲做子弟會虛脾，做不的丈夫之時，立個婦名的從良心願便於心頭糾纏不清，此亦是樂人爲難之處。

趙盼兒之顧慮乃因「先嫁人一般女伴每，折倒的容樣瘦似鬼，受了些難分說、難告訴、閒氣息。」（【天下樂】）〔註42〕。就趙盼兒之體察，倡優從良以後，往昔寵愛有加之花臺子弟經常反目成仇，擅施酷虐或拋棄。其實倡優

〔註36〕參見《元典章》，卷十八〈部之四・婚姻〉，頁280。

〔註37〕參見《元典章》，卷一○三〈刑法志二・户婚〉，頁2643。

〔註38〕《元典章》（上）卷十八〈户部四婚姻・樂人婚〉「樂人嫁女體例」：「至元十五年……奉聖旨：是承應樂人呵！一般骨頭休成親，樂人内匹聘者，其餘官人富户休強娶，要禁約者。」又「至元三十年……教坊司官人每言語，樂人每的女孩兒，別箇百姓根底休聘與者麼，到聖旨有來。如今上位奏了，他每根底省會與呵！怎生麼道奏呵！那般者省官人每，根底説了別箇人休聘與者，他每自己其間裏聘者生的好女孩兒呵！」頁280。

〔註39〕《萯谷筆談》：「王棠設宴，歌妓羅列。有名賢後，邁入娼家。姚文公遣使謁丞相三寶奴請爲落籍，丞相素重公，意欲以待巾櫛，即令教坊檢籍除之。」

〔註40〕《輟耕錄》卷十七〈奴婢〉：「亦有自願納其財以求脱免奴籍，則主署執憑付之，名曰放良。」頁250～251。

〔註41〕參見《全元雜劇初編》第一冊，頁275。

〔註42〕同上註。

通常只能擁有次妻或妾之地位，並非都能被娶爲正妻，畢竟正妻有著祭祖傳宗的神聖地位，常人不輕易將倡優置此崇高地位。於是入門之後，尙須承受正妻或其他妻妾的排擠或虐待。元雜劇中，從良以後卻飽受折磨者有《救風塵》的宋引章及《灰闌記》的張海棠二例。前者一入周家，便得周舍五十殺威棒；後者則遭正妻欺壓，此乃趙盼兒所謂之傍州例也！

倡優所關注的必爲己身利益，女伴不幸之例因而縈繞於心。然細究之，倡優從良得幸者必亦有之，否則從良亦不會成爲樂人普遍心願。現實社會中，實不乏眞心疼惜倡優之恩客，《輟耕錄》中即詳載，對知重者，女子亦不惜入寺毀容，守志終身以報其恩〔註43〕。《青衫淚》、《酷寒亭》、《還牢末》、《勘頭巾》、《百花庭》、《玉壺春》等劇中，倡優從良後均未遭迫害，甚有因相愛結合者。相反地，《酷寒亭》及《還牢末》二劇中蕭娥及《勘頭巾》之劉員外夫人從良嫁人之後，仍與他人私通合計陷害親夫。《酷寒亭》中倡伎從良之蕭娥嫁與孔目鄭嵩，鎮日虐待前妻所遺一雙兒女，祇候人趙用見狀忍不住罵道：

> 街坊鄰舍聽者，勸君休要求娼妓，便是喪門逢太歲，送的他離財家業破，鄭孔目便是傍州例。這婦人生的通草般身軀、燈心樣手脚，閑騎蝴蝶穿花柳……定盤星上何曾有這婦人？搽的那粉青處青、紫處紫、白處白、黑處黑，恰便似成精的五色花花鬼。〔註44〕

〔註43〕《輟耕錄》卷十五〈妓妾守節〉：「妓妾之以色藝取憐，妒寵於主家者，亦曰我之家與貴有以感動其中耳。設遇患難貧病，彼必戚戚然求爲爲脫身之計，有肯守志貳者哉？如今谷園綠珠、燕子樓盼盼、韓香之於葉氏、愛愛之於張逞者，眞絕無而僅有者也！大元混一以來，得三人焉，李翠娥，爲揚名倡也，石九山萬戶納置別業。石沒，李誓不適他姓以辱身，中日閉閣訟經而已。年及七十餘，萬戶之子若孫，遇歲時咸往拜之，樂籍中相傳以爲盛事。王巧兒，京師上色也，陳雲嶠同知與之狎，攜至杭。陳卒，奉正室鐵氏，以清愼勤儉終其身。汪憐憐，湖州角妓也，涅古伯經常屬意焉，汪曰：君若不棄寒微，當以側室處妾，鼠竊狗偷，妾決不爲此態。涅合遣媒妁，備財禮，娶之。經三載，死。汪髡髮尼寺，時公卿士大有往訪之者，汪故毀其身形，以絕狂念，卒老於尼。若此者，亦可以追蹤前古之懿德也。」頁218～219。有卷二十七〈妓妾守志〉：「汪佛奴，歌兒也，姿色秀麗，嘉興富户濮樂閒，以中統鈔一千錠娶爲妾。一曰，桂花盛開，濮置酒，佛奴奉觴，濮有感于中，潸然墮淚，佛奴請問其故，濮曰：谷老矣！非久於人世者，汝宜善事後人，佛奴亦泣下，誓無貳志，人莫之信，既而濮果死，佛奴獨居尼寺，深藏簡出，操行潔白，以終其身。」頁419。

〔註44〕同註41‧初編第五册，頁2122。

由趙用口中述之蕭娥裝扮，可見從良後的蕭娥與一般婦道人家猶有出入，而蕭娥虐待鄭家兒女之事亦傳遍鄉里，只有當事人鄭嵩尚須經店小二之言傳，方知蕭娥之惡行。「終於離財散家業破」之鄭嵩，以親身經歷奉勸「你這一火良吏，再休把妓女倡人娶爲妻，則我是傍州例」〔註 45〕固然倡優擔心半途遭棄，良民對於娶倡人爲妻妾的惡果，也同樣具有深切地恐懼。

良賤不婚之限由於從良之議，使倡優與良民或官吏婚配的可能性大爲提高，由此也引發一連串的家庭問題或社會問題。元代獄訟劇中倡人從良結婚能有善終者唯《青衫淚》等三劇，餘者若非遭夫家凌虐，便是倡優本身不知潔身自愛，仍暗與人通姦謀害親夫。

元雜劇中如趙盼兒畏於姐妹慘境、良民懼於鄭嵩等之「逢太歲」，自非出於文人的憑空設想。這類劇作同時也呼應了元代「放良」的需要性，凡劇中娶樂人時，必先取得放良文書爲憑，可見劇作家對於現實環境的深刻體察，及力求合乎當時民情之用心。

（五）指腹為婚

婚姻當事人之男女若尚未出生或未達可以議婚之齡，元律禁止議論婚嫁。如「諸男女議婚，有以指腹割襟爲定者，禁之。」〔註 46〕即禁止父母於懷胎或幼兒於襁褓之際，便位女子締結婚約。

此種婚姻方式誠如宋朝司馬溫公之論：「世俗好於襁褓幼稚之時，輕許爲婚。亦有指腹爲婚者，及既長，或不肖無賴，或身有惡疾，或家貧凍綏，或喪服相仍，或從宦遠方，遂致棄信負約，速獄致訟者多。」〔註 47〕蓋待胎兒出世或幼兒成年均須歷時十數年方可成親，其中變化難料，故悔婚乃勢所難免，易生紛爭。故至元六年四月乃下令禁止：

> 近爲男女婚姻聘財寫立婚書，已經遍行各路外，又慮諸人依前或有指腹并割衫襟等爲親，既無定物、婚書，難成親體。今後並行革去，但結親姻照依已行寫立婚書，依理成親。〔註 48〕

自至元六年四月以後全面禁止指腹割衫爲親者，但如於其前議婚者則不在此

〔註 45〕同上註，頁 2481。
〔註 46〕參見《元史》卷一〇三〈刑法二・户婚〉，頁 2642。
〔註 47〕參見《中國婚姻史》，頁 124・轉引自司馬溫公家範及大學衍義補卷五〇。
〔註 48〕參見《元典章》（上）卷三十〈禮部三・禮制三〉「指腹割衫爲親革去」，頁 437。並見《通制條格》卷四〈户令・嫁娶〉，頁 49。

限。今於獄訟劇之《緋衣夢》及《合同文字》中仍見指腹爲婚。《緋衣夢》之作者關漢卿乃元初人士，故《緋衣夢》之指腹爲婚有其合理性。至於《合同文字》，由於作者不詳，故無法得知此劇是否爲至元六年四月以前之作。

《合同文字》中，雖言李社長與劉天義爲兒女親家，但此關係開展於劉天義之子劉安住認祖歸宗之際。劇中李社長因爲是劉安住指腹爲婚爲婚之丈人，故帶住開封府陳情。劇末，包拯亦判李社長代劉安住即日過門，絲毫未曾懷疑其合法性，故設非此婚姻方式已盛行難禁，則應是此劇成於禁令之前。

確定爲禁令之前的劇作——《緋衣夢》，則出現司馬溫公所陳之弊端。王員外乃掌解典庫中富戶，當女婿李慶安家道中落，王員外便棄信悔婚。未料其女王閨香暗中贈送李慶安迎娶之貲。此劇之獄訟劇關鍵即於侍女奉命贈金，巧遇裴炎喪命而引發一連串的獄訟。司馬溫公之顧慮乃就宋代實況而發，時至元朝，一旦男方家道中落，女方往往悔婚別嫁，興訟至亂，故而立法禁約。元律顧及民情，尙定五年爲期，於訂婚五年後，男家無故不娶，則女方可另行別嫁〔註 49〕。依此律，指腹婚或割襟婚者必無法於五年之內迎娶，蓋亦禁指腹婚以後之設想，因此《緋衣夢》之王員外並未以李慶安五年未娶之由拒婚，實爲現實情境使然。

（六）同性不婚

同性不婚乃氏族外婚制的結果〔註 50〕，係同宗不婚的衍伸〔註 51〕。趙翼之《陔餘叢考》曾記載：「同性不婚，莫如春秋時最多，漢以後此事漸少。北魏本無同姓爲婚之禁，至孝文帝始禁之。詔曰，夏段不嫌一族之婚，周世始絕同姓之娶。自今悉行禁絕。有犯者，以不道論。」〔註 52〕漢族既行之同姓不婚，與蒙古族外婚之習俗甚爲相近，故元朝執政者仍予沿用，不過時至元八年正月始正式頒行禁令：

> 同姓不得爲婚，截自至元八正月二十五日爲始。已前者准，已婚爲定。已後者依法斷罪，聽離之。〔註 53〕

〔註 49〕參見《元典章》（上）卷十八〈户部之四・婚姻〉，頁 266。
〔註 50〕參見《蒙古文化對元朝婚姻制度的影響》，頁 9～10。
〔註 51〕參見戴炎輝著《唐律各論》，頁 87，台大法學院事務組，1965 年。
〔註 52〕參見《陔餘叢考》卷三十一〈同姓爲婚〉。
〔註 53〕同註 49，「嫁娶聘財體例」，頁 259。

《元典章》及《通制條格》亦均載有同性不婚之事例，其曰：

至元二十五年十月十六日，尚書省奏：遼陽行省與將文書來，「義州一箇劉義小名的女孩兒根底，姓劉的人根底招到養老女婿住了十年，生了兩箇孩兒。如今同姓的人做夫妻的體例無。」麼道說將來呵，禮部官人每定奪得，羊兒年條畫聖旨裏，正月以前的爲夫妻的每根底，依舊者，正月以後的爲夫妻每根底，依著聖旨體例裏，合聽離，道有。若夫妻不合廝打呵，同姓麼道推託著出去有。那般同姓爲夫妻的每根底，不交聽離呵，怎生？麼道。奏呵，道言語不曾忘了，在先做了夫妻的每根底休交聽離。從今後同姓爲夫妻的每，交禁約者。不禁約呵，似回家體例有。麼道聖旨了也。欽此。〔註 54〕

是以至元八年元月二十五爲基準，之前議婚者不禁；若之後才婚議者，則依律不得成婚，查知者一概聽離。於法令頒行之前結婚而不和者，不得以此條文爲離異之說。可見同姓不婚與指腹爲婚之禁令皆於至元年間始頒行，成婚之限亦以至元時期爲界，形成兩種不同的社會背景。

《玉壺春》之作者已不可考〔註 55〕，但由李素蘭義母責李玉壺不曉法度觀之，本劇當作於至元八年元月二十五日以後。劇中李母阻攔二人婚事時，曾以同姓不婚爲由，勸說李玉壺：

你是個讀書的人，你好不聰明也！你也知法度，你要娶俺女孩兒，你姓李，俺也姓李，同姓不可成親。李婉爲甚復落娼？皆因爲李府尹，皆爲南柯子，你今日做玉壺春。〔註 56〕

同姓不可成親固爲中國傳統禮法，而元朝並非自始實行，待立爲條法之後，又成爲離異或阻婚之藉口。本劇中，李母拒婚之眞正原因爲金錢，同姓不婚僅係支持其阻婚的合法性，此亦李玉壺除了財力無法與周甚相抗衡之外的另一弱點。

當李玉壺之義兄陶太守爲二人賜婚時，李母又以此爲由阻攔，素蘭方道出：「妾身本姓張，自幼年過房與他做義女來，我如今我要出，姓改正有何不

〔註 54〕參見《通制條格》卷三〈户令・婚姻禮制〉，頁 39。又見《元典章》卷十八〈户部・婚禮〉「同姓不得爲婚」，頁 264。

〔註 55〕《元曲選》認爲此劇的作者爲武漢臣，《錄鬼簿》續編作賈仲明，《錄鬼簿》及《正音譜》則均未著作者何人，因未能確定，故以不詳爲妥。

〔註 56〕參見《全元雜劇初編》第八冊，頁 3855。

可？」〔註 57〕劇作家於不悖現實律法及團圓收束的原則下，將李素蘭安排爲李母所收養之義女，同姓不婚雖成劇情之衝突點，卻無礙於團圓收場的合理性。

（七）重　婚

蒙古社會，元爲一夫多妻的社會。其妻妾的人數並不限制，任由男子依其贍養能力自由決定〔註 58〕。於諸妻之中，惟第一次正娶者，方稱爲原配（abali gergen），亦唯有正妻之子得以繼承職守與爵位。此與中原之嫡庶制度略同。其餘諸妻則稱之爲 baghaekener，字義爲小妻或小婦，其子則無繼承權。〔註 59〕

次妻或小妻於元初仍行之，至元八年二十五日則明令禁止：

> 至元十年御史臺奉中書省劄付户部擬，得有妻更娶妻者。除至元八年正月二十五日已前准已婚爲定據。以後更娶妻者，若委自原聽改爲妾。今後依已降條畫，有妻再不得求娶正妻，外若有求娶妾者，許令明立婚書求娶。〔註 60〕

意即除正妻之外，不得再有次妻之存在，在娶者的僅稱之爲妾。不過此條文仍秉持蒙漢二制的原則，其令有妻不得再求娶正妻，仍只就漢人、南人而言，條末猶曰：「蒙古、色目人各依本俗」。〔註 61〕

婚姻的限制中以此條最爲紊亂，《元典章》只將此條律施於漢人與南人之間，蒙古人及色目人得各依本俗，不在此限。《元史》之刑法志則未見有此但書，凡有妻妾，復娶妻妾者，皆處以笞刑四十七，判離。若在官者，尚須解職記過，聘財不得追回〔註 62〕。對於再娶者，並非全然判離，若再娶之妻願降爲妾，即不須離異〔註 63〕。禁令雖下，實際執行之時，百姓未必依法判決而有違禁之例：

> 至元十三御史臺爲孟榁，有妻又娶王秀兒爲次妻等事，呈奉中書省

〔註 57〕同上註，頁 3874。

〔註 58〕參見《多桑蒙古史》（上）第一卷第一章，頁 32。

〔註 59〕參見札奇斯欽著《蒙古文化與社會》，頁 93，臺灣商務印書館，民國 76 年 11 月初版。

〔註 60〕參見《元典章》（上）卷十八〈户部四婚姻・次妻〉「有妻許娶妾例」，頁 279。

〔註 61〕同上註，頁 258。

〔註 62〕參見《元史》卷一〇三〈刑法二・户婚〉，頁 2643。

〔註 63〕同註 61。

> 箚付議得，孟桂既娶王秀兒次妻，不係正妻，合依已婚爲定，原追財回付。〔註64〕

此以至元八年爲娶次妻之基準，又以所娶非正妻，允許至元十三年民娶次妻。如此互相牴牾之條例與事例，必使民眾失據，亦失禁令之原意。

《瀟湘雨》中，崔士甸謊稱未娶妻房，得以再娶貢官之女；張翠鸞與父張天覺重逢之時，控訴崔士甸別娶妻房，表示當時社會已不容一夫多妻，意即是時但容一位正妻，餘僅得爲妾室。由於崔士甸不只犯下重婚罪與妄認良人爲奴、擅黥「逃奴」二字，並囑咐解子於途中暗殺張翠鸞，故張天覺欲判其死罪，又礙於翠鸞之救命恩人，亦即崔士甸之伯父的求請，而赦免崔士甸。劇末，崔士甸並未就罪行負責，亦未交代與貢官之女的婚事如何了斷，只判崔、張二人重聚，似刻意略過貢官之女的交待，同時也與現實情境有一段差距，此或限於元劇四折體制與團圓收束的雙重約束，致有此疏失。

二、婚姻的解除

婚姻關係的解除可分爲自然因素與人爲因素。前者乃配偶一方死亡，使婚姻關係自然消除；後者則是生前的離異，具有複雜得社會因素與條件〔註65〕。往昔婚約締結之後，雙方均不得悔婚，但容許發生特殊情況時的中止婚約〔註66〕。此處則單指男女雙方經親迎等程序，成就夫妻關係以後的解除婚姻而論。

婚姻的解除方式有三：依夫之意而離者，是謂之「休妻」；由夫婦二人或雙方家族協議離婚者，即爲「和離」；因律法之規定而強制離異者，則謂之「義絕」。古時休妻不言女過，《禮記》載休妻之法爲：

> 妻出，夫使人致之曰，某不敏，不能從而共粢盛。使某也，敢告於使者。主人對曰，某子之不肖，不敢辟誅……使者退，主人拜送之。〔註67〕

其「含意不露，弗與女家以難堪」〔註68〕，反而自陳男子之過。日後演變爲

〔註64〕同註60。

〔註65〕參見《中國身分法史》，頁64。又阮昌鋭著《中外婚姻禮俗之比較研究》阮昌鋭，頁235。

〔註66〕參見《中國婚姻史》，頁158～159。

〔註67〕參見《禮記》卷十二〈雜記下・第二十一〉，頁84。

〔註68〕參見《歷代風俗社會事務考》卷十九〈古出妻禮節〉。

出妻則必宣布其罪過〔註 69〕，此七出、義絕即爲女子遭棄之具體罪狀，將離異之過失完全歸於女子一人獨立承擔。

(一) 七　出

就出妻而言，以七出被視爲最正當之原因。七出或爲儒家所創，《大戴禮》〈本命篇〉載云：

> 婦有七出：不順父母去，無子去，淫去，妒去，有惡疾去，多言去，竊盜去。不順父母去，爲其逆德也；無子，爲其絕世也；淫，爲其亂族也；妒，爲其亂家也；有惡疾，爲其不可與共粢盛也；口多言，爲其離親也；盜竊，爲其反義也。〔註 70〕

何休於註《公羊》時，則以無子、淫佚、不事舅姑、口舌、竊盜、嫉妒、惡疾爲目次，並稱之「七棄」〔註 71〕。《孔子家語》之目次與何休同，稱爲「七棄」〔註 72〕，其目次爲後世禮法所本，七出所本之理由均與宗法制度有關〔註 73〕，蓋得子繼嗣爲古代社會婚姻之主要目的，子孫之繁衍爲家族延續之關鍵。

元律以「男女婚姻五常之始，有夫婦然後有父子，有父子然後上下，合二姓之好爲一家之親，蓋所以承宗事嗣後世也。」〔註 74〕此援舊例以無子爲七出之首。不過，七出乃棄妻之條件，意即不得輕易棄妻，欲「棄妻須有七出之狀」〔註 75〕，但非棄妻之必要條件。惟七出純屬男方之專權，又因婚姻主要是兩家族之結合，當事人的意見並不被重視。「不事舅姑」一條即繫於公婆之主觀感受，凡足以引發公婆不悅者，即構成棄妻之條件。此乃婚姻因父母之命而締結，婚姻之解除仍以父母之命是從，無詢問其子的必要〔註 76〕。是婚姻由初始之議婚、締結、至解除，父母之命爲重要關鍵。

〔註 69〕同上註。

〔註 70〕《禮記注疏・內則・卷二十七》(《十三經注》，1815 年阮元刻本)，頁 521。

〔註 71〕《春秋公羊傳注疏》〈莊公・卷八・莊公二十七年〉(《十三經注》，1815 年阮元刻本)，頁 105。

〔註 72〕魏王肅注，《孔子家語十卷・本命解》(《新編諸子集成》，台北：世界書局，1972 年)，頁 63～44。

〔註 73〕參見陶希聖著《婚姻與家庭》，頁 48～50。

〔註 74〕參見《元典章》(上)卷十八〈戶部四婚姻・嫁娶〉「定婚不許悔親」，頁 266。

〔註 75〕同上註，頁 272。

〔註 76〕參見《通制條格》卷三〈戶令・嫁娶所由〉:「至元六年十一月……嫁女皆由祖父母父母，父亡隨母婚嫁。又嫁女棄妻皆由所由，若不由所由，皆不成婚，亦不成棄。若所由後知滿三月不理者，不在告論之限。」頁 43。

七出之條以整個家族爲考量重點，如無子與惡疾原非自主之事由，乃以夫家本位而設。餘五者中，淫佚及竊盜爲犯罪行爲，不事舅姑、口舌、嫉妒僅違背人倫，其以無法自主及違背人倫之事由而准予棄妻，徒使男子或夫家有所藉口，實無法折服有識之士〔註 77〕，於是「宋元以後，律雖設有七出之條，有司廢而不用已久」〔註 78〕。除了「三不去」〔註 79〕之限，元人因受宋代理學影響，以婦人不二節爲旨〔註 80〕，於是有司多以勸和爲主。

夫婦離異雖以夫之出妻爲常則，然妻之去夫者，亦歷代有之，惟後世律令僅准夫之出妻，對於妻之去夫則嚴加禁止〔註 81〕。元代依舊例，以爲「夫妻之道，人倫至重，若男棄婦，猶有三不出之義。女子從人，豈得反棄其夫？」〔註 82〕因此對於棄夫之婦施以重責，杖六十七之外，仍須歸於本夫〔註 83〕。即使夫犯下竊盜之罪，猶不許妻棄夫，並視其申告離異爲「斁壞彝倫」，「此風萬不可長」。〔註 84〕

（二）義　絕

「七出」因禮應出，權於夫或翁姑，並無必然性；「義絕」則因律必出，

〔註 77〕參見戴炎輝著〈中國固有法上之離婚法〉（一）《法學叢刊》‧第六二期，頁 23。

〔註 78〕參見《中國婚姻史》，頁 240。

〔註 79〕《大戴禮記解詁》：「婦有三不法：有所取，無所歸，不去；與更三年喪，不去；前貧賤，後富貴，不去。」，頁 255。又《元典章》卷十八〈戶部之四‧婚姻〉：「雖有棄狀而有三不去：一經持公姑之喪、二娶時賤後時貴、三有所受無所歸，即不得棄。其犯者姦也，不用此律，又條犯義絕者離之，違者杖一百。」頁 272。

〔註 80〕參見陳銹綿著《婦女生活今昔觀》，頁 4。並參見《中華文化新探》，頁 254。

〔註 81〕同註 80，頁 243。

〔註 82〕參見《通制條格》卷四〈戶令‧嫁娶〉，頁 48。

〔註 83〕參見《元史》卷一〇三〈刑法二‧戶婚〉，頁 2644。

〔註 84〕參見《元典章》（下）卷四九〈刑部一‧雜例〉「妻告夫作賊不離異」：「大德十一年六月，江浙省准中書省咨杭州路，申大德九年正月初五日，據謝阿徐告夫謝壽三節次偷盜謝七八嫂等家物件，責得賊人壽三狀招相同，追賊到官，刺斷六十七下，發充警跡人。外據謝阿徐告夫作賊一節，恭詞狀，謀害於夫，難同義絕，若依離異，恐起僥倖之門。咨請照詳，送據刑部議得，該謝徐氏告夫壽三爲盜，杭州路將本人刺斷，籍充警跡之人，且妻告其夫，斁壞彝倫，此風萬不可長，前事已經欽遇，詔恩釋免，外據謝阿徐難擬離異。具呈照詳，都省准擬，咨請依上施行。」頁 677～678。又《通條制隔》卷四〈戶令〉：「至元十六年五月，中書省禮部呈：清平縣樊裕告婿劉驢兒作賊，合無離異。……參詳樊裕元昭劉驢兒作養老女婿，已有所出，雖曾做賊經斷，似難離異。都省准呈。」頁 48。

屬於法律上之強制離婚，凡具義絕事由，則法定離婚，權於官府〔註 85〕。若犯義絕卻不聽離者，皆杖一百懲之。〔註 86〕

義絕之原因，約有通姦、詈、毆、傷、殺及欲害身，即爲侵身犯；就性質而言，乃名譽、身體及生命之侵犯〔註 87〕。通常對於妻之違例行爲的處罰較嚴，也易形成義絕之事由。如妻與夫緦麻以上親姦，變構成義絕，夫則與妻母相姦始爲義絕，而妻欲加害於夫即爲義絕，夫則無此相關規定。可見於義絕的律條上，亦呈現男女婚姻地位之不平等。〔註 88〕

元律雖未詳列義絕之事由，但由《元典章》所載多條事例，亦可了解元代對於義絕之解釋與執行，其中以夫賣妻而犯義絕者爲夥。如：

> 大德元年七月，袁州路爲段萬十四娶阿潘爲妻一十八年，卻於元貞二年十二月內，將妻阿潘假作弟媳，嫁賣與譚小十爲妻，得訖財錢四定。……該段萬十四將妻詐作亡弟之婦，受財改嫁譚小十爲妻，即係義絕。罪雖經革，理合聽離。令本婦歸宗，別行改嫁。〔註 89〕

又：

> 至元九年……鄧嫌兒本是良人，有罪經官斷遣，其夫周璘卻將鄧嫌兒一面立契賣與周二總管爲軀，已犯義絕。周二總管此時明知本婦係是良人，私相買賣，將鄧嫌兒配與本家軀口蘇老爲妻口，顯意欲圖謀本婦求達爲軀，爭告到官，官雖是鄧嫌兒與蘇老爲妻，至今一十餘年，亦有所生男女，終是不應合行聽離，改正爲良，別適他人，如不願招嫁，合令伊男周禿當奉養，以送終年。〔註 90〕

元律除將夫賣妻列爲義絕之外，凡賣休買休或受財嫁賣妻妾者亦負有罪責〔註 91〕。似此犯下元律已禁之犯罪行爲者，於遭義絕之判決之外，尚須接受罰責，但時因恩赦而免刑，惟義絕離異之判決未改。大德五年間即有一例：

> 譚八十一爲過活生受，寫立休書，得譚四十三財錢，將妻阿孟轉嫁與本人爲妻，據譚八十一與本婦已是義絕，又係賣休買休，俱各違

〔註 85〕同註 79，頁 242。
〔註 86〕參見《元典章》（上）卷十八〈户部四婚姻‧休棄〉「離義買休妻例」，頁 272。
〔註 87〕參見〈中國固有法上之離婚法〉（二），第六三期。
〔註 88〕參見《蒙古文化對元朝婚姻制度的影響》，頁 102。
〔註 89〕參見《元典章》（上）卷十八〈嫁娶〉「嫁妻聽離改嫁」，頁 267。
〔註 90〕參見《元典章》（上）卷十八〈轉賣〉「犯姦妻轉賣爲軀」，頁 273。
〔註 91〕參見《通制條格》卷四〈户令‧嫁娶〉，頁 48。

> 法，參詳擬合合，譚四十三與阿孟離異歸宗，其譚八十一原受財錢，依數追沒，相應各人罪犯已經欽遇赦免，別無定奪。〔註 92〕

轉賣妻妾遭義絕，卻逢赦免刑者，於上述大德元年及五年間皆各有此一例，知元代對於義絕及違例之判決乃分開執行，買賣妻妾之罪縱使可赦免，而義絕之斷卻不因任何理由更改。

七出與義絕規劃出夫妻離異之範圍，然均為夫單獨一方或法律之決斷，子婦毫無置喙之餘地，甚且夫犯罪遭刺斷，仍以妻之告夫有壞人倫，而不許義絕，是以義絕猶有貶抑女子之嫌。

（三）和　離

和離乃夫妻雙方協議離婚，只需男女雙方均同意仳離，即具合法之離婚，無須其他原因。協議離婚者自古有之，《周禮・地官・媒氏》云：「娶判妻入子者，皆書之。」鄭鍔注云：「民有夫妻反目，至於仳離，已判而去，書之於版，記其離合之由也。」〔註 93〕是不問原由，但雙方同意即可，然實際上，妻易為夫虐待，妻之求去，夫往往不許，尤其妻無棄夫之理，故和離有一定之侷限性，其規定亦容易流於具文。〔註 94〕

郭文惠以為於七出之外，另有自主請求離婚之權力〔註 95〕。婦女使用此和離方式成功者，於《元典章》所載之事例，率凡養老女婿不紹家業、游手好閒或年限不滿在逃，有違婚書所定，方准予離異。雖是女婿有違婚書，然其判決中仍記「此文字便同休書」、「所立婚書便同休棄」等言詞〔註 96〕。此視女婿允諾放棄婚姻關係，復因早於婚書中明言，否則官府亦無據斷離，故猶將女婿在逃之況，視同夫之棄妻，蓋限於妻無棄夫之理而如此規定。

《元典章》所登錄乃至元十年以前事例，至元十二年三月以後，依汶上縣尹杜閏所陳，禁曰：

> 天地者，萬物之本，以動靜為常。夫婦者，人倫之始，以永久為常，常之為言者，蓋取永無污蔽，不易之謂也。是故易序赴曰：夫婦之道，不可不久，故受之以常是也。以此觀之，其夫婦之道，不可離棄明矣。……厚立婚書之理，大抵防男女妄冒之期，與夫聘禮多寡

〔註 92〕參見《元典章》（上）卷十八〈離異〉「離異買休妻例」，頁 272。

〔註 93〕參見《周禮・地官・媒氏》（台北：台灣開明書店，1984 臺六版），頁 22。

〔註 94〕參見《中國婚姻史》，頁 244～245。

〔註 95〕參見《蒙古文化對元朝婚姻制度的影響》，頁 104。

〔註 96〕同註 90，「女婿在逃依婚書斷罪」，頁 261～263。

之限，以杜其奸，非期夫婦永與不永爲立之也。後世薄俗，故有是議，此當禁而不可啓也。……閭巷細民不變薰蕕，縱其女之好惡，揀擇貴賤，就捨貧富，妄生巧計頻求更嫁，不以爲恥，凡具眼目之人，誠亦不平。……不得似前於婚書上，該寫如有女婿在逃等事，便同休棄等語句。〔註 97〕

因此實際上，於至元十二年以後，以明令禁止妻家以婚書請官斷離。今由《元典章》所載，可知和離之方式，似以所招女婿在逃方有和離之例，至禁婚書寫立休棄之年限與事由之後，和離案例未曾復見，陳顧遠先生所謂易流於「形同具文」之說，於此可見。

無論以上述何種方式離婚，均須至官府寫明休書，始具離婚效力。如無休書則不立：

大德七年四月，中書省禮部呈：東家路王欽因家私不和，畫別手模，將妾孫玉兒休棄歸宗，伊父母主婚，將本婦改嫁殷林爲正妻，王欽卻行爭悔。本部議得：王欽雖畫手模將妾休棄，別無明白休書，於理未應。緣本婦改嫁殷林爲妻，與前夫已是義絕，再難同處，合准已婚爲定。今後凡出妻妾，須用明立休書，即聽歸宗，似此手模，擬合禁治都省准擬。〔註 98〕

締結婚姻時，須到官府寫立婚書；離婚時亦「須要明朗寫立休書，赴官告押執照」，方得歸宗改嫁。由於義絕乃法家強制執行，無須令立休書，至於以夫家爲主意之七出及兩相同之和離，均須由夫家寫立休書〔註 99〕，僅以手模爲徵者皆禁之，並不承認其離婚效力。〔註 100〕

元代獄訟劇中完全反映男女不平等的婚姻形式。義絕乃官方判決，此暫且不論。就七出與和離而言，法律雖規定妻妾無七出之條不得出之，然七出之條件過於主觀，主控權操之夫家手中；和離雖予妻主動中止婚姻之權，惜須經夫之同意能成立。故七出與和離兩種方式，均未能積極地付予女子權利，於消極層面，亦無法有效保障其婚姻。人婦既不得告夫，申請離異，又不得私逃棄夫。是以女子唯有向夫索取休書，始能與夫離異，元代獄訟劇中妻向夫強索休書，此即因於此種法律規範下之社會背景所致。

〔註 97〕同上註，「女婿在逃」，頁 263。

〔註 98〕參見《通制條格》卷四〈户令・嫁娶〉，頁 51。

〔註 99〕參見《元典章》（上）卷十八〈户部之四婚姻〉，頁 258。

〔註 100〕參見《元史》卷一〇三〈刑法二・户婚〉，頁 2644。

元代被招爲養老出舍女婿者，多爲家貧無財力娶妻之男子〔註 101〕。初爲「鳌勒爲婿之人，肯爲妻家依理作活」，因於婚書上明立「非理飲酒，游手好閑，打出調入，不紹家業，不服丈母教令」，及「在逃一百日或六十日不還本家，所立婚書，便同休棄，任便改嫁」〔註 102〕。《遇上皇》之作者高文秀生卒年俱不詳，據《錄鬼薄》所載，與關漢卿同列「前輩已死名公才人。」〔註 103〕故只能確定爲元初之人。劇中劉老之婿趙元即鎮日飲酒，游手好閑，不理生計，但劉老一家仍須向趙元索討休書。由於至元以前招婿者多未寫立休書，至元十二年以後又禁婚書上明立如同休棄等語句，觀諸劇中臧府尹無權令趙元休妻，而趙家又未取出婚書爲憑，故此劇當作於元朝初年，未明定招女婿必寫立婚書之前，或至元十二年以後。

另如《救風塵》之宋引章遭夫凌虐，請出趙盼兒用計騙取休書；《金鳳釵》之趙妻因難忍貧賤，屢向趙鶚索取休書；《後庭花》的祇侯李順之妻合謀姦夫王慶詐取休書等，均係限於時代環境之故，夫妻之間唯有夫得以七出之名出妻，妻對婚姻或夫不滿，則無法依循法律途逕斷離取得休書。妻爲獲休書、改嫁他人，或逕相強索，或運用計謀騙取，如《後庭花》之李順得知王慶逼其寫下休書之原因後，揚言將告向開封府，換來王慶先下手爲強，此乃本夫爲休書而喪命之例。凡此咸肇因離婚限制中對女性壓抑所致。

蒙古於游牧社會時，爲嚴護氏族血胤之純眞，對於姦亂者均處以極重的懲罰。十三世紀的傳教士迦比尼，於其旅行記中嘗言：「按他們的法律或習慣，凡是犯姦淫男子或女子是予以處死的。」〔註 104〕明代的蕭大亨在他的《北虜風俗》亦言：「夷俗以姦爲最重，故其處置最嚴。如酋長之婦有與散夷姦者，廉知之，即以弓弦縊死其婦矣。凡姦夫父子兄弟止存一人，餘盡置之死……赤族之禍，不過是也。」〔註 105〕足證蒙古社會對於女子貞操之重視。《黃金史》中也記載著成吉思可汗訓示女皇阿剌合別乞：「身體是短暫的，名譽是永存的。」〔註 106〕並教導孛斡兒出教訓皇女扯扯赤亦堅持女子：「說話

〔註 101〕同註 108，頁 52～53。

〔註 102〕同註 99，百 263。

〔註 103〕參見鍾嗣成撰、馬廉孝校注《錄鬼簿新校注》，頁 28，世界書局，民國 71 年 4 月三版。

〔註 104〕參見 C. Dawson. *The Mongol Mission*, London, 1955, p. 17 引自《蒙古文化與社會》，頁 94。

〔註 105〕參見蕭大亨撰《北虜風俗》，頁 4，文殿閣本。

〔註 106〕參見《蒙古黃金史譯註》，頁 41。

要有智慧，持身必須貞節。」〔註 107〕無論在成吉可汗的大雅薩法典，或當時西方旅行家的記載，以及蕭大亨的《北虜風俗》皆記載姦淫爲蒙古社會中最大禁忌，「夷俗以姦爲最重，故其處置爲最嚴」〔註 108〕，對於姦淫者皆處極刑嚴懲。此乃源於保存血源之純正，及其父系社會之完整，故視姦淫爲最大禁忌。

元代之「三不去」原爲對婦女之體恤，縱使有七出之狀亦不得去之。惟三不去中猶有一但書，即犯姦者，不列入三不去之慮，一律予以出之〔註 109〕，仍延續蒙古游牧社會中，對於姦亂之嚴禁與厲刑。元律明令凡姦淫者，必予嚴懲，有夫之婦的刑罰猶甚於未婚女子，並須去衣受刑。夫之典賣妻子，於元代將被判爲義絕，然如妻乃重犯姦私者，便聽從其夫價賣。一旦本夫捉獲妻之姦情，可當場殺害姦夫或妻妾，而不須負任何刑責〔註 110〕。此律法完全符合《北虜風俗》之記載，可見蒙古人入主中原以後，對於姦亂之懲治並未有所更改。

除了已婚者之姦情嚴懲之外，已訂婚而未成婚之女子若犯姦，男方仍得棄之改娶〔註 111〕，婚後婦女犯姦，必亦爲遭棄之事由。妻犯姦遭棄之權力，亦適用於所以招女婿身上，並不須對女方有任何補償〔註 112〕。改嫁原爲元代所允許，然於婚姻關係存續中，則嚴禁婦女有危貞節之事。七出中列於「無子」之下的即爲「淫佚」，若妻與人私通即構成被棄的事由，並且毫無轉圜餘地，縱使具三不去之一猶去之，足證元代對女子婚內守貞之重視。

自元代律令，社會習俗及當代案例可知：元代執政者將其游牧時期關切的血統純正觀，融入中原既存的婚俗之中。他們所重視的是妻之一方是否忠於婚姻，因此將影響家庭之安定及血統之是否純正。故明定妻與人通姦，即構成被棄的必然原因，若本夫當場查見奸情，尚可當場殺死妻妾；而男子之納妾，因其負擔家族之得以繁衍不息的重任，而爲傳統禮法所允許。此觀念亦導致男女雙方於婚姻中的不平等待遇，於是七出、義絕與和離無論於現實社會或元代獄訟劇中，都未曾對已婚婦女發揮任何效益。

〔註 107〕同上註，頁 42～44。

〔註 108〕同註 105。

〔註 109〕同註 99，頁 52。又同註 87，〈休棄〉，頁 272。

〔註 110〕同註 100，〈卷一〇四・刑法志三・姦非〉，頁 2654。

〔註 111〕同註 99，〈休棄〉「定婦犯姦棄娶」，頁 272。

〔註 112〕同上註，〈轉賣〉「妻犯姦出舍」，頁 273。

結　語

在元代極度重視婦女貞操，卻對女子的婚姻地位鮮少保障的矛盾下，元代獄訟劇中的已婚女子，呈現極端的典型人物：既有竇娥與劉玉娘寧死不事二夫的貞烈婦女；有巧計護夫，用心護持婚姻的譚記兒；有與他人私通的婦女，此於《燕青博魚》、《灰闌記》、《遇上皇》、《鬧銅臺》、《勘頭巾》、《後庭花》、《雙獻功》、《還牢末》、《酷寒亭》、《爭報恩》等十劇中，皆可見如王臘梅或蕭娥此一類女子的不貞行為。劇作家們對於守貞與不貞的已婚婦女，予以極端的細緻刻劃。這些女子若非堅貞不移，便與人通奸，並且進而迫害親夫或家庭中的成員。劇末，仍回到賞善懲惡的基點，如《救孝子》中寧死不屈於賽盧醫的春香，被加封為賢德夫人；奸夫淫婦則是處死以快人心。由上可知，劇作家對婚姻問題的安排，仍持傳統的保守態度。

（本文原發表於《吳鳳學報》第九期，今依原稿修訂）